民國文化與文學研究文叢

十 五 編

李 怡 主編

第 **4** 冊

浙東現代作家的原鄉民間文化書寫（上）

陳 莉 萍 著

國家圖書館出版品預行編目資料

浙東現代作家的原鄉民間文化書寫（上）／陳莉萍 著 -- 初
版 -- 新北市：花木蘭文化事業有限公司，2022〔民 111〕
目 4+182 面；19×26 公分
（民國文化與文學研究文叢 十五編；第 4 冊）
ISBN 978-986-518-962-4（精裝）
1.CST：中國文學 2.CST：現代文學 3.CST：鄉土文化
4.CST：文學評論
820.9 111009881

民國文化與文學研究文叢
十五編 第 四 冊　　　　　　ISBN：978-986-518-962-4

浙東現代作家的原鄉民間文化書寫（上）

作 者　陳莉萍
主 編　李 怡
企 劃　四川大學中國詩歌研究院
總 編 輯　杜潔祥
副總編輯　楊嘉樂
編輯主任　許郁翎
編 輯　張雅淋、潘玟靜、劉子瑄　美術編輯　陳逸婷
出 版　花木蘭文化事業有限公司
發 行 人　高小娟
聯絡地址　235 新北市中和區中安街七二號十三樓
　　　　　電話：02-2923-1455／傳真：02-2923-1452
網 址　http://www.huamulan.tw 信箱 service@huamulans.com
印 刷　普羅文化出版廣告事業
初 版　2022 年 9 月
定 價　十五編 21 冊（精裝）新台幣 55,000 元
　　　　　　　　　　　　　　　　　　　版權所有・請勿翻印

浙東現代作家的原鄉民間文化書寫(上)

陳莉萍 著

作者簡介

陳莉萍（1972～），女，浙江慈溪人。寧波工程學院副教授，文學博士。主要研究方向為現代文學、地方文化。曾主持「海曙袁氏家族研究」、「錢塘影人知多少」課題及相關區域非遺研究，參與「城市化進程中的『名人文化』戰略研究」、「浙江當代文學六十年」等課題。出版《宋元時期四明袁氏宗族研究》、《浙江電影史》（排名第三）等專著、編著；在《文藝報》等刊物上發表了《艾偉：人性意願和時代意志的勘探者》等論文。

提　　要

　　以魯迅、周作人等為代表的浙東作家，在現代文學史上佔據了相當的分量，他們以創作實績和理論探索引領了現代文學的發生、發展，還在民俗學、教育學等領域多有貢獻。這支浙東現代作家隊伍龐大，創作觀念、風格不盡相同，但都在對原鄉民間文化的書寫中體現出濃郁的「浙東風」。本書以「走向民間」運動中浙東作家逐漸集聚為起始，梳理了其民間立場及民間性格，並以是否具有鮮明浙東特色為主要衡量依據，從社會結構、民俗及民間文學等方面，逐一探討了浙東民間文化在作品中的表現及作家如何表現。

　　來自浙東的作家能別具眼光走向民間，率先以民間語言創作，且借助於民間社會思考立人、啟蒙乃至救國等基本問題，在一定程度上，是他們最早開始為近現代轉型的原鄉提供了契機。浙東工商業經濟的發展促使社會結構轉變，出生成長於此的現代作家敏銳地感受到了社會的現代轉變，他們以文學展開觀察與深思，也帶動了文學的現代轉向。他們熟悉曾經所處的民俗環境，深諳人物個性形成的社會心理，充分調動其原鄉民間記憶，創造了兼具地方色彩和典型意義的文學經典。他們充分利用豐富多彩的原鄉民間文學，重構為作品的有機組成，並透過對民間文學精神的吸收和轉化，達到對民間價值的認識和創造。

從地方文學、區域文學到地方路徑
——《民國文化與文學研究文叢·十五編》引言

李 怡

　　2020 年，我在《成都與中國現代文學發生的地方路徑問題》中，以內陸腹地的成都為例，考察了李劼人、郭沫若等「與京滬主流有異」的知識分子的個人趣味、思維特點，提出這裡存在另外一種近現代嬗變的地方特色。這一走向現代的「地方路徑」值得剖析，它與多姿多彩的「上海路徑」「北平路徑」一起，繪製出中國文學走向現代的豐富性。沿著這一方向，我們有望打開現代文學研究的新的可能。〔註1〕同年 1 月，《當代文壇》開始推出我主持的「地方路徑與文學中國」的學術專欄，邀請國內名家對這一問題展開多方位的討論，到 2021 年年中，共發表論文 33 篇，涉及四川、貴州、昆明、武漢、安徽、內蒙古、青海、江南、華南、晉察冀、京津冀、綏遠、粵港澳大灣區等各種不同的「地方」觀察，也有對作為方法論的「地方路徑」的探討。2020 年 9 月，中國作協創研部、四川省作協、中國人民大學書報資料中心、《當代文壇》雜誌社還聯合舉行了「地方路徑與文學中國」學術研討會，國內知名學者與專家濟濟一堂，就這一主題的問題深入切磋，到會學者包括阿來、白燁、程光煒、吳俊、孟繁華、張清華、賀仲明、洪治綱、張永清、張潔宇、謝有順等等。〔註2〕2021 年 10 月，中國現代文學理事會在成都召開，會

〔註 1〕 李怡：《成都與中國現代文學發生的地方路徑問題》，《文學評論》2020 年 4 期。

〔註 2〕 研討會情況參見劉小波：《地方路徑與文學中國——「2020 中國文藝理論前沿峰會暨四川青年作家研討會」會議綜述》，《當代文壇》2021 年 1 期。

議主題也確定為「地方路徑與中國現代文學」，線上線下與會學者 100 餘人繼續就「地方路徑」作為學術方法的諸多話題廣泛研討，值得一提的是，這一主題會議還得到了第一次設立的國家社科基金「學術社團主題學術活動資助」。

經過了連續兩年的醞釀和傳播，「地方路徑」的命題無論是作為理論方法還是文學闡述的實踐都已經產生了重要的影響，在這個時候，需要我們繼續推進的工作恰恰可能是更加冷靜和理性的反思，以及在更大範圍內開展的文學批評嘗試。就像任何一種理論範式的使用都不得不經受「有限性」的警戒一樣，「地方路徑」作為新的文學研究方式究竟緣何而來，又當保持怎樣的審慎，需要我們進一步辨析；同時，這種重審「地方」的思維還可以推及什麼領域，帶給我們什麼啟發，我們也可以在更多的方向上加以嘗試。

一

「名不正，則言不順」，這是《論語》的古訓，20 世紀 50 年代以來，西方史學發現了「概念」之於歷史事實的重要意義，開啟了「概念史」（conceptual history）的研究。這是我們進一步推進學術思考的基礎。

在這裡，其實存在著一系列相互聯繫卻又頗具差異的概念。地方文學、地域文學、區域文學、文學地理學以及我所強調的地方路徑，它們絕不是同一問題的隨機性表達，而是我們對相近的文學與文化現象的不同的關注和提問方式。

雖然「地方」這一名詞因為「地方性知識」的出現而變得內涵豐富起來，但是在我們的實際使用當中，「地方文學」卻首先是一個出版界的現象而非嚴格的概念，就是說它本身一直缺乏認真的界定。地方文學的編撰出版在 1990 年代以後逐漸升溫，但凡人們感到大中國的文學描述無法涵蓋某一個局部的文學或文化現象之時，就會自然而然地將它放置在「地方」的範疇之中，因為這樣一來，那些分量不足以列入「中國文學」代表的作家作品就有了鄭重出場、載入史冊的理由。近年來，在大中國文學史著撰寫相對平靜的時代，各地大量湧現了以各自省市為單位的地方文學史，不過，這種編撰和出版的行為常常都與當地政府倡導的「文化工程」有關，所以其內在的「地方認同」或「地方邏輯」往往不甚清晰，不時給人留下了質疑的理由。

這種質疑很容易讓我們聯想到「區域文學」與「地域文學」的分歧。學

界一般認為,「地域文學」就是在語言、民俗、宗教等方面的相互認同的基礎上形成的文學共同體形態,這種地區內的文學共同體一般說來歷史較為久遠、淵源較為深厚,例如江左文學、江南文學、江西詩派等等;「區域文學」也是一種地區性的文學概念,不過這樣的地區卻主要是特定時期行政規劃或文化政治的設計結果,如內蒙古文學、粵港澳大灣區文學、京津冀文學等等,其內在的精神認同感明顯少於地域文學。「『地域』內部的文化特徵是相對一致的,這種相對一致性是不同的文化特徵長期交流、碰撞、融合、沉澱的結果,不是行政或其他外部作用所能短期奏效的。而『區域』內部的文化特徵往往是異質的,尤其是那種由於行政或者其他原因而經常變動、很難維持長期穩定的區域,其文化特徵的異質性更明顯。」〔註3〕在這個意義上,值得縱深挖掘的區域文學必須以區域內的歷史久遠的地域認同為核心,否則,所謂的區域文學史就很可能淪為各種不同的作家作品的無機堆砌,被一些評論者批評為「邏輯荒謬的省籍區域文學史」,「實際上不但割裂了而且扭曲了文化的真實存在形態」。〔註4〕1995 年,湖南教育出版社開始推出嚴家炎先生主編的《二十世紀中國文學與區域文化》叢書,涉及東北文學、三晉文學、齊魯文學、巴蜀文學、西藏雪域文學等等,歷經近二十年的沉澱,這套叢書在今天看來總體上還是成功的,因為它雖然以「區域」命名,卻實則以「地域文學」的精神流變為魂,以挖掘區域當中的地域精神的流變為主體。相反,前面所述的「地方文學」如果缺乏嚴格的精神的挖掘和融通,同樣可能抽空「地方性」的血脈,徒有行政單位的「地方」空殼,最終讓精神性的文學現象僅僅就是大雜燴式的文學「政績」的整合,從而大大地降低了原本暗含著的歷史價值。

中國傳統文化其實也一直關注和記錄著地域風俗的社會文化意義,《詩經》與《楚辭》的差異早就為人們所注目,《禹貢》早已有清晰明確的地域之論,《漢書》《隋書》更專列「地理志」,以各地山川形勝、風土人情為記敘的內容,由此開啟了中國文化綿邈深遠的「地理意識」。新時期以後,中國文學研究以古代文學為領軍,率先以「文學地理」的概念再寫歷史,顯然就是對這一傳統的自覺承襲,至新世紀以降,文學地理學的理論建構日臻自覺,似有一統江山,整合各種理論概念之勢——包括先前的地域文學、區域文學。有學者總結認為:「文學地理學是由中國本土學者提出並發展起來的一門學

〔註3〕曾大興:《「地域文學」的內涵及其研究方法》,《東北師大學報》2016 年 5 期。
〔註4〕方維保:《邏輯荒謬的省籍區域文學史》,《揚子江評論》2012 年 2 期。

科，也是由中國本土學者提出與發展起來的一種新的文學批評方法。」〔註5〕這也是特別看重了這一理論建構與中國傳統文化的深刻聯繫。

當然，也正如另外有學者所考證的那樣，西方思想史其實同樣誕生了「文學地理學」的概念，並且這一概念也伴隨著晚清「西學東漸」進入中國，成為近代中國文學地理思想興起的重要來源：「文學地理學是 18 世紀中葉康德在他的《自然地理學》中提出的一個地理學概念，由於康德的自然地理學理論蘊涵著豐富的人文地理學和地域美學思想，在西方美學和文學批評中產生了深遠的影響。清末民初，在西學東漸和強國新民的歷史大潮中，梁啟超、章太炎、劉師培等人將康德的『文學地理學』和那特礅的『政治學』用於中國古代文學藝術南北差異的研究，開創了中國文學地理學的學科歷史。」〔註6〕認真勘察，我們不難發現西方淵源的文學地理學依然與我們有別：「在康德的眼裏，文學地理學是地理學的一個分支學科而不是文學的分支學科」〔註7〕，後來陸續興起的文化地理學，也將地理學思維和方法引入文學研究，改變了傳統文學研究感性主導色彩，使之走向科學、定量和系統性，而興起於後殖民時代的地理批評以「空間」意識的探究為中心，強調作品空間所體現的權力、性別、族群、階級等意識，地理空間在他們那裡常常體現為某種的隱喻之義，現代環境主義與生態批評概念中的「地方」首先是作為「感知價值的中心」而非地理景觀，用文化地理學家邁克‧克朗的話來說就是：「文學作品不能被視為地理景觀的簡單描述，許多時候是文學作品幫助塑造了這些景觀。」〔註8〕較之於這些來自域外的文學地理批評，中國自己的研究可能一直保持了對地方風土的深情，並沒有簡單隨域外思潮起舞，雖然在宏觀層面上，我們還是承認，現當代中國的文學地理學是對外開放、中西會通的結果。

「地方路徑」一說是在以上這些基本概念早已經暢行於世之後才出現的，於是，我們難免會問：新的概念是不是那些舊術語的隨機性表達？或者，是不是某種標新立異的標題招牌？

這是我們今天必須回答的。

〔註5〕鄒建軍：《文學地理學：批評和創作的雙重空間》，《臨沂大學學報》2017 年 1 期。

〔註6〕鍾仕倫：《概念、學科與方法：文學地理學略論》，《文學評論》2014 年 4 期。

〔註7〕鍾仕倫：《概念、學科與方法：文學地理學略論》，《文學評論》2014 年 4 期。

〔註8〕【英】邁克‧克朗（Mike Crang）：《文化地理學》，楊淑華、宋慧敏譯，南京大學出版社 2003 年版，第 55 頁。

二

在現代中國討論「地方路徑」，容易引起的聯想是，我們是不是要重提中國文學在各個地方的發展問題？也就是說，是不是要繼續「深描」各個區域的文學發展以完整中國文學的整體版圖？

我們當然關注現代中國文學的一系列共同性的問題，而不是試圖將自己侷限在大版圖的某一局部，為失落在地方的文學現象拾遺補缺，從這個意義上來說，跨出地方的有限性，進入區域整合的視野甚至民族國家的視野乃題中之義。但是，這樣的嘗試卻又在根本上有別於我們曾經的區域文學研究。

在中國，區域文學與文化研究集中出現在 1990 年代中期，本質上是 1980 年代以來「走向世界」的改革開放思潮的一種延續。嚴家炎先生主編的《二十世紀中國文學與區域文化》叢書最早在 1995 年推出，作為領命撰寫四川現代文學與巴蜀文化的首批作者，我深深地浸潤於那樣的學術氛圍，感受和表達過那種從區域文化的角度推進文學現代化進程的執著和熱誠。在急需打破思想封閉、融入現代世界的那種焦慮當中，我們以外來文化為樣本引領中國文學與文化的渴望無疑是真誠的，至今依然閃耀著歷史道義的光輝，但是，心態的焦慮也在自覺不自覺中遮蔽了某些歷史和文化的細節，讓自我改變的激情淹沒了理性的真相。例如，我們很容易就陷入了對歷史的本質主義的假想，認為歷史的意義首先是由一些巨大的統攝性的「總體性質」所決定的，先有了宏大的整體的定性才有了局部的意義，中國文化的現代化進程也是如此，先有了整個國家和民族的現代觀念，才逐步推廣到了不同區域、不同地方的思想文化活動之中，也就是說，少數先知先覺的知識分子對西方現代化文化的接受、吸收，在少數先進城市率先實踐，形成了中國現代文化的「總體藍圖」，然後又通過一代又一代的艱苦努力，傳播到更為內陸、更為偏遠的其他區域，最終完成了全中國的現代文化建設。雖然區域文學現象中理所當然地涵容著歷史文化的深刻印記，但是作為「現代文學」的歷史進程的重要環節，我們的主導性目標還是考察這一歷史如何「走向世界」、完成「現代化」的任務，所以在事實上，當時中國文學的區域研究的落腳點還是講述不同區域的地方文化如何自我改造、接受和匯入現代中國精神大潮的故事。這些故事當然並非憑空捏造，它就是中國文化在近現代與外來文化交流、溝通的基本事實，然而，在另外一方面的也許是更主要的事實卻可能被我們有所忽略，那就是文化的自我發展歸根到底並不是移植或者模仿的結果，而是自我的一

種演進和生長，也就是說，是主體基於自身內在結構的一種新的變化和調整，這裡的主體性和內源性是不可或缺的基礎。如果說現代中國文學最終表現出了一種不容迴避的「現代性」，那麼也必定是不同的「地方」都出現了適應這個時代的新的精神的變遷，而不是少數知識分子為中國先建構起了一個大的現代的文化，然後又設法將這一文化從中心輸送到了各個地方，說服地方接受了這個新創建的文化。在這個意義上，地方的發展彙集成了整體的變化，是局部的改變最後讓全局的調整成為了現實。所謂的「地方路徑」並非是偏狹、個別、特殊的代名詞，在通往「現代」的征途上，它同時就是全面、整體和普遍，因為它最後形成的輻射性效應並不偏於一隅，而是全局性的、整體性的，只不過，不同「地方」對全局改變所產生的角度與方向有所不同，帶有鮮明的具體場景的體驗和色彩。從這裡，我們可以得出結論：在現代中國文學的學術史上，我們曾經有過的區域文化研究其實還是國家民族的大視角，區域和地方不過是國家民族文學的局部表現；而地方路徑的提出則是還原「地方」作為歷史主體性的意義，名為「地方」，實則一個全局性的民族文化精神嬗變的來源和基礎，可謂是以「地方」為方法，以民族文化整體為目的。

「地方」以這種歷史主體的方式出場，在「全球化」深化的今天，已經得到了深刻的證明。

在當今，全球化依然是時代的主題。然而，越來越多的人都開始意識到一個重要的問題：全球化是不是對體現於「地方」的個性的覆蓋和取消呢？事實可能很明顯，全球化不僅沒有消融原本就存在的地方性，而且林林種種的地方色彩常常還借助「反全球化」的浪潮繼續凸顯自己，在一個相當長的時期內，全球化和地方性都會保持著一種糾纏不清的關係，有矛盾衝突，但也會彼此生發。

文學與地方的關係也是如此。現代中國的文學一方面以「走向世界」為旗幟，但走向外部世界的同時卻也不斷返回故土，反觀地方。這裡，其實存在一個經由「地方路徑」通達「現代中國」的重要問題。

何謂「現代中國」？長期以來，我們預設了一些宏大的主題——中國社會文化是什麼？中國文學有什麼歷史使命、時代特點？不同的作家如何領悟和體現這樣的歷史主題？主流作家在少數「中心城市」如何完成了文學的總體建構？然而，文學的發生歸根到底是具體的、個人的，人的文學行為與包裹著他的生存環境具有更加清晰的對話關係，也就是說，文學人首先具有切

實的地方體驗，他的文學表達是當時當地社會文化的有機組成部分，文學的存在首先是一種個人路徑，然後形成特定的地方路徑，許許多多的「地方路徑」，不斷充實和調整著作為民族生存共同體的「中國經驗」，當然，中國整體經驗的成熟也會形成一種影響，作用於地方、區域乃至個體的大傳統，但是必須看到，地方經驗始終存在並具有某種持續生成的力量，而更大的整體的「大傳統」卻不是一成不變的，「大傳統」的更新和改變顯然與地方經驗的不斷生成關係緊密。正是在這個意義上，我們認為，並不是大中國的文化經驗「向下」傳輸逐漸構成了「地方」，「地方」同樣不斷凝聚和交融，構成了跨越區域的「中國經驗」。「地方經驗」如何最終形成「中國經驗」，這與作為民族共同體的「中國」如何降落為地方性的表徵同等重要！在現代中國文學發展的過程之中，不僅有「文學中國」的新經驗沉澱到了天南地北，更有天南地北的「地方路徑」最後匯集成了「文學中國」的寬闊大道。〔註9〕

這樣，我們的思維就與曾經的區域文學研究有所不同了。

在另外一方面，地方路徑的提出也意味著我們將有意識超越「地域文學」或者「地方文學」的方式，實現我們聯結民族、溝通人類的文學理想。

如前所述，我們對區域文學研究「總體藍圖」的質疑僅僅是否定這樣一種思維：在對「地方」缺乏足夠理解和認知的前提下奢談「走向世界」，在缺乏「地方體驗」的基礎上空論「全球一體化」，但是，這卻並不意味著我們要固守在「地方」之一隅，或者專注於地方經驗的打撈來迴避民族與人類的共同問題，排斥現代前進的節奏。與「區域文學」「地方文學」的相對靜止的歷史描述不同，「地方路徑」文學研究的重心之一是「路徑」，也就是追蹤和挖掘現代中國文學如何嘗試現代之路的歷史經驗，探索中國文學介入世界進程的方式。換句話說，「路徑」意味著一種歷史過程的動態意義，昭示了自我開放的學術面相，它絕不是重新返回到固步自封的時代，而是對「走向世界」的全新的闡發和理解。

同樣，我們也與「文學地理學」的理論企圖有所不同，建構一種系統的文學研究方法並非我們的主要目的，從根本上看，我們還是為了描述和探討中國文學從傳統進入現代，建設現代文學的過程和其中所遭遇的問題，是對現代中國文學的「現象學研究」，而不是文藝學的提升和哲學性的概括。當然，包括中外文學地理學的視角、方法都可能成為我們的學術基礎和重要借鑒。

〔註9〕參見李怡：《「地方路徑」如何通達「現代中國」》，《當代文壇》2020 年 1 期。

三

現代中國文學的「地方路徑」研究當然也有自己的方法論背景，有著自己的理論基礎的檢討和追問。

「地方路徑」的提出首先是對文學與文化研究「空間意識」的深化。

傳統的文學研究，幾乎都是基於對「時間神話」的迷信和依賴。也就是說，我們大抵都相信歷史的現象是伴隨著一個時間的流逝而漸次產生的，而時間的流逝則是由一個遙遠的過去不斷滑向不可知的未來的勻速的過程，時間的這種不以人的意志為轉移的勻速前進方式成為了我們認知、觀察世界事物的某種依靠，在很多的時候，我們都是站在時間之軸上敘述空間景物的異樣。但是，二十世紀的天體物理學卻告訴我們，世界上並沒有恒定可靠的時間，時間恰恰是依憑空間的不同而變化多端。例如愛因斯坦、霍金等人的宇宙觀恰恰給予了我們更為豐富的「相對」性的啟示：沒有絕對的時間，也沒有絕對的空間，時間總是與空間聯繫在一起，不同的空間有不同的時間。「相對論迫使我們從根本上改變了我們的時間和空間觀念。我們必須接受，時間不能完全脫離開和獨立於空間，而必須和空間結合在一起形成所謂的時空的客體。」〔註 10〕二十世紀以後尤其是 1970 年代以後，西方思想包括文學研究在內出現了眾所周知的「空間轉向」，傳統觀念中的對歷史進程的依賴讓位於對空間存在的體驗和觀察，這些理念一時間獲得了廣泛的共識：「當今的時代或許應是空間的紀元……我們時代的焦慮與空間有著根本的關係，比之與時間的關係更甚。」〔註 11〕「在日常生活裏，我們的心理經驗及文化語言都已經讓空間的範疇、而非時間的範疇支配著。」〔註 12〕「一方面，我們的行為和思想塑造著我們周遭的空間，但與此同時，我們生活於其中的集體性或社會性生產出了更大的空間與場所，而人類的空間性則是人類動機和環境或語境構成的產物。」〔註 13〕有法國空間理論家列斐伏爾等人的倡導，經由福柯、

〔註 10〕【英】霍金：《時間簡史》，吳忠超譯，湖南科學技術出版社 2002 年版，第 22 頁。

〔註 11〕【法】福柯：《不同空間的正文與上下文》，陳志悟譯，見包亞明主編：《後現代性與地理學的政治》，上海教育出版社 2001 年版，第 18 頁、20 頁。

〔註 12〕【美】詹明信：《晚期資本主義文化的邏輯：詹明信批評理論文選》，陳清僑等譯，三聯書店 1997 年版，第 450 頁。

〔註 13〕愛德華‧索亞語，見包亞明：《後大都市與文化研究‧前言：第三空間、後大都市與文化研究》，上海教育出版社 2005 年版，第 1 頁。

詹姆遜、哈維、索雅等人的不斷開拓，文學的空間批評得到了前所未有的長足發展，文本中的空間不再只是故事發生的背景，而是作為一種象徵系統和指涉系統，直接參與到了主題與敘事之中，空間因素融入傳統的社會歷史批評、文化批評、性別批評、精神批評等，激活了這些傳統文學研究的生命力，它又對後現代性境遇下人們的精神遭際有著獨到的觀察和解讀，從而切合了時代的演變和發展。

如同地理批評遠遠超出了地方風俗的文學意義而直達感知層面的空間關係一樣，西方文學界的空間批評更側重於資本主義成熟年代的各種權力關係的挖掘和洞察，「空間」隱含的主要是現實社會中的制度、秩序和個人對社會關係的心理感受。

在中國現代文學的研究中，我們長期堅信西方「進化論」思想的傳入是驚醒國人的主要力量，從嚴復的「天演公例」到梁啟超的「新民說」、魯迅的「國民性改造」，中國文學的歷史巨變有賴於時間緊迫感的喚起，這固然道出了一些重要的事實，然而，人都是生存於具體而微的「空間」之中的，是這一特殊「地方」的人生和情感的體驗真實地催動了各自思想變化，文學的現代之變，更應該落實到中國作家「在地方」的空間意識裏。近現代中國知識分子，同樣生成了自己的「空間意識」：

> 中國近現代知識分子是在一種極為特殊的條件下形成自己的時空觀念的。不是時間觀念的變化帶來了他們空間觀念的變化，而是空間觀念的變化帶來了他們時間觀念的變化。我們知道，正是由於鴉片戰爭之後中國的知識分子發現了一個「西方世界」，發現了一個新的空間，他們的整個宇宙觀才逐漸發生了與中國古代知識分子截然不同的變化。

> 中國現代知識分子的「地理大發現」，發現的卻是一個無法統一起來的世界，一個造成了空間割裂感的事實。這種空間割裂感是由於人的不同而造成的。

> 我們既不能把西方世界完全納入到我們的世界中來，成為我們這個世界的一個有機組成部分，我們也不願把我們的世界納入到西方世界中去，成為西方世界的一個有機組成部分。二者的接近發生的不是自然的融合，而是彼此的碰撞。

> 上帝管不了中國，孔子管不了西方，兩個空間結構都變成了兩

個具有實體性的結構，二者之間的衝撞正在發生著。一個統一的沒有隙縫的空間觀念在關心著民族命運的中國近現代知識分子的意識中可悲地喪失了。這不是一個他們願意不願意的問題，而是一個不能不如此的問題；不是一個比中國古代知識分子「先進」了或「落後」了的問題，而是一個他們眼前呈現的世界到底是一個什麼樣子的問題。正是這種空間觀念的變化，帶來了他們時間觀念的變化。〔註14〕

近現代中國知識分子同樣在「空間」感受中體驗了現實社會中的制度與秩序，覺悟了各種不平等的權力關係，但是，與西方不同的在於，我們在「空間」中的發現主要還不是存在於普遍人類世界中的隱蔽的命運，它就是赤裸裸的國家民族的困境，主要不是個人的特異發現，而是民族群體的整體事實，它既是現實的、風俗的，又是精神的、象徵的，既在個人「地方感」之中，又直陳於自然社會之上。從總體上看，近現代中國的空間意識不會像西方的空間批評那樣公開拒絕地方風土的現實「反映」，而是融現實體驗與個人精神感受於一爐。我覺得這就為「地方路徑」的觀察留下了更為廣闊的可能。

「地方路徑」的提出也是對域外中國學研究動向的一種回應。

海外的中國學研究，尤其是美國漢學界對現代中國的觀察，深受費正清「衝擊／反應」模式的影響，自覺不自覺地站在西方中心的立場上，以西歐社會的現代化模式來觀察東方和中國，認定中國社會的現代化不可能源自本土，只能是對西方衝擊的一種回應。不過，在 1930、40 年代以後，這樣的思維開始遭受到了漢學界內部的質疑，以柯文為代表的「中國中心觀」試圖重新觀察中國社會演變的事實，在中國自己的歷史邏輯中梳理現代化的線索。伴隨著這樣一些新的學術思想的動態，西方漢學界正在發生著引人矚目的變化：從宏大的歷史概括轉為區域問題考察，從整體的國家民族定義走向對中國內部各「地方」的再發現，一種著眼於「地方」的文學現代進程的研究正越來越多地顯示著自己的價值，已經有中國學者敏銳地指出，這些以「地方」研究為重心的域外的方法革新值得我們借鑒：「從時間與空間起源上，探究這些地區如何在大時代的激蕩中形成具有現代意義的文學觀念、如何生發具有地域特色的文學文本，考察文學與非文學、本土與異域、沿海

〔註14〕王富仁：《時間・空間・人（一）》，《魯迅研究月刊》2000 年 1 期。

與內地、中心與邊緣之間的多元關係，便不失為中國現代文學研究的一種新路徑。」〔註15〕

當然，必須指出的是，中國學者對「地方路徑」問題的發現在根本上說還是一種自我發現或者說自我認知深化的結果，是創立中國學術主體性的積極體現。以我個人的研究為例，是探尋近現代白話文學發生的過程中，接觸到了李劼人的成都寫作，又借助李劼人的地方經驗體驗到了一種近代化的演變曾經在中國的地方發生，隨著對李劼人「周邊」的摸索和勘察，我們不斷積累著「地方」如何自我演變的豐富事實，又深深地體悟到這些事實已經不再能納入到西方—中國先進區域—偏遠內陸這樣一個傳播鏈條來加以解釋了。與「中國中心觀」的相遇也出現在這個時候，但是，卻不是「中國中心觀」的輸入改變了我們的認識，而是雙方的發現構成了有益的對話。這裡的啟示可能更應該做這樣的描述：在我們力求更有效地擺脫「西方中心」觀的壓迫性影響、從「被描寫」的尷尬中嘗試自我解放、重新獲得思想主體性的時候，是西方學者對他們學術傳統的批判加強了這一自我尋找的進程，在中國人自己表述自己的方向上，我們和某些西方漢學家不期而遇，這裡當然可以握手，可以彼此對話和交流，但是卻並不存在一種理論上的「惠賜」，也再不可能出現那種喪失自我的「拜謝」，因為，「地方路徑」的發現本身就是自我覺醒的結果。這裡的「地方」不是指那種退縮式的地方自戀，而是自我從地方出發邁向未來的堅強意志。在思考人類共同命運和現代性命題的方向上我們原本就可以而且也能夠相互平等對話，嚴肅溝通，當我們真正自覺於自我意識、自覺於地方經驗的時候，一系列精神性的話題反而在東西方之間有了認同的基礎，有了交談的同一性，或者說，在這個時候，地方才真正通達了中國，又聯通了世界。在這個時候，在學術深層對話的基礎上，主體性的完成已經不需要以「民族道路的獨特性」來炫示，它同時也成為了文學世界性，或者說屬於真正的「人類命運共同體」的有機組成部分。

上世紀20年代，詩人聞一多也陷入過時代發展與「地方性」彰顯的緊張思考，他曾經激賞郭沫若《女神》的時代精神，又對其中可能存在的「地方色彩」的缺失而深懷憂慮，他這樣表達過民族與世界、地方與時代的理想關係：「真要建設一個好的世界文學，只有各國文學充分發展其地方色彩，同時又

〔註15〕張鴻聲、李明剛：《美國「中國學」的「地方」取向與中國現代文學研究——以中國現代文學研究的區域問題為例》，《中國現代文學論叢》2018年13輯。

貫以一種共同的時代精神,然後並而觀之,各種色料雖互相差異,卻又互相調和」〔註16〕。在某種意義上,這可以被我們視作中國現代文學沿「地方路徑」前行的主導方向,也是我們提出「地方路徑」研究的基本原則。

〔註16〕聞一多:《〈女神〉之地方色彩》,《創造週報》第 5 號,1923 年 6 月 10 日。

目

次

第一章　緒　論

　　浙江籍作家在中國現代文學史上湧現，「佔據了中國新文學的半壁江山」，
〔註1〕形成奪目的「浙江潮」。浙江作家的創作成就多在離開浙江後，但其文
學活動仍帶有明顯的地域性，且來自不同地域的作家與其創作存在明顯的關
聯，寧紹臺地區為主的浙東作家，以周氏兄弟為代表，其文學創作精神、風
格，與茅盾（1896～1981）、徐志摩（1897～1931）等為代表的浙西作家存在
明顯差異。〔註2〕「五四」新文化運動以後出現的第一個具有流派性質的「鄉
土文學」熱中，「浙東」鄉土作家在文壇雀起，魯迅闡述此時的鄉土文學現象
時提到魯彥、許欽文的文風特色，事實上當時文壇還活躍著巴人、許傑、魏
金枝、潘訓等，「浙東風」初現；〔註3〕在20世紀30年代的「左聯」陣營中，

〔註1〕陳子善（1948～）：〈序〉，鄭績：《浙江現代文壇點將錄》（北京：海豚出版社，
　　　　2014），頁 i。關於現代作家人數，所依據的標準不一，相關統計出入較大。
　　　　《浙江省文學誌》的「現代文學家」中，在 1918～1949 年間有 180 位。陳堅
　　　　引用《中國新文學大系》附有作家小傳的浙江籍作家有 34 人，陳堅（1937
　　　　～）：〈浙籍現代作家研究〉，《浙江社會科學》1991 年第 2 期，頁 22；而他主
　　　　編的《浙江現代文學百家》列了 129 位現代浙江籍作家、文藝理論家和翻譯
　　　　家。鄭績收錄了 108 位浙籍現代作家。無論哪家說法，「浙軍」的異軍突起無
　　　　疑是事實。《浙江省文學誌》（北京：中華書局，2001 年），頁 553～607。浙
　　　　江省文學學會編（陳堅主編）：《浙江現代文學百家》（杭州：浙江人民出版社，
　　　　1988 年）；鄭績：《浙江現代文壇點將錄》，頁 ii。
〔註2〕王嘉良（1942～）認為浙西歷來多「清流美士」，現代浙西作家文風大都偏於
　　　　清麗飄逸。浙東厚重老辣，浙東現代作家文風多剛硬深刻。王嘉良：〈論浙江
　　　　新文學作家群對兩浙文化傳統的承傳〉，《浙江社會科學》2004 年第 5 期，頁
　　　　191～196。
〔註3〕魯迅：〈《中國新文學大系》小說二集序〉，《魯迅全集》（北京：人民文學出版

浙東作家同樣引人注目，是為左翼文壇「浙東曹娥江的憂鬱」〔註4〕。40年代，徐訏、蘇青繼續演繹著文壇的浙東「傳奇」。

　　浙東現代作家多為周氏兄弟那樣出身走向衰落的小官僚、小地主、小商人之家，他們的筆端傾注了對底層民間的關懷，或者以啟蒙者的立場思考民間的痼疾，以期「引起療救者的注意」〔註5〕；或者以異鄉遊子的身份回顧民間風土名物，以抒對原鄉的思念情懷；或者以先覺者的姿態批判民間的落後，試圖啟迪民眾的覺醒抗爭。他們站在不同的立場對民間發言，所持的價值判斷各有所依，為其各具風格的創作增添了另一種討論空間。

第一節　研究動機與目的

一、研究動機

1. 近現代知識分子的地域意識

　　近現代文壇刮起「浙東風」並非是個孤立的個案，晚清以來崛起的湖湘知識分子群、廣東知識分子群落，以及五四北大的「某籍某系」之說，都說明「晚清是近代國家意識萌生的年代，也是近代地方意識的發端。」〔註6〕同鄉關係是傳統士人人際交往的憑藉關係之一，明末以至維新以後尤是如此，〔註7〕而此時地方意識不同於傳統的鄉曲主義，是在國家意識崛起過程中以省籍為中心的地域觀念，留學生以省籍為區劃的同鄉會組織，及其《浙江潮》《河南》等同鄉期刊上各類集中討論地理與文明關係的文章是最明顯的例證。〔註8〕留學生們煽動重燃民氣，宣洩對鄉土地方的激情，顯示此時知識分子開始

　　　　社，1998年，以下魯迅作品不做說明的，均出自同一版本），卷6，頁238～265。

〔註4〕楊義（1946～）：《中國現代小說史》（北京：人民文學出版社，1998年），頁297。

〔註5〕魯迅：〈我怎麼做起小說來〉，《魯迅全集》，卷4，頁512。

〔註6〕許紀霖（1957～）：《家國天下：現代中國的個人、國家與世界認同》（上海：上海人民出版社，2017年），頁394。

〔註7〕章太炎（1869～1936）在其〈箴新黨論〉中說顧炎武譏明末俗尚年、社、鄉、宗，經過時代的變異，事易時移，年與鄉依舊，新黨雖倡維新，不廢者猶有師生、年誼、姻戚、同鄉，而當時學生，他以為其所為，只是新黨的變形而已。許壽裳：《章炳麟傳》（北京：中國言實出版社，2015年），頁53～54。

〔註8〕李怡（1966～）：《東遊的魔羅：日本體驗與中國現代文學的發生》（南京：江蘇鳳凰文藝出版社，2018年），頁60～63。

有著強烈的對地理空間觀念的追尋。省籍地域觀念的萌興與晚清新政地方自治有關，﹝註9﹞也是科舉制度被取消後，中國近代社會傳統的「士」階層逐漸完成現代轉變的結果。﹝註10﹞西學東漸尤其是地理學知識衝擊著中國人傳統的天下觀，消解了王朝統治制度的神秘性，﹝註11﹞促進了晚清最後的士人蔡元培一代的轉變，魯迅等第一代現代意義上知識分子的產生。﹝註12﹞在「斷裂」﹝註13﹞的社會中，現代知識分子成為原鄉的邊緣人或漂泊者，﹝註14﹞在被放逐的人際交往及身份認同中，以省籍為中心的人際關係和空間逐漸成為主要的憑藉。

　　現代知識分子的地域意識，促使其在家國積弱時追尋原鄉歷史的榮光，循著先賢的足跡前行。如《浙江潮》中大量文章關於「兩浙」地理、歷史的追溯，刊登浙江鄉先賢、地方名勝等圖像，不只慰其鄉愁，旨在「文化原型意義上」給予浙江留學生「精神撫慰的一種原動力」﹝註15﹞；留日紹興學生包括魯迅在內，還曾集體寫信給同鄉表示：「我紹興郡古有越王句踐、王陽明、黃梨洲煌煌人物之歷史。我等宜益砥礪，以無墜前世之光榮。」﹝註16﹞離鄉的

﹝註9﹞ 許紀霖：《家國天下：現代中國的個人、國家與世界認同》，頁392～402。

﹝註10﹞ 余英時（1930～2021）用「知識人」概念代替常見的「知識分子」，他認為知識人代士宣告了「士」傳統的結束，這一斷代大致是19世紀至20世紀之交，1905年科舉被廢止是最有象徵意義的。余英時：《士與中國文化‧新版序》（上海：上海人民出版社，2006年），頁1～5。

﹝註11﹞ 〔美〕張灝（1937～）著，高力克、王躍譯：〈導言〉，《危機中的中國知識分子：尋求秩序與意義》（北京：中央編譯出版社，2016年），頁5～8。

﹝註12﹞ 許紀霖：《中國知識分子十論》（修訂版，上海：復旦大學出版社，2015年），頁82～83。

﹝註13﹞ 「斷裂」是許紀霖用以形容現代知識分子所處的社會，指其有兩重內涵：國家與社會的斷裂；社會各階層的斷裂，導致知識分子對國家的疏離，與傳統民間社會的脫離。許紀霖：〈「斷裂社會」中的知識分子（編者序）〉，許紀霖編：《20世紀中國知識分子史論》（北京：新星出版社，2005年），頁2～3。

﹝註14﹞ 「邊緣化」是諸多學者對近代知識分子所處歷史困境的共同看法。余英時：《中國文化與現代變遷》（臺北：三民書局，1992年），頁33～50；王汎森：〈近代知識分子自我形象的轉變〉，許紀霖編：《20世紀中國知識分子史論》，頁107～126；羅志田：〈近代中國社會權勢的轉移——知識分子的邊緣化與邊緣知識分子的興起〉，許紀霖編：《20世紀中國知識分子史論》，頁127～161。

﹝註15﹞ 黃健：〈「浙東學派」思想與精神對中國新文學發生的影響〉，《浙江社會科學》2015年第10期，頁116。

﹝註16﹞ 薛綏之（1922～1985）主編：《魯迅生平史料彙編》（天津：天津人民出版社，1981年），頁215。

作家們則將對原鄉複雜的情緒訴諸筆端，書寫故土大地的人與事，向世人展現其美好與黑暗，抒發其眷戀與憎恨，這才有了現代文學中鮮明地域色彩的「浙東風」「湘西世界」「巴蜀風」等。

他們的地域意識還表現在學術研究中的現代地理學理論運用。浙東知識分子興起的現象，明清以來就已引起學術界的關注，但直到近現代，才有了以地理學知識研究地域與人及學術發展的自覺。梁啟超（1873～1929）是地理學中人地關係研究的開拓者，他的〈地理與文明之關係〉〈中國地理大勢論〉〈近代學風之地理的分布〉等系列文章，首次提出了「文學地理」的說法，〔註17〕討論了地理差異及文化傳統對於文藝文化活動的作用。在運用文化地理學對各地學者進行研究時，他認為大江下游南北岸及夾浙水之東西，實近代人文淵藪，「浙東寧、紹、溫、臺為一區域」，與其他幾個區域，共同為「東南精華所攸聚也。」〔註18〕王國維（1877～1927）的屈原文學研究，〔註19〕劉師培（1884～1919）的語音南北差異闡述，〔註20〕傅斯年（1896～1950）的先秦學派研究等，〔註21〕都在上世紀初不約而同地提出了地域與文藝、學術團體的關係，並試圖對此進行學術的整理研究。

近現代知識分子關於自身及研究的地域化自覺，說明在一定地域範圍內，相似的文化背景和基礎下，具有共通的思維範式與行為模式的「文化群落」（culture community）產生是必然的。小到村落之類的「自然共同體」，〔註22〕大到基於「想像的政治共同體」的民族〔註23〕，以及更多介於兩者之間的想像

〔註17〕梁啟超：〈中國地理大勢論〉，《梁啟超全集》（北京：北京出版社，1985年），卷4，頁926～939。

〔註18〕梁啟超：〈近代學風之地理分布〉，《清華學報》1924年第一卷第一期，頁15。

〔註19〕王國維：〈屈子文學之精神〉，《王國維文存》（南京：江蘇人民出版社，2014年），頁159～162。

〔註20〕劉師培：〈南北文學不同論〉，《國粹學報》1905年第1卷第9期，頁65。

〔註21〕傅斯年：《老北大講義‧中國古代文學史講義》（長春：時代文藝出版社，2009年），頁88。

〔註22〕艾倫‧麥克法蘭是指血緣與地緣相結合的、有一定地理區劃、物理形態的共同體。〔英〕艾倫‧麥克法蘭（Alan Macfarlane, 1941～）著，管可穠譯：《現代世界的誕生》（*The Invention of the Modern World*）（上海：上海人民出版社，2013年），頁5。

〔註23〕〔美〕本尼迪特克‧安德森（Benedict Anderson, 1936～2015）著，吳叡人譯：《想像的共同體——民族主義的起源與散佈》（*Imagined Communities Reflections on the Origin and Spread of Nationalism*）（上海：上海人民出版社，2003年），頁8。

共同體，無論其地域規模大小，都是有著某些相似趨近人群的組合。一定地域特有的地理、氣候等自然條件，形塑著居於其中的人群，並在漫長的歷史中形成了類似的風土人情、語言使用、觀念習俗等，形成一套「我們」共同的符號體系，與使用不同符號體系的他者有所區分。這些符號體系在不斷重複中被社會所建構，被個體所記憶認同，「儘管集體記憶存在一個由人們構成的聚合體中存續著，並從基礎中汲取力量，但也只是作為群體成員的個體才進行記憶。」〔註24〕符號系統構成的意義之網，使其中的人們產生相應的歸屬感和認同感。

2. 浙東現代作家的民間關懷

作為知識分子群體中走在社會前列的一類，作家與其他社會精英一起引導並推動了晚清社會的近代轉型。〔註25〕來自浙江的作家無論在數量還是創作風格上，都堪稱近現代文學史之最。而對浙江作家來說，浙江這一省籍稱呼更多被以浙東浙西這一具有歷史文化意義的指稱所代替，魯迅等作家都以「浙東人」自居，這既有作家的情感取向和認同作用，也是歷史、文化傳統的積澱所致。嚴家炎（1933～）說「五四」時期群星燦爛的文學天空中，「浙江上空星星特別多，特別明亮」現象時，指出區域文化對「作家的性格氣質、審美情趣、藝術思維方式和作品的人生內容、藝術風格、表現手法」，以及「特定的文學流派和作家群體」形成的作用。〔註26〕確實，「五四」文學革命後，鄉土文學中浙東作家的蜂起，1930 年代「左聯」的 288 位盟員中，浙江籍的有 47 人（浙東 22 人），遠多於第二名 31 人的江蘇、廣東兩省，〔註27〕「浙東風」顯然與地域文化有著難以割捨的關聯。

任何作家的成長、生活離不開特定的區域環境，在其中浸淫越久，各方面或多或少總會受到該區域環境的影響。作家的創作是個體的，也受制於群體的、區域的集體意識，特別是其中獨立於自然的觀念、制度、道德等文化創造，會對其道德、價值觀念產生濡化作用。作家的創作衝動來自於其生活

〔註24〕〔法〕莫里斯・哈布瓦赫（Maurice Halbwachs, 1877～1945）著，畢然，郭金華譯，《論集體記憶》（上海：上海人民出版社，2002 年），頁 39～40。

〔註25〕龔鵬程（1956～）：〈傳統與反傳統〉，《近代思潮與人物》（北京：中華書局，2007 年），頁 90～118。

〔註26〕嚴家炎：《20 世紀中國文學與區域文化叢書・總序》，《理論與創作》1995 年第 1 期，頁 9～11。

〔註27〕姚辛（1934～2011）編：《左聯詞典》（北京：光明日報出版社，1994 年），頁 30～259。

經歷，在一定程度上是關於其成長、生活的經歷和經驗的回顧、響應，即郁達夫（1896～1945）所同意的「文學作品，都是作家的自敘傳」的說法〔註28〕，也說明其創作中無可避免地會帶有區域文化的烙印。當然，對現代作家的成就和身份定位，不能只侷限於其文化資源中的地域文化，需要著眼於他的整體和所處的時代，但地域文化無疑是其創作時身份或創作素材的重要表徵。

民元以來，隨著李大釗（1889～1927）、蔡元培等發起「到民間去」運動，浙東作家積極響應，以諸多方式參與其中。北大的「歌謠」運動中，周作人等是主要的主持者，魯迅是實際的支持者，其創作就深受民間文化滋養。鄉土作家深入民間，抒發其眷戀之情，也試圖透過民間重新討論鄉土社會及其文化價值；浙東左翼作家看到民間群眾的力量，以文學為戰鬥的武器和宣傳的工具，達其啟發群眾覺悟的目的。可以說，在現代作家的作品中，民間文化一直是一個在場者，以批判的、建設的、啟迪的態度參與了作家的創作。在走向民間的運動中，浙東作家以自身的參與和創作實踐成為最早探索民間社會乃至整個社會的思考者群體。他們的民間關懷給文學創作注入了新的生命力，〈狂人日記〉以民間白話反思傳統，揭櫫了現代文學之發生；也開啟了民俗學、語言學、歷史學等多學科的現代時期。

上世紀末以降的全球化、城市化浪潮，帶來了物質文明的極速發展，互聯網時代信息獲取快捷又豐富，文學表現的內容和手段也在不斷演變，人卻並未因此對自我、他人、社會、自然等認知更深刻，反而更陷於迷茫。「全球地方感」「全球地方化」等概念反映了「對地方的重新強調」趨勢。〔註29〕文化的融合，建設的同質化，以及強勢推廣普通話等對地方的壓縮，方言的萎縮，地方感的流逝等諸多問題由此產生。在其對立面，藉由文化地理空間的建構傳播，「地方」也在強化自身。從漂泊的現代作家到當代移民作家的文學表達正是在這一點上拓展了「地方」的意義，強化了「原鄉」與「他鄉」之間的文化區隔。如何用文字書寫這個瞬息萬變的時代，觸及其中人與社會的本真，是當下包括但不止於文學界都應思考的問題。正如魯迅認為歷來文學遇到問題時，民間便是其學習的源泉。重新梳理上世紀浙東現代作家的原鄉民

〔註28〕郁達夫：《過去集‧五六年來創作生活的回顧》（上海：北新書局，1931年），頁10。

〔註29〕〔美〕羅蘭‧羅伯森（Roland Robertson）著，梁光嚴譯：《全球化：社會理論和全球文化》（*Globalization: Social Theory and Global Culture*）（上海：上海人民出版社，2000年），頁249。

間文化書寫，學習現代作家如何從地方民間汲取營養，可以給當下文學創作、批評提供另一種視角，也不失為理解、接納地方的一個途徑。關於浙東作家走向民間意義、動機的社會學、文學或史學分析，都必然會涉及其他問題，諸如這些浙東現代作家在社會轉型過程中，自身已經脫離了傳統的民間社會，是什麼吸引他們再度走向民間的？當他們再度面對民間時，他們的民間觀念和民間立場是怎樣的？民間文化在他們的創作中扮演了什麼樣的角色？對於其創作和民間文化本身有什麼樣的意義等。從現有的成果看，這些問題都有進一步討論的空間。

二、研究目的與方法

1. 研究目的

　　歷來研究現代作家的創作，往往將全局／地方作為對立的一個矛盾體，認為後者過於狹隘；或者視民間文化低於精英文化，以民間文化視角切入有矮化現代作家的嫌疑，對此不值一哂。現有的地方民間文化研究成果也比較有限，從浙江一地去做現代作家的研究，集中於魯迅及部分鄉土作家研究；即使有民間文化的研究，其內容也多是常見類型，剝離現代市鎮、城市只談鄉土社會，實際上浙東作家的現實生活、寫作空間都以後者為主，僅僅只從鄉土社會去看待分析浙東現代作家作品，顯然是不夠全面的。本文希望借著對上述問題的討論，首先能對浙東民間文化有個較為清晰的認識。

　　文化是個很寬泛的概念，自愛德華・泰勒（Edward Tylor，1832～1917）提出廣義的文化後，〔註30〕迄今為止各學科學者界定的文化概念已不下於二百種，不過不同定義都認為文化是人類社會活動的產物，是別於其他生物的「最亮的羽毛」，是在社會中後天習得、傳承、修正的，從結構上通常認為文化是物質、制度、精神三個層面的集合。民間也是多維度、發展的，在地域空間上有鄉村鄉民和都市市民；社會學上，又是與官方對稱的政治概念，處於占社會絕大多數的中下層。〔註31〕民間社會的歷史發展中，形成了自己獨

〔註30〕愛德華・泰勒提出廣義的文化「包括知識、信仰、藝術、道德、法律、風俗以及作為社會成員的人所具有的其他一切能力和習慣」。〔英〕愛德華・泰勒著，蔡江濃編譯：《原始文化》（*Primitive Culture*）（杭州：浙江人民出版社，1988年），頁1。

〔註31〕黃永林（1958～）：《中國民間文化與新時期小說》（北京：人民文學出版社，2007年），頁9～12。

特的文化。民間文化（folk culture）概念來自西方，1846 年當英國學者威廉‧
湯姆斯（WilliamThomas，1803～1885）最初將 folk（人民）與 lore（知識）
結合起來，「民眾的知識」是關於民間傳統的風俗、習慣、儀式、迷信、歌謠
和寓言等。〔註32〕當這一概念被引入中國時，沿用日本的翻譯為「民俗學」，
但該概念在國外有擴大化傾向，法國為「民族學」，德國為「地方志」。〔註33〕
為有所區分，鍾敬文（1903～2003）創用「民間文化」這一新術語，「甚至擬
用這個名詞去代替『民俗』一詞，而把民俗學稱為『民間文化學』。」〔註34〕
跟鍾敬文有同樣觀點的還有江紹原（1898～1983），認為 folklore 譯為「謠俗
學」或者「民學」為宜。〔註35〕在民初歌謠運動興起後，討論研究與「民」
相關的生活、習俗、觀念、文學等，還有「俗文學」「大眾文學」等多種說法。

　　由此可知，民間文化的概念是區分於國家（官方）文化和士大夫文化，
用於指稱具有集體性、匿名性的廣大底層文化形態，一般是指由社會底層的
勞動人民創造的、古往今來就存在於民間傳統中的自發的民眾文化。鍾敬文
認為從社會分層上看，民間文化是來自社會底層的，〔註36〕這大致與美國人
類學家羅伯特‧雷德菲爾德（Robert Redfield，1897～1958）所提出的大傳統
（great tradition）和小傳統（little tradition）的文化分層理論，中國傳統所指
雅俗文化的分野相對應。〔註37〕在現實存在空間上，民間文化可以有鄉村和
城鎮之分；從存在形態上可以有物質的和精神的；〔註38〕從內容看，可以有

〔註32〕〔英〕威廉‧湯姆斯：《民俗》，〔美〕阿蘭‧鄧迪斯（Alan Dundes, 1934～2005）
　　　　編，陳建憲、彭海濱譯：《世界民俗學》（上海：上海文藝出版社，1900 年），
　　　　頁 5～9。
〔註33〕高國藩（1933～）：《中國民間文學》（臺北：臺灣學生書局，1999 年），頁 3。
〔註34〕鍾敬文：《話說民間文化‧自序》（北京：人民日報出版社，1990 年），頁 1。
〔註35〕金榮華（1936～）：〈民間文學、民俗學與民學──論 folklore 一詞之漢譯〉，
　　　　《神州民俗》2012 年第 5 期，頁 6～9。
〔註36〕鍾敬文將文化分為上中下三層，民間文化居於最下層。談及傳統民族文化時，
　　　　他又以上層與下層加以劃分，民間文化又包涵了中層的商業市民民眾，從階
　　　　級角度看，都是屬於被統治階層的文化。鍾敬文：《話說民間文化》（北京：
　　　　人民日報出版社，1990 年），頁 1。
〔註37〕余英時：《士與中國文化》（上海：上海人民出版社，2003 年），頁 118。
〔註38〕馬林諾夫斯基（Kaspar Bronislaw Malinowski, 1884～1942）將文化區分為精神
　　　　的和物質的，後來又補充社會組織。〔英〕馬林諾夫斯基著，費孝通等譯，《文
　　　　化論》（北京：中國民間文藝出版社，1987 年），頁 4～9。王夫子對文化採取
　　　　三分的方法，以觀念─操作─實物來劃分文化的類別。王夫子（王治國）：《殯葬
　　　　文化學──死亡文化的全方位解讀》（北京：中國社會出版社，1998 年），頁 7。

有形的建築、服飾、飲食、器具等，無形的信仰、宗教、禁忌等，有制度性的規約等等。有學者從民間文化與現代文學的互動中，認為至少包括「可觀可感的文化形態」和「深層次的、無形的心理和精神內容」兩個層面。〔註 39〕也有學者從文化群體的認定和變遷分析，認為民間文化是底層農民的文化，是農耕背景下「悠久的傳統」。〔註 40〕確實在中國以農耕文明為主的文化體系中，民間文化主要在底層鄉村的桑上陌間流傳沿襲。但城鎮底層以小市民為主要群體的民間文化同樣一直存在發展著，特別是近現代以來，在日漸發達的工商經濟刺激下，城鎮民間文化出現的變異要早於鄉村，其時尚性的一面比鄉村呈現得更快速且完整，就近現代這個時間段看，筆者認為尤其不能忽視了城鎮空間的民間文化。

　　本文基於各學科的民間文化概念界定，根據研究對象的時空界域，將範疇限制在近現代以來已經出現，就其本身的方式得以生存、發展的現實性文化空間。在這一條件下，民間文化應該是實物─操作─觀念三個層面的有機組成：一指底層民間對自我、與他人、與社會、與自然等關係中表現出的各種觀念，這是文化的核心；二是指落實、維持這些觀念的具體儀式、制度等操作形態，往往也以行為模式來指稱；三是以民俗事象、民間藝術等為核心的具體可感的物質形態文化類型，是民間文化的實物載體。

　　民間文化的三個層面在現實空間中文學作品中往往交融纏繞，要對其內容做討論，不能只限於每個層面，還是要回到常見的內容類別，分析其內容及表現。本文所說民間文化包括以下幾類：首先是以民俗事象、民間語言等為主的可直接感知的文化形態。這兩類是民間文化中的基本類別，也是文學作品中常見材料。其次是民間社會人際交往、衣食住行等表現出的情感、態度、程序等，具體落實到個體以家為中心的各種組織結構，及維繫其運行的規約、制度、儀式等中。它是近現代社會轉型過程中表現最為突出的，從 1840 年以後的社會性質轉變，1911 年皇權被推翻後必然發生的社會結構改變，到 1917 年新文化運動由知識分子所推動的觀念轉變，都觸動改變了底層社會的各種社會組織、結構及具體操作形態。這些觀念及操作形態驅使作家離鄉、

〔註 39〕王光東（1961～）等：《20 世紀中國文學與民間文化》（上海：復旦大學出版社，2007 年），頁 2。

〔註 40〕高丙中（1962～）：〈精英文化、大眾文化、民間文化：中國文化群體的變遷及差異〉，《社會科學戰線》1996 年第 2 期，頁 108～113。

越境，對自身身份認同產生前所未有的危機感，也反過來召喚作家們在其作品中對民間觀念及操作形態之變做出反應。其三是民間社會在長期的歷史發展中，積累積澱的深層次、無形的心理、意識、審美等精神性內容，包括民間文學、民間精神等，民間文學是民間文化形態中的重要組成部分，是底層大眾在生產、生活和勞動中的集體口頭創作；這些民間文化的直接、反抗等精神對於作家創作的影響是潛移默化的。

在釐清基本概念基礎上，本文希望進一步討論作家如何在創作中調動運用民間文化資源。浙東作家有的出身底層，有的從精英階層滑入底層，但大多來自民間社會，或者與民間有著密切往來。而 1840 年來的社會劇變又促使作家們由傳統關注的視域，轉向民間。作家自身熟悉民間文化，有的是受民間文化薰習成長，當其具有向下看的民間立場，在其作品中藉重、反思民間文化，以實現引導、整合、啟蒙、教化等各種功能是自然的。以作品反觀其民間立場、文學觀念等，也不失為理解作家創作的一種方式。為便於討論浙東作家群體中表現出的地方文化共性，本文將其視為整體，希望通過他們梳理浙東地區的歷史文化傳承，包括「浙東」有什麼樣的地方特色，其內涵包括哪些，賦予作家以哪些有別於其他地方作家的氣質和特點，這種氣質對其在離開浙東後的文化選擇有何作用，在「流動」的文化視野中作家是如何看待原鄉民間社會進行分析；具體到作家對浙東民間文化的吸取，則對其作品中各「浙東」民間文化要素，如社會結構、習俗文化、民間文學、民間語言等展開討論，試圖釐清豐厚的民間文化作為其生長成長的環境，為其創作提供了哪些有價值的材料，他們從民間文化中吸取了什麼，對其文學創作有什麼樣的影響，是通過什麼樣的方式顯現於其創作中的，這種書寫具有哪些社會的、審美的意義等問題。

2. 研究方法

為實現上述研究目的，本文需要運用文學地理學、民間文化與文藝民俗學理論及相關方法。文化地理學興起於 19 世紀的地理研究中，1822 年德國地理學家卡爾・李特爾（Carl Ritter，1779～1859）對人、地之間統一性做了闡述；其後弗里德里克・拉采爾（Friedrich Ratzel, 1844～1904）提出了「文化地理學」的建議，兩個世紀的積累文化地理學已然有了成熟的理論體系。文學作為意識形態和觀念層面的文化要素，其發展與傳佈也具有時間、空間的組合和發展演化規律，但中國文學的傳統研究歷來重視時間的發展，而少空

間的維度。王國維、劉師培等人已注意到文學存在區域之間的迥異，只是未能形成系統的論說。上世紀 80 年代曾大興（1958～）等提出「文化地理學」的學科建構設想；〔註41〕楊義的文學圖志說試圖地理、天時與人文化而為一，〔註42〕他「借用地理空間的形式，展開文學豐富層面的時間進程。」〔註43〕如其所說，以文學地理學理論觀照區域文學，獲得了大文學觀的視野。〔註44〕確實，中國文學這個內部差異性大、又常處於變動的整體，從區域文化文學入手，是可以藉此理解這個機體的局部細節，也可以從中窺得全貌。文學地理學對於文化區內地理地貌的考察與人文景觀相結合的研究，同樣適用於探討文學的發生和變遷。當作家在不同的文化區間遷徙流動，其「外層空間」作為主體活動的舞臺，「場景」的變換，通過文學版圖的復原是可以呈現時空交融的立體文學圖景，打開進入文本的「內層空間」之門的。〔註45〕也可以解釋外部因素對作家創作的刺激，與其內部的觀念產生合力，推動其自身創作的發生發展。

　　文學地理學歸屬學科目前大陸學界各執一詞，本文將其視為文學研究的地理學方法借用。如在分析形塑浙東現代作家的氣質時，需要用地理學中自然、人文環境中景觀、文化區等的形成，討論浙東特殊的地理地質地貌對民風的影響，賦予在該區域成長的現代作家以某些精神風貌的共性特徵。還要結合歷史的分析，通過對該地區觀念習俗等歷時性梳理，歸納出有別於他地的文化傳統、性格，明瞭作家在現實環境中可能接受的影響，才能分析這些因素對其文化觀念的形塑作用。現代作家的現代觀念，與該地區被迫開放進入近現代歷史進程，資本主義形態經濟的萌生發展、社會結構的率先轉變有著直接聯繫。對這些轉變的各種歷史原因、表現、作用等的梳理，是有助於解釋浙東現代作家何以能在近現代整體性崛起的。

　　具體分析浙東現代作家作品中的民間文化時，需要用民間文化理論，對其主要類別逐一展開討論，在每一類別中以文藝民俗學理論對文學文本進行分析。文藝民俗學是文藝學與民俗學的交叉學科，是以民俗學獨特的觀點、

〔註41〕曾大興：《文學地理學研究》（北京：商務印書館，2012 年），頁 12，9～41。
〔註42〕楊義：《文學地理學會通》（北京：中國社會科學出版社，2013 年），頁 3～5。
〔註43〕楊義：〈文學圖與文學地理學、民族學問題〉，《文學地理學會通》，頁 87～109。
〔註44〕楊義：〈文學地理學的淵源與視境〉，《文學評論》2012 年第 4 期，頁 73～84。
〔註45〕梅新林（1958～）、葛永海：《文學地理學原理》（上卷）（北京：中國社會科學出版社，2017 年），頁 25～28。

理論、方法去觀照、研究文藝作品，分析作家創作中的民俗意識，讀者欣賞
過程中的民俗審美導向，研究者的民俗學素養對其研究的作用，作品中的民
俗內容對民俗學的意義等。民俗是綜合性的原生態意識團，是文藝起源的中
介與過渡。民俗中的民間文藝兼有民俗和文藝的雙重特徵，自古以來是作家
文人創作的重要營養源。對此，魯迅和胡適（1891～1962）都持同樣的意見。
〔註46〕現代文學的發端同樣是與民俗的結緣，北大的歌謠徵集運動給新文學
以民間精神的滋養，使現代文學從一開始就具有了民俗化的傾向。民俗的社
會生活特徵，使其「常常以風習性文化意識為內核，程式化『生活相』為外
表，表現為一種習慣性的生活方式，傳統型的生活模式，構成了波及面深廣
的特定的生活形態」。〔註47〕浙東現代作家的成功在於能深入廣闊複雜的社
會，深諳社會現實生活中各種物質形式，人際交流的心理、精神活動，知曉
理解推動人言行的深層的思維原型，能把握住特定人群及個體的精神風貌，
創造出文學經典。運用文藝民俗學的理論去分析作品中的民間文化，是試圖
釐清作家採擷了哪些浙東特色的民間文化資源，在其創作過程中經過了怎樣
的加工，可以怎樣進入其中。因人數眾多作品不勝枚舉，在討論過程中只能
選擇典型作家及作品，對某些經典文化符合的重述或重釋，需要以經典重述
的方法分析；為突出地方、區域、主體、文本的特色，還需運用比較分析法，
對作家、作品展開討論。

第二節　研究範圍

一、地理與文化視野中的「浙東」

　　浙江現有行政所轄區域可以「七山一水二分田」概括，其地勢西南以山
地為主，中部以丘陵為主，東北部為沖積平原。〔註48〕境內山脈縱橫，水系
交錯，錢塘江及其支流將浙江分為浙東浙西。對於大部分浙東現代作家，「浙

〔註46〕魯迅說：「歌、詩、詞、曲，我以為原是民間物，文人取而為己有。」魯迅：
　　　　〈致姚克〉，《魯迅全集》，卷12，頁339。胡適也提出：「一切新文學的來源都
　　　　在民間。」胡適：《白話文學史》（北京：中國和平出版社，2014年），頁15。
〔註47〕陳勤建（1948～）：《文藝民俗學》（上海：上海文化出版社，2009年），頁5。
〔註48〕據浙江省人民政府政務網頁之「浙江地理概況」，浙江境內山地和丘陵占
　　　　74.63%，平坦地占20.32%，河流和湖泊占5.05%%，耕地面積僅208.17萬公
　　　　頃。http://www.zj.gov.cn/col/col1544746/index.html。

東」是宗系之本鄉、籍貫所在地，是父母所在的家園，也是出生、成長的「原鄉」。在近現代的社會轉型中，他們都被迫離開原鄉去異域他鄉，在輾轉漂泊的經歷中，「浙東」是他們筆下繞不過去的家園意象，一個帶著複雜情感的文化符號。

1. 地理之「浙東」

浙江歷史為古吳國、越國所有，吳越地理接近，環境相似，〔註49〕習俗多一致。〔註50〕唐代在該地設東道、西道，為「兩浙路」，宋代為東路、西路。清乾隆《浙江通志》指出：元至正二十六年，置浙江等處行中書省，浙江以省領，稱府九；明洪武十五年，歸入二府；清代因之，省會杭州，及嘉興、湖州，為江右，稱浙西；寧波、紹興、臺州、金華、衢州、溫州、嚴州、處州在江左，稱浙東。是以錢塘江為界，有「浙東」「浙西」兩浙之說。浙江這片東南沿海邊緣之地，資源並不豐富，南宋以後經濟和文化地位提升，一躍成為最富庶和戶數最多之地〔註51〕。直到民初，「兩浙」之地民族資本主義發展進入黃金期，逐漸形成了以上海為中心、工商資本和金融資本融合的「江浙財團」〔註52〕，在該財團中又以浙江籍系資本最佔優勢，居於支配地位。〔註53〕

〔註49〕〔東漢〕趙燁撰，《吳越春秋・闔閭內傳第四》（上海：商務印書館，1937年），頁40。〔東漢〕袁康：《越絕書・計倪內經第五》（上海：商務印書館，1937年），頁21。

〔註50〕〔漢〕司馬遷（前145～？）撰，〔宋〕裴駰集解，〔唐〕司馬貞索隱：《史記》（北京：中華書局，縮印版，1997年。以下不做特別說明，均為同一版本），卷129，頁3267～3270。

〔註51〕宋時「兩浙」路轄地122622平方公里，居全國第13，元豐時人口有1778953戶，居第1，田地36344198畝，居第5，墾田率每平方公里田地數296畝，居第6，而熙寧時二稅、上供糧食和布帛均為第1。見金普森（1932～）、陳剩勇（1956～）主編，沈冬梅（1966～）、范立舟（1962～）：《浙江通史・宋代卷》（杭州：浙江人民出版社，2005年，以下《浙江通史》都為同一版本），頁61～62。

〔註52〕所謂「江浙財團」沒有統一組織，但上海總商會、上海銀行公會、上海錢業公會事實上成為其組織形式，前者被稱為中國第一商會。1908～1928年，商會中江浙籍會員占總數的75～90%，張恒忠（1944～）：《上海總商會研究（1902～1927）》（臺北：知書房出版社，1996年），頁93。上海銀行公會1925年入會銀行22家，江浙籍銀行家直接支配的14家，占總公會全部銀行總資力的84%，出自金普森：《浙江通史・民國卷》，上冊，頁122～125。

〔註53〕金融業1912～1927年間上海創設銀行27家，浙江籍金融資本家創辦或為企業代表的占59%；保險業中1934年設在上海的22家公司中，浙江籍資本家任經理的至少13家，占總數59%；錢莊業中，浙江籍錢業經理商經營的始終

　　「兩浙」以錢塘江為界，其間區別大抵不脫王士性（1547～1598）的說法〔註54〕，《浙江通志》分別兩浙，「浙東多山，故剛勁而鄰於亢；浙西近澤，故文秀而失之靡」；〔註55〕地理上：「浙西」以杭嘉湖平原為主，境內水網密布，除太湖外，有大運河為主要的交通水系，並與環太湖的蘇南地區聯結為一體，屬於傳統意義上江南地區。東晉時北方世家大族南遷，該地是主要移民輸入定居地，兩宋後為全國重要的魚米之鄉，又有便利的水運交通，經濟發展狀況好，為全國最重要的糧倉和智庫〔註56〕。而浙東各地內部經濟發達不一，總體上較浙西貧困，其俗質樸相類似。

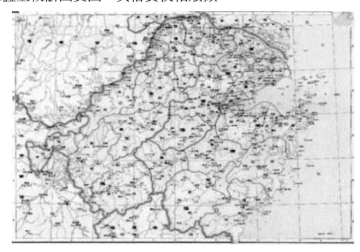

圖 1-1　　南宋時兩浙路〔註57〕

占上海匯劃錢莊數和資本額的 60～80%。浙江籍資本家被認為控制了財團組織形式的上海總商會、銀行公會和錢業公會。上海總商會為嚴信厚創立並任首任總理，其後到 1929 年被改組，換屆 18 次，浙商巨頭 7 人 14 次當選總理；總商會董中，浙商占 50% 左右，1924 年達 72.7%。錢業公會正副會長、總、副董和主席為浙江人所壟斷，歷屆董事等歷年浙江籍的占 90%。同前注，頁 127～129。

〔註54〕 王士性觀察說「浙西俗繁華，人性纖巧，雅文物，喜飾繕，多巨室大豪，若家僮千百者，鮮衣怒馬，非市井小民之利。浙東俗敦樸，人性儉嗇椎魯，尚古淳風，重節概，鮮富商大賈」。〔明〕王士性：《廣志繹》（上海：古籍出版社，1993 年），頁 323。

〔註55〕〔清〕沈翼機（？～？）編纂，嵇曾筠（1670～1739）監修：《雍正浙江通志·風俗（上）》（文淵閣四庫全書本），卷 99，頁 4057。

〔註56〕 楊義：《文學地理學會通》（北京：中國社會科學出版社，2013 年），頁 360～388。

〔註57〕 圖片來源：譚其驤（1911～1992）主編：《中國歷史地圖集·宋遼金時期》（第六冊），（北京：中國地圖出版社，1982 年），頁 59～60。

　　兩浙語相近〔註58〕，基本以吳方言為主，區域分布受到山系的影響明顯。錢塘江兩岸屬於浙西的杭嘉湖地區和屬於浙東的寧紹地區都為吳方言區，雖可分小片，可以互相交流。浙東除寧紹平原以外，其他各府方言因地而異，因山之隔而互相聽不懂的情況較為普遍。方言複雜，且一個片區內部還有眾多差異。民俗尤其是信仰習俗也差異明顯，濱水而居的以航運、貿易、漁業等為主要產業，多水神、水怪信俗；平原地帶則以稻作、耕織等為主，多稻作桑蠶信俗；山區丘陵地帶則多狩獵、採木、燒炭等職業，多山神、山鬼崇拜。民時兩浙風俗依舊相異，《浙江潮》中談及民風時認為：「浙西之人多活潑，浙東之人多厚重；浙西人好為表面之事業，浙東人能為實地之研究。究其弊也，浙西之人柔，浙東之人閉；浙西人少團結之力，浙東人乏交通之性。」〔註59〕曹聚仁從自己的經歷出發，把兩浙化約為「浙西是資產階級的天地，浙東呢，大體上都是自耕農的社會」〔註60〕，這種論斷不完全準確，卻基本指出了兩地各自的特點。魯迅也說環境對民風的影響甚深，「浙東多山，民性有山嶽氣，與湖南山嶽地帶之民氣相同」。〔註61〕鄭擇魁（1900～1972）以「水性」和「土性」概說浙西和浙東的藝術思維特性；〔註62〕王嘉良以「水性」概括浙西文化，以其清麗飄逸，而浙東文化則是「土性」的，厚重堅實。〔註63〕這大致也成為後來研究兩浙文學的基本論斷。

2. 文化之「浙東」

　　地理學範疇的「浙東」涵蓋的面積較廣，其內部各區域又差別極大。考古發現顯示該地居民早已掌握了較高的造船技術，山川是不同區域之間交流的主要阻隔，三大山系形成的天然阻隔將「浙東」分隔為不同的地域，各地

〔註58〕周作人：《書房一角·吳越語相同》，止菴（1959～）校訂：《周作人自編集》（北京：北京出版集團公司、北京十月文藝出版社，2012年。以下周作人自編集都為同一版本），頁110。

〔註59〕匪石（1884～1959）：〈浙風篇〉，《浙江潮》第4期（中國國民黨黨史史料編撰委員會藏本，1968年影印），頁16～17。

〔註60〕曹聚仁：《我與我的世界》（北京：生活·讀書·新知三聯書店，2011年），頁45。

〔註61〕徐梵澄（1909～2000）：〈星花舊影──對魯迅先生的一些回憶〉，《魯迅研究資料》（北京：人民出版社，1983年），第11輯，頁147～174。

〔註62〕鄭擇魁主編：《吳越文化與中國現代文學》（杭州：杭州大學出版社，1998年），頁37、51。

〔註63〕王嘉良：《地域視域的文學話語》（北京：中國文史出版社，2007年），頁20～24；237～246。

發展狀況不同。其北部為寧紹平原;中部地區主要是丘陵地帶,與贛、徽接壤,方言還有徽語、客家語多種。南部溫、處州的山嶺地帶因交通不便反而因此完整保存原生態的文化、語言等。「浙東」內部分別以浙南的溫州、處州,浙中的金華、衢州、嚴州,浙東北的寧波、紹興、臺州為中心,形成有著相對獨立的文化地理區塊。

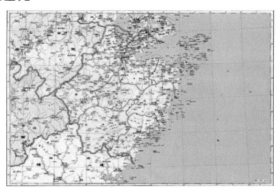

圖 1-2　清代浙江行省〔註64〕

　　「浙東」說法的出現源於唐代在此設「兩浙路」,清代浙江行省(見圖1-2)設有杭嘉湖、寧紹臺(其巡道所主要在寧波和紹興之間略有變動)、金衢嚴、溫處4個巡道。1914年分別設置錢塘、會稽、金華、甌海4道。會稽道(見圖1-3)又稱浙東道,領有寧紹臺3府的20個縣。〔註65〕該道於1927年被廢,當時各縣都直接隸屬於浙江省;1943～1945年期間,浙江分設浙東、浙南、浙西三行署,浙東行署下轄寧紹臺的18個縣。〔註66〕從地理和行政區劃發展看,「浙東」在不同時期有不同層級和區域指稱,其規模範圍始終以寧紹地區為核心。有鑑於此,為方便集中討論,本文的「浙東」主要指該核心地帶,即以寧紹平原為主的區域範圍,包括寧波、紹興兩地,以及處於其南部

〔註64〕本圖為行省整體,其中有各府的劃分,杭州灣北部沿海地帶的紹興府、寧波府和臺州府三府是浙東區域,即下圖1-3中的會稽道。兩張圖片結合起來對照對其地理位置的認識會更清晰。圖片來源:譚其驤主編:《中國歷史地圖集·清代》(第八冊),(北京:中國地圖出版社,1982年),頁31～32。

〔註65〕分別為寧屬7縣鄞縣、慈谿、奉化、鎮海、定海、象山、南田,紹興7縣紹興、蕭山、諸暨、新昌、嵊縣、餘姚、上虞,臺州6縣臨海、黃岩、天臺、仙居、溫嶺、寧海。傅璇琮(1933～2016)主編;王慕民、沈松平、王萬盈著:《寧波通史》(寧波:寧波出版社,2009年),民國卷,頁15。

〔註66〕浙東行署下轄有今天紹興的紹興、蕭山、諸暨、餘姚、上虞、嵊縣、新昌,金華的東陽、義烏,寧波的鄞縣、鎮海、象山、定海、奉化、慈谿,臺州的寧海、天臺,杭州的盤安,共18縣,以寧紹為主。

過渡地帶的臺州地區。確定「浙東」為該區域，還有其歷史文化傳統的考慮。這一帶為古越國所在地，其習俗、觀念以及制度具有高度一致性。秦以後此地儘管各設行政機構，但在軍事及更高層級的管轄上大致是一體的，該地區的名稱、治所、下轄縣區各時雖有變動，其下轄區域大體上以寧紹臺為主，政治上的同屬管理有利於促進文化趨同。該地區歷史文化發展以紹興為首，近代後寧波經濟上發展超越了紹興。兩晉時期世家大族大量南遷進入，其文明相對落後的狀況得到改善；南宋作為京畿之地，其教育格外受重視，文化上異軍突起，學術上先後產生了「四明學派」「陽明學派」「姚江學派」，以及後來被章學誠（1738～1801）稱為的「浙東學派」，這也是文化史上明確以「浙東」地域命名的學派，在哲學、史學上有著重大影響。

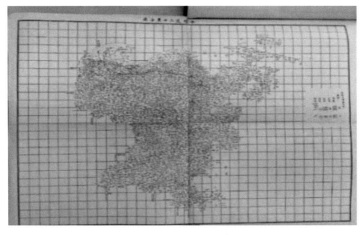

圖 1-3　會稽道〔註67〕

　　從地域上對浙東學術首先加以討論的是朱熹（1130～1200），他批評陳傅良（1137～1203）、陳亮（1143～1194）的永嘉、永康學派，認為他們所代表的「浙學」〔註68〕多尚事功，專言功利，大不成學問。劉鱗長（1598～1661）《浙學宗傳》中的「浙學」是指宋明時代包括整個兩浙的「心學」之流脈。黃宗羲（1610～1695）在《移史館論不宜立理學傳書》中明確提出了「浙東學

〔註67〕圖片來源：《浙江全省輿圖並水陸道里記》（三），《中國方志叢書·華中地方》（臺北：成文出版社有限公司，1970 年），第 47 號，據清代宗源瀚等原撰修民國徐則恂（1874～1930）等修訂，民四年石印本影印，頁 43。

〔註68〕〔宋〕黎靖德（？～？）編：《朱子語類》（北京：中華書局，1986 年），卷123，頁 2967。錢明曾對從「浙學」到「浙東學派」概念的流變作過梳理，錢明（1956～）：〈「浙學」涵義的歷史衍變〉，《浙江社會科學》2006 年第 2 期，頁 157～162。

術」，開始梳理並總結其學術傳統。〔註69〕黃宗羲此文為明史館對傳修史條約理學四款批判所做的辯護，在言及所謂「浙東學派最多流弊」時，他認為浙東姚江續學脈、蕺山去流弊對明代學術有衣被之功，反詰「今忘其衣被之功，徒訾其流弊之失，無乃刻乎？」〔註70〕全祖望（1705～1755）等人的《宋元學案》中的「浙學」，主要指浙東的事功之學與經史之學，認為可與閩學、關學等可相提並論，對宋元學風有開闢之功。章學誠在《文史通義》對浙東浙西的學派特色做了考察區分，在地域觀念上注重「浙東」。黃宗羲、全祖望和章學誠的「浙學」「浙東學派」考察，都是試圖對兩浙的學術傳統和特色進行整理，認為是可與「閩學」「洛學」等學派並稱之學。其內涵及其指稱對象各有所重，無疑章學誠這裡所用的「浙東」是以狹義的寧紹平原為主要範圍的區域，在文中他具體論述了兩浙之學的各自為學之道，認為「學者不可無宗主，而必不可有門戶，故浙東、浙西，道並行而不悖也。浙東貴專家，浙西尚博雅，各因其習而習也。」〔註71〕他以「浙東」來對這一區域內的學術流派命名，既有鄉土情誼，也是此時「南宋浙學流行地區，學術極其衰微，而寧紹平原的學術則崛起為重鎮」之故。〔註72〕「浙東學派」因《文史通義》的影響而擴大，為人所熟知。

對於章學誠所提的「浙東學派」，梁啟超雖認為有自譽之嫌，但不得不承認從地理上推論學風是為有趣之問題，且清代史學界的偉大人物，產自浙東為多。〔註73〕他又指出浙東學者主要集中於沿海及錢塘江、甌江兩岸，「浙東之寧紹為一區，而溫州又自為一區，此其大較。」〔註74〕到何炳松（1890～1946）的《浙東學派溯源》之後，「浙東學派」已成為學界廣泛使用的概念。方同義等梳理浙東學術的主題為實學、心學和史學。〔註75〕學術史、文化史中的「浙東」是狹義的，主要指的是寧紹平原為主的地域範圍，清代包括寧

〔註69〕〔明〕黃宗羲：〈移史館論不宜立理學傳書〉，《黃宗羲全集》（第10冊）（杭州：浙江古籍出版社，2005年），頁219～222。

〔註70〕〔明〕黃宗羲：〈移史館論不宜立理學傳書〉，《黃宗羲全集》，頁221。

〔註71〕〔清〕章學誠：〈浙東學術〉，《文史通義》（光緒三年貴陽刻本），卷5，頁19。

〔註72〕錢志熙（1960～）：〈論浙東學派的譜系及其在學術思想史上的位置——從解讀章學誠〈浙東學術〉入手〉，《中國典籍與文化》2012年第1期，頁61～72。

〔註73〕梁啟超：〈中國近三百年學術史〉，《梁啟超全集》，卷15，頁4475。

〔註74〕梁啟超：〈近代學風之地理分布〉，《梁啟超全集》，卷14，頁4269～4270。

〔註75〕方同義、陳新來、李包庚著：《浙東學術》（寧波：寧波出版社，2006年），頁88～157。

紹臺三府，民時的浙東行署基本上涵蓋了這一地域。

二、「現代」的時間限域

　　中國「現代」文學史發端，學界多傾向於 1917 年新文化運動，〔註76〕下至 1949 年第一屆全國文藝界代表大會的召開。就本文所要討論的浙東現代作家的「現代」，綜合現代文學史的基本劃分，以及民間文化的特點，將時間稍作調整。其實就民間文化的發生發展，以生活相呈現的形態，很難用一個確切的時間點來界定其階段性。但如果要討論對民間文化的影響要素，特別是能把握住近現代的社會轉型，從社會結構、民俗、民間文學幾個方面做具體探討，還是要回到歷史重新審視。中國社會自 1840 年第一次鴉片戰爭後，被迫捲入了世界新的進程。自此，開始了近現代化的轉型。史學上對於中國社會性質的轉型即以此為轉折點，而到了 1911 年，隨著清帝遜位，中華民國的正式成立，發布了新的國號，改變了紀年的方式，頒布了系列改變專制時代等級觀念的制度和做法，諸多象徵共和的法律法規出臺，標誌著由政治的到社會的巨大轉變。直到 1949 年 10 月，中華人民共和國的建立，開始進入新的歷史時代。1911 年的時代巨變以政治制度的轉變為標誌，對於民間社會的結構、民俗、語言等作用是直接的，它深刻地改變了知識分子對於國家民族和自己的認識，推動了社會的移風易俗，語言上在民間出現了許多新的詞彙。同時它深刻作用於當時歷史情境中的現代作家，浙東現代作家的領軍人物魯迅從辛亥革命中看到了希望，他積極參與紹興光復，做小說《懷舊》；1911 年底與周建人（1888～1984）聯名寫信倡導小學、通俗教育；撰寫《越鐸》出世辭；擔任紹興第五師範學校校長，投入「共和之治」，希望以振興「越學」來達到改造社會，但陷入《越鐸日報》事件，終陷於失望，並於次年元旦受蔡元培邀請到教育部應職。在其思想的發展中，在紹興的 1911 年是其一生中重要的一個轉折點，其

〔註76〕對現代與古代的分期，比較有代表性的有錢理群（1939～）、黃子平（1949～）和陳平原（1954～）「20 世紀文學」的說法，打通當代和近代，將邊界作為可以跨越的假設；王德威（1954～）的《沒有晚清，何來五四》將現代性發始推至晚清；章培恒（1934～2011）認為現代文學始於 20 世紀初；范伯群（1931～2017）認為 1892 年開始連載《海上花列傳》可以為古代向現代的轉軌；嚴家炎的《二十世紀中國文學史》認為可以從戊戌變法前十年推進，即 19 世紀 80 年代末 90 年代初；朱棟霖（1939～）主編的《中國現代文學史》2018 年版將現代的肇始推至 1915 年，各家說法不一，主要是各自對「現代」理解不同。

對於辛亥革命的反思，對國民性的思考，經此體驗更加深入。

鑒於上述考慮，本文將討論對象的時間主要限定為 1911～1949 年間，以此間浙東現代知識分子的創作活動，和作品中的民間文化為討論範圍。無論是民間文化還是文學的近現代化都是長期發展的結果，在追溯其根源時，有時還會回溯至更早先的階段，自 1840 年第一次鴉片戰爭打開了浙東通商口岸，浙東民間社會開始緩慢轉變，都是需要納入考慮的時間範疇。

三、文化傳統與擴散中的「浙東」作家

文化傳統以擴散的方式在傳播，〔註77〕某地集體層面的功能記憶與存儲記憶相似，是要經過選擇、聯綴、意義的建構過程。文化的功能記憶和主體相聯繫，群體性的行為主體通過功能記憶建構了自己，以合法化、去合法化和區分的形式奠定身份認同的基礎。存儲記憶則以各種檔案、數據等形式保存下來。在大量的神話、傳說、故事等口傳文學，特殊的節日、集會、習俗等群體性儀式活動情境中的，「浙東」文化以言傳身教方式建構著有別於他處的民間文化傳統，這些傳統又在地方史料、作品文集、建築碑刻等等形式中保存傳承下去。成長、生活於「浙東」的人們，自身在習得浙東文化的同時，也參與了浙東文化記憶的建構過程，他們是選擇、建構的主體也是對象，是文化傳播擴散進程中的一環。長期濡化的結果是該地逐漸形成「人類族群或群體不約而同的感受」，這些異於他地的社會心理、觀念和習俗等，成為其「文化身份的精神標杆」。〔註78〕這樣，地方的生活經歷，是個人和團體憑藉以活出他們生活方式的「意義結構」，也是能夠加以形塑、溝通、分享、轉變和複製的「象徵與象徵體系」，在這一結構與體系中，人和集體「將自己封閉在一套有意義的形式之中或者說困在他們『自己所編制的意義（signification）之網』裏面。」〔註79〕

個體在具體文化環境中知覺反映產生的意識經驗不盡相同。作為對環境和內部認知實踐的覺知，「意識是對周圍環境，包括諸如對世界的視覺、聽覺、

〔註77〕李慕寒等著：《文化地理學引論》（徐州：中國礦業大學出版社，1995 年），頁 6～7。

〔註78〕陳勤建：《中國民俗學》（上海：華東師範大學出版社，2007 年），頁 62。

〔註79〕〔美〕克利福德・格爾茨（Clifford Geertz, 1926～2006）著，楊德睿譯：《地方知識——闡釋人類學論文集》（ *Local Knowledge-Further Essays in Interpretive Anthropology* ）（北京：商務印書館，2014 年），頁 210、211。

記憶、思想、感情和軀體感受等認知實踐的知曉，」其認識是記憶的結果。
〔註80〕個體意識經驗多與內隱記憶（implicit memory）有關，它是通過過去經驗有關的行為改變來度量的，個體具有活動經歷經驗後，不需要有意識地回憶，內隱記憶就會顯現。在一定文化環境刺激下，原本表現為無意識現象的個體閾下促發（subliminal priming，或譯隱式促發）可能被啟動，發揮效應。意識反應的模式可以「全球工場」相互作用，它的情境包括地方情境經由知覺進入意識經驗，也能夠通過意識事件建立而不必被意識到，這可以解釋早期經驗會顯著地影響當前的經驗，特別是人生早期，「震驚性或創傷性事件會建立起巨大的無意識期望，從而塑造隨後的經驗」。〔註81〕文化傳統對作家個體的影響相當於「全球工場」的情境，它以外部感覺、內部感覺、觀念等方式進入個體的意識經驗，有的被意識到，更多的經無意識專門加工後進入自動化機制、長期記憶等層面，意識經驗可以個體作出陳述、判斷，認識自我和社會，調節內心，與他人關係等，以適應自然和社會的複雜環境。作家從小參與「浙東」民間文化活動，無論積極與否，參與的相關情境進入到無意識加工後，沉澱為長期記憶中的內隱記憶，活動中民間社會關於個體與群體的整套規範以及其後的思維、心理等，可能被有意識學習後成為其認識自我與他人的經驗。這些情境與經驗在日後超出感覺閾限（sensory threshold）的啟動刺激下，容易被聯想、回憶，成為其創作的來源或觸發點。魯迅〈社戲〉中所描述的場景未必是當時的實際情形，但在他看到、聽到類似的情境時，兒時看社戲的經驗確實被記憶起來進入創作中。

　　個體關於周圍世界的意識經驗極為豐富，在此中形成個體自我過去和他人的記憶是獨特的，認知神經科學的研究顯示記憶在事件和時期上的選擇性，童年和青少年時期的生活經驗於記憶作用明顯。那些能詳細標識生活的特殊事件，童年時代有趣可愛的事情，青少年時期重要和奇特的信息往往能保持長時間的記憶。且這些記憶許多能得到家族其他成員的證實，對信息的重復次數越多，回憶起來的可能性就越大。〔註82〕這幾個階段是人生的主要學習階段，其學習記憶正逐步成形。「記憶探測法」（memory probe method）發現

〔註80〕〔美〕羅伯特・L・索爾索（Robert L.Solso, 1933～2005）著，何華主譯，《認知心理學》（第六版）（Cognitive Psychology），（南京：江蘇教育出版社，2005年），頁128。
〔註81〕〔美〕羅伯特・L・索爾索著，何華主譯：《認知心理學》，頁131～149。
〔註82〕〔美〕羅伯特・L・索爾索著，何華主譯：《認知心理學》，頁204～207。

對 5 歲以前的事情記住的最少，這種現象被稱為「嬰兒期失憶」（infantile amnesia），40 歲以上的人對於 15～30 歲的回憶內容顯著增加，因而被稱為「懷舊包」（reminiscence bump）〔註83〕。中年（50 歲及以後）後傾向於回憶他們年輕時或成年早期時的情節，即十幾、二十幾歲時候的事情。〔註84〕作家的成長發展史需要結合其具體的「歷史境遇」和「生存境遇」〔註85〕作具體分析，但記憶理論基本可以推斷，童年和青少年的生活經驗，從家及更廣泛的小區接受口耳相傳的民間文學，參與各種地方性活動，是作家從中選擇、學習並形塑建構起自身的觀念和情感的重要途徑。而民間文化的自發性、群體性、重複性的特點，會強化內隱記憶，使其可能作為「源域」，通過書寫的方式，實現對其曾經所經歷、觀照過的世界回溯建構。

　　浙東現代作家的創作多在離開其原鄉以後，探討他們創作中「浙東」民間文化因素與特色，要把他是否受到「浙東」地理、文化因素和民間文化影響作為首要考慮。基於上述認知學科的分析，本文在確定「浙東」作家對象時，首先把青少年時期在浙東的作家作為首要典型，其次是童年在浙東地區渡過的作家，這兩大類以外如浙東籍的或者成年後進入浙東的作家，其對浙東民間文化的習得和反應不如這兩類典型，暫不列入其中。浙東作家表已基本列出了主要成員（詳見附錄浙東現代作家表，表中已統一列出作家的生卒年，以下不再重複），寧紹臺地區作家無疑是浙東的主力軍，這也說明以寧紹臺地區作為浙東現代作家討論的主體是可能的。

　　該表所列的作家陣容強大，大浙東範圍內的有 136 位，以寧紹臺為主的浙東地區也有 99 位作家。他們幾乎涵蓋了現代文學史中主要的文學思潮、流派、社團，且是這些文學思潮、流派或社團的主要發起者、扛大旗者或參與者。從現代文學史上第一部現代白話小說魯迅的〈狂人日記〉始，中間鄉土文學熱潮中王魯彥、許欽文、王任叔等浙東作家的群起，1930 年代南有左翼作家中占絕對多數的浙東作家，北有京派的領袖周作人，再到 1940 年代蘇青、徐訏等在上海孤島「突圍」，浙東作家的文學活動及其創作，幾乎貫穿了

〔註83〕Francis Galton, "Psychometric Experiments" 刊載於 Brain: A Journal of Neurology, II (1879): 149～162，轉引自鄒濤：《敘事、記憶與自我》（成都：電子科技大學出版社，2017 年），頁 71～72。

〔註84〕〔美〕羅伯特・L・索爾索著，何華主譯，《認知心理學》，頁 207～208。

〔註85〕〔美〕張灝著，高力克、王躍譯：《危機中的中國知識分子：尋求秩序與意義・導言》（北京：中央編譯出版社，2016 年），頁 5～6。

整個現代文學史的主要脈絡。可以毫不誇張地說，離開了浙東作家的現代文學將是支離殘缺的。

　　浙東現代作家在文學史成為一個以地域著稱的群體，是在「鄉土文學」的崛起中。1925 年張定璜（1895～1986）稱魯迅「是眼前我們唯一的鄉土藝術家」。〔註 86〕到 1920 年代末，王任叔被稱為「民間小說家」。〔註 87〕1930 年代初期，蘇雪林（1897～1999）受張定璜的啟發，承認魯迅是「鄉土文學」的創始人。1935 年 3 月魯迅在《中國新文學大系‧小說二集》序言中關於「鄉土文學」的說法，成為後人對鄉土文學作家群討論的基礎。〔註 88〕來自浙東的作家，以其原鄉的人事風物為內容的創作，在這股「鄉土文學」熱潮中尤其引人矚目，魯迅的〈故鄉〉最能得到廣泛認可。王魯彥、許欽文、許傑等也都把筆觸轉向自己的故土，抒發思念的同時，感歎浙東農村的守舊、衰落，表達對農民的同情，或者反思文化的保守。王任叔注意到浙東中世紀以來的封建宗法勢力，和半殖民地氛圍的表現，其依據理論對現實的批判力度超出一般「鄉土文學」。〔註 89〕這正是浙東作家在新文學文壇展示其創作實力，引起文壇關注的重要原因。此後浙東作家先後繼起，人數隊伍無論規模還是在文壇的影響力上，都是其他地域難以企及的。「左聯」「京派」和「海派」在文壇形成鼎足之勢時，三方面分別都有浙東作家作為該派的主要成員或領導者。還有現代文學史中不見一提的，但在整個現代時期，在文學乃至歷史的普及上發揮重要作用的，如書寫了系列演義的蔡東藩，創辦通俗文學雜誌的許嘯天等，他們的通俗文學創作在市民中的影響力也不應忽視。

　　浙東現代作家身份是多重的，其創作領域各有所重。除了新文學創作外，雜文、評論為主的如徐懋庸、唐弢等，以翻譯、研究為重的如傅東華、林淡秋、方光燾、胡仲持等，以在社團或流派中從事文學理論研究為主的如邵荃麟、朱鏡我等，以從事編輯工作為主的孫伏園兄弟、張梓生等，報人莊禹梅、徐詠平、董鼎山等，和轉向研究為主的金性堯、馬廉、董每戡、王季思等。他

〔註 86〕張定璜：〈魯迅先生〉，《現代評論》1925 年第 1 卷第 8 號，頁 13。

〔註 87〕《申報》介紹生路社所出的王任叔新著《破屋》時，稱其為「民間小說家。」《申報》1928 年 6 月 22 日。

〔註 88〕魯迅：〈《中國新文學大系‧小說二集》序〉，《魯迅全集》，卷 6，頁 247。

〔註 89〕王欣榮（1936～）提出當時「鄉土文學」者如王任叔等未曾「寓京」，甚至還未到過北京的問題，認為「鄉土文學」概念使用失之寬泛或過於偏狹。王欣榮：《王任叔巴人論》（北京：文化藝術出版社，1991 年），頁 142。

們的家庭成長背景也不一而同。大致可以有幾類：其一是沒落小官僚家庭，以周氏兄弟、王任叔等為典型；其二是世家大族，或者家庭優渥，如馬廉、艾青、胡愈之、袁可嘉、徐訏、董鼎山等；其三是出身普通小康家庭，如殷夫、孫席珍、蘇青等；其四因出身時家境窘艱，學業時斷時續，如魯彥、唐弢、徐懋庸、應修人等。

如以代際劃分，儘管作家間許多是亦師亦友關係，如以周氏兄弟、夏丏尊、鄭振鐸等為現代第一代作家的話，則接受過他們教導的柔石、馮雪峰、孫氏兄弟以及左聯浙東作家等為第二代作家，他們出現在文壇的時間在 20 年代或早或晚不一而足，較為成熟的代表作創作多於近 30 年代；在 40 年代在文壇嶄露頭角的蘇青、袁可嘉等可被視為第三代作家。有些作家則界於兩代之間，如王魯彥、許欽文等在 20 年代初就成名了。而王西彥等於 30 年代特別是抗戰期間的創作，同樣被認為繼承了魯彥等所開創的浙東鄉土文學的書寫傳統。

浙東現代作家在文學史的影響力，主要還在其文學創作。浙東現代作家大多有離開故土的教育、遊歷經驗，也多在他們的筆端思考書寫自己的故鄉。出身、環境、接受的教育、個性不同，各自站在不同的立場，對故鄉的書寫也呈現出不同的風貌。不同代際的作家對於故鄉的關注點和書寫方式差異也很大，要對他們筆下的浙東民間文化進行廣泛深入的討論，需要對作家作品進行有效的抉擇。本文以作家、作品的代表性和影響力作為首要的選擇條件，其次要根據其作品中對於浙東民間文化的涉及書寫為衡量指標，剔除那些浙東地方因素較弱的作品，其三還要考慮目前學界對於這些作家作品中浙東民間文化研究的狀況，在分析時有所倚重。根據三方面的考慮，把文學史上代表性作家、經典作品作為討論對象，主要包括魯迅，周作人，王任叔，魯彥，許欽文，柔石，蘇青，徐訏，劉大白，夏丏尊，孫福熙，楊蔭深，樓適夷，胡蘭成，應修人，殷夫，袁牧之，唐弢，金性堯，董鼎山等作家，及其代表性的作品集《吶喊》《彷徨》《周作人自編集》《破屋》《故鄉》（許欽文著）、《湖畔》《孩兒塔》《賣布謠》《結婚十年》《一陣狂風》《平屋雜記》《推背集》等，主要篇章如〈菊英的出嫁〉〈許是不至於罷〉〈為奴隸的母親〉〈二月〉〈鹽場〉等等，有的結集成冊有的是單篇作品，在此不再一一列舉。關於這些作品中的民間文化研究，目前已有比較多相關研究成果的，如關於〈菊英的出嫁〉中的冥婚習俗，《結婚十年》中寧波地方的婚俗等研究，本文不再為主要對象闡

述。另外，考慮到要反映浙東地區內部的差異性，在必要時也會推及臺溫州、金華、衢州等地作家，如鄭振鐸、琦君、唐湜、王西彥、潘漠華等，藉助於他們的書寫，可以與寧紹臺地區的書寫形成對照，更有利於分析理解。

第三節 前人研究綜述

一、浙江地域文學研究綜述

1. 文學史的研究

文學史及相關研究對於現代文學中的「浙江潮」現象，多從具體的流派、社團、思潮等入手。嚴家炎的《中國現代小說流派史》、楊義的《二十世紀中國現代小說與文化》等多有對浙江作家的關注。作為現代文學史上影響最大的社團，文學研究會發起成立人多浙江籍作家，朱壽桐（1958～）的研究已經指出了這一現象，〔註 90〕朱惠民的文學研究會寧波分會研究釐清了早期浙東現代作家的活動。〔註 91〕關於語絲社、創造社、新月社的研究也是如此。

浙江的學者對「浙江潮」現象最關注，成果也最為集中。王嘉良的研究是其中較成體系的，他對重要的新文學社團、流派、《新青年》雜誌、抗戰時期浙江東南的浙江作家等分別做過細緻的梳理，同時結合魯迅、茅盾等個體作家研究，剖析了浙江潮形成的必然性。他的〈聚焦文學：〈新文學中浙江作家群凸現的意義〉〉〈「浙江潮」與「五四」新文學運動〉等文章探討了浙江作家群及其貢獻，認為浙江潮對中國新文學有著「典型」例證的發生學意義。〔註 92〕除了群體分析，他還以魯迅、茅盾為例，深入探索了其創作成就的內源性因素，將這種因素歸結為兩浙文化傳統，尤其認為魯迅的硬氣是得益於浙東人文傳統的繼承。〔註 93〕

自從 80 年代興起文化學的研究，有理論上探討，也有將現代文學與具體

〔註90〕朱壽桐：《中國現代社團文學史》（北京：人民文學出版社，2004 年），頁 72～92。

〔註91〕朱惠民：〈俊逸風骨《我們》散話〉，《白馬湖文譚‧浙東新文學叢刊《我們》》，第一輯，（寧波：寧波出版社，2017 年），頁 3～49。

〔註92〕王嘉良：〈論「浙江潮」對中國新文學的發生學意義〉，《地域視域的文學話語》（中國文史出版社 2007 年），頁 4。

〔註93〕王嘉良：〈兩浙文化傳統──魯迅文化人格形成的內源性因素〉，《地域視域的文學話語》，頁 153～164。

地域結合，產生了地域文學史。比較宏觀的有陳慶元（1946～）《文學：地域的關照》、靳明全（1950～）《區域文化與文學》、樊星（1957～）《當代文學與地域文化》及丁帆（1952～）的《20世紀中國地域文化小說簡論》等；嚴家炎主編的大型叢書《中國文學與地域叢書》分別考察了山東、江蘇、東北、西藏、巴蜀等地域。浙江文學史也試圖在中國文學發展背景下梳理，王嘉良主編的《浙江20世紀文學史》、韓洪舉（1966～）主編的《浙江近現代小說史》等都體現出這一思路，前著以浙江作家為主，結合發生在浙江的文學思潮、社團活動，大致勾勒出20世紀以來浙江文學的發展脈絡。後者以小說為主，介紹了近現代浙江小說家的創作包括翻譯情況，該著對近代一些小說家創作觀念、實績的介紹，補足了現代文學的空白。

2. 文化學的研究

從文化學角度整理浙江文學的還有各類史志。沈善洪（1931～2013）、費君清（1955～）主編的《浙江文化史》中「浙江文學藝術」為第二編，將浙江文藝近現代文學分「異鄉」和「本土」創造兩部分，是因「浙江文藝」不管去到哪裏，他們的創作以其獨特的存在形態具有鮮明的獨特性。〔註94〕滕復（1952～）主編的《浙江文化史》則是將文學置於每一時代下介紹的，但將下限設在近代。曹屯裕（1944～）主編《浙東文化概論》專門聚焦浙東文化，該編著所稱的浙東指以寧波及其轄區為主的更小的「浙東」，〔註95〕將「浙東文學」作為專章做了概述，惜其只到清末為止。南志剛的《浙東文化與秦晉文化的比較研究》是文化區域的比較研究。其他從大文化區域切入的，如張荷《吳越文化》、董楚平（1934～2014）《吳越文化新探》、王遂今（1918～）《吳越文化史話》等以吳越文化為整體，周振鶴（1941～）《釋江南》、胡曉明《江南文化劄記》、劉士林（1966～）《人文江南關鍵詞》、《西洲在何處——江南文化的詩性敘事》及《江南讀本》等是以江南文化為背景，部分涉及浙江、浙東文學。從性別角度涉及現代浙江作家群體的，付建舟（1969～）的《兩浙女性文學：由傳統而現代》是從古到今對浙江女性作家的考察，李同良的《譯苑芳菲——浙江女性翻譯家研究》則是對女翻譯家群體的研究。傅祖棟的《浙東鄉土文學的民間文化》是以鄉土文學為例的民間文化研究。

〔註94〕沈善洪、費君清主編：《浙江文化史》（杭州，浙江大學出版社，2009年），頁494。

〔註95〕曹屯裕主編：《浙東文化概論》（寧波：寧波出版社，1997年），頁5～6。

二、浙籍作家研究綜述

相比整體性研究，關於浙江作家的個體研究更為深入。因浙東現代作家人數眾多，難以一一列舉，這裡以周氏兄弟為主，對前人的相關研究作一綜述。

1. 魯迅研究

魯迅研究是現代文學研究中的重鎮，已經成為「魯學」。魯迅研究從其小說發表起就有惲鐵樵（1878～1935）的點評，到其去世週年被評為「新中國的聖人」開始「聖化」，上世紀 80 年代「走下聖壇」，魯迅研究在不同時期的社會思潮影響下起起落落，方法、視角多樣化，研究成果已蔚為大觀。黃修己（1935～）、劉衛國的《中國現代文學研究史》中將 1949 年以前的魯迅研究做了評析。〔註96〕溫儒敏（1946～）等著的《中國現當代文學學科概要》有專章對各階段的魯迅研究做了綜述，1980 年代以後的代表性成果評述非常全面。〔註97〕本文不作過多介紹，這裡主要介紹魯迅研究中運用文化學、民俗學等學科研究的部分代表性成果。金宏達（1944～）《魯迅文化思想探索》是較早關注魯迅的文化思想的；林非（1931～）《魯迅和中國文化》試圖建構魯迅文化思想的整體框架；鄭欣淼（1947～）《魯迅與宗教文化》則關注魯迅的宗教文化思想；朱曉進（1956～）《歷史轉換期文化啟示錄──文化視角與魯迅研究》揭示了魯迅成長為文化巨人的過程和必然性。《魯迅與民俗文化》集中民俗文化的視角分析魯迅的作品及其思想，在思想的深度和透視的廣度都較前人有所拓展。王元忠（1964～）《魯迅的寫作與民俗文化》著墨於魯迅寫作中的民俗文化選擇；其新作《文藝民俗視野下的魯迅創作研究》以魯迅為典型個案，分析其創作中多重張力關係的營造，以此探究中國現代文學現代性。

魯迅也是地域研究中較有代表性的浙東作家，鄭擇魁的《魯迅與越文化傳統》是較早出現的成果；彭曉豐（1957～）的《「S 會館」與五四新文學的起源》將越文化與五四新文學聯繫起來。將魯迅精神源頭推究到浙東地方文化，且對其來源做深入考察的是陳方競（1948～）的《魯迅與浙東文化》。該著在區分兩浙文化異同的基礎上，考辨了浙東文化的特性，從浙東文化傳統

〔註96〕黃修己、劉衛國：《中國現代文學研究史》（廣州：廣東人民出版社，2008 年），頁 30～52；頁 176～198；426～432。

〔註97〕溫儒敏、李憲瑜、賀桂梅、姜濤等：《中國現當代文學學科概要》（北京：北京大學出版社，2005 年），頁 310～329。

的禹墨精神，對魯迅所接受的這種歷史文化精神的影響做了仔細梳理，其「實證精神實在難能可貴。」〔註98〕他的〈對魯迅與章太炎的聯繫及其「五四」意義的再認識〉提出「浙東傳統」在新文學史上的意義。〔註99〕顧琅川的《周氏兄弟與浙東文化》是文化學、比較學的研究，周氏兄弟分別對浙東文化的汲取，兄弟的互動，家族的蘊涵，師生的傳承等的考察細緻，也將周氏兄弟與浙東文化中的民風、文風等建立起了關聯。陳越的《魯迅傳論》提煉出魯迅作為思想家的個性與特質，可謂「站在越文化傳統的制高點上俯察魯迅思想生成的『遠傳統』，就見出了超出一般見解的理論思辨性。」〔註100〕陳越〈試論魯迅的文化性格及其越文化影響〉〈論魯迅的越文化背景〉等論文對於越文化有別於以儒家文化為主的中原文化的特性有過仔細分析，並探討了這些越文化中的習俗、觀念對生長其中的魯迅的影響。同樣關注魯迅與越文化關係的還有魯迅故鄉的研究者群體。《魯迅筆下的紹興風情》《越文化視野中的魯迅》都是重要成果，前者還被翻譯為日文出版。

2. 周作人研究

周作人研究沒有魯迅那麼豐碩的成果，但也是浙東作家個體研究的主要對象之一。1949 年前周作人研究的主要焦點在於其散文及幾個主要事件的討論中。郁達夫在其〈新文學大系·散文二集·序言〉中對周作人散文的高度評價。沈從文（1902～1988）的〈論馮文炳〉中開篇認為周作人的文體及趣味追求支配了一個時代；廢名（1901～1967）《知堂先生》將周作人散文與陶潛相提並論。阿英（1900～1977）《現代十六家小品》中對周作人「平和沖淡」風格的認可，認為在文學史上應有重大估價。〔註101〕朱自清（1898～1948）等給予周作人「文抄公體」的讀書筆記以較高評價，也被當時新文學史所注意。從新文化運動時期的先行者，到 1937 年後淪為偽政權的「附逆」，其言行往往成為新文學的焦點，各家政治立場、文學批評方法不同，對周作人的褒貶毀譽自持一端。1934 年圍繞其《五十自壽詩》引發的爭論，附逆事件更是在

〔註98〕溫儒敏等：《中國現當代文學學科概要》，頁 323。

〔註99〕陳方競、穆艷霞：〈對魯迅與章太炎的聯繫及其「五四」意義的再認識〉，《齊魯學刊》2004 年第 4 期，頁 26～31。

〔註100〕張夢陽（1945～）主編：《中國魯迅學通史》（廣州：廣東教育出版社，2001年），卷 1，頁 699。

〔註101〕阿英編校：《現代十六家小品·周作人小品序》（天津：天津古籍出版社，1990，據光明書局 1935 年鉛印本），頁 3。

文壇激起千層浪，這些雖從社會事件出發但都著眼於其文學觀、文人節操等方面做出評論，如李蔓茵《周作人先生的中國文學觀》、馮雪峰《談士節兼論周作人》等。

　　直到 1980 年代散文熱周作人研究才開始重新回歸，周作人選集、文集、補編等的再版，張菊香、張鐵榮（1951～）編著的《周作人年譜》《周作人研究資料》先後問世，為研究提供了便利。李景彬的《周作人評析》、趙京華（1957～）的《尋找精神家園——周作人文化思想與審美追求》顯示出周作人研究方法的多樣化。舒蕪（1922～2009）〈周作人概觀〉是就其知識分子身份的研究。李景彬〈評周作人在文學革命中的主張〉、陳福康〈略論「人的文學」與「為人生的文學」——魯迅與周作人文學思想比較研究劄記〉、錢理群〈魯迅、周作人文學觀發展道路比較研究〉等文集中於周作人的文藝觀討論。許志英（1934～2007）〈論周作人早期散文的藝術成就〉探討了周作人散文的藝術特性。李景彬〈魯迅和周作人的散文創作比較觀〉、舒蕪〈周作人後期散文的審美世界〉〈周作人的散文藝術〉、錢理群〈關於周作人散文藝術的斷想（讀書劄記）〉、趙京華〈周作人審美理想與散文藝術綜論〉等文都是試圖從其所接受的文化思想對周作人風格藝術特色的討論。隨著研究的深入，其傳記也先後出現，值得關注的有倪墨炎（1933～2013）的《中國的叛徒與隱士：周作人》，其資料豐富，評述也客觀；錢理群的《周作人傳》特別指出其故鄉紹興在其成長及各性形成中的作用。其他如錢理群《周作人論》、舒蕪《周作人的是非功過》、張鐵榮《周作人評議》等是研究資料集錄。

　　文學以外，1930 年代蘇雪林在〈周作人先生研究〉一文中較早全面研究了周作人，對其自新文化運動以來在文壇貢獻作了客觀評說，〔註102〕還介紹了他文學之外對兒童教育、性教育、人類學研究等的貢獻。周作人的民俗觀、民間文學理論、兒童文學研究也成為現代文學研究和民俗學研究的關注點。舒蕪、劉緒源（1951～2018）、孫郁（1957～）等，都先後著文對周作人的思想家特質進行過分析。另外有關注周作人與各類文化資源之間的關係的，如汪言的〈「寫史偏多言外意」——周作人對儒家文化的闡釋〉、傅汝成〈漫談周作人的「新儒學」思想〉都是探討周作人與儒家文化的文章，卻得出了不同的結論。哈迎飛〈從種業論到閉戶讀書論——周作人與佛教文化關係論〉之系列文章，持續研究了周作人與佛教文化。胡令遠〈周作人之日本文化觀

〔註102〕蘇雪林：〈周作人先生研究〉，《青年界》1934 年第 5 期，頁 1～62。

——兼論與魯迅之異同〉、張鐵榮〈周作人「語絲時期」之日本觀〉等文討論其與日本文化關係。進入新時期以後，從兒童文學、民俗學角度對周作人的研究開始增加，王泉根《周作人與兒童文學》、方衛平〈西方人類學派與周作人的兒童文學觀〉等為周作人在兒童文學方面的開拓之作。薛曉蓉、段友文〈周氏兄弟文學創作的民俗意識比較〉、張永〈周作人民俗趣味與京派審美選擇〉、錢理群〈周作人的民俗學研究與國民性考察〉、陳懷宇〈赫爾德與周作人——民俗學與民族性〉、趙京華〈周作人與柳田國男〉、常峻博士論文〈周作人文學思想及創作的民俗文化視野〉等都是對周作人在民俗學方面的成就與其文學的關係在不同層面所做的研究。關於這些，黃開發（1963～）〈人在旅途——周作人的思想與文體〉一書對「近八十年來的周作人研究」作了述評。韓進系列論文綜述了「周作人兒童文學研究」狀況。

　　境外周氏兄弟的研究成果已非常豐富，力作不斷，普實克（Jaroslav Průšek, 1906-1980）、伊藤虎丸（いとう　とらまる，1927～2003）、丸山昇（まるやま　のぼる、1931～2006）、李歐梵（1939～）等都是魯迅研究中繞不過去的海外專家，藤井省三（ふじい　しょうぞう、1952～）編著的《日本魯迅研究精選集》可以參照，本文主要關注作家創作中的浙東民間文化，這些研究成就不再強調列出。

3. 其他作家研究

　　除周氏兄弟外，浙東其他作家的個體研究基本上都已較深入，收入「現代文學史」教材的浙東作家都進入了研究視野，研究數據彙編、作品研究或作家傳記基本上覆蓋大部分浙東作家。這裡對文中主要涉及的作家作簡單綜述。

　　王魯彥研究開始較早，真正有分量的是1928年茅盾（方璧）的〈王魯彥論〉，文章對魯彥作品做了全面評價，指出魯彥小說中特別成功地寫出了已經感受著外來工業文明的波動下，浙東農村小有產者的矛盾和悲哀。蘇雪林〈王魯彥與許欽文〉比較了兩位浙東鄉土作家，更認可王魯彥的創作才能。魯迅在「鄉土文學」述評中以其〈柚子〉和〈燈〉為代表，評說作者對黑暗現實極為不滿，想逃世而不能因此有玩世的心態，但有時還顯露出憤懣的光芒，這也成為早期王魯彥研究中公認的說法。1980年代最重要的研究成果為范伯群（1932～2017）、曾華鵬（1932～2013）的《王魯彥論》，該著第一次將作家作品結合在一起作全面評述；張復琮〈魯彥小說簡論〉對王魯彥研究中的人道主義－階級論思路有所突破。鄭擇魁〈魯彥的生平和創作〉及〈魯彥年表〉，

嘗試從作品思想性和藝術性的結合上去研究作家。王魯彥的鄉土小說研究一直是其中的焦點，各類現代文學史中對王魯彥作為鄉土小說作家創作的特色、成就都有所論述。沈斯亨〈魯彥的鄉土小說探析〉是其中最有代表性的成果。徐漢舟〈論魯彥的鄉土小說創作〉則對魯彥鄉土小說的思想、藝術成就作了深切中肯的論析。小說研究之外，王魯彥的散文也引起了重視，趙聰、唐張先後撰文稱讚魯彥散文，沈斯亨〈論魯彥散文的創作特色〉把王魯彥 40 餘篇散文從題材、思想、藝術特色等方面逐一進行分析，是全面研究評價散文之作。新世紀以來，對王魯彥的研究大致還是在鄉土小說範圍內，周春英的《王魯彥評傳》在史料、論點上對王魯彥研究都有不少新的補充。

對現代文學史上「鄉土文學創作開始較早時間最長的鄉土小說家之一」的王任叔，〔註 103〕學界研究成果比較豐富。戴光中（1949～）是其故鄉研究者中用力最深的，他編著的《遲到的懷念與思考──關於巴人》《巴人之路》是較早開始全面研究巴人的成果；錢英才（1935～）的《巴人的生平與創作》、王欣榮的《王任叔巴人論》各自有所收穫，王欣榮的《巴人年譜》系統梳理了巴人的生平。楊義〈論王任叔在中國現代小說史上的地位〉把巴人的小說創作成就與葉聖陶（1894～1988）等並列。陳國恩〈巴人鄉土小說探析〉分三個階段討論了巴人鄉土小說的個性特色和藝術成就。戴光中的〈對於農民起義的卓異思考──評巴人的《莽秀才造反記》〉從思想史的角度分析了該獲獎長篇小說。王欣榮的〈實踐的文學：王任叔小說創作評析〉對王任叔小說的全面評析；錢英才〈巴人小說美學三題〉偏於美學的角度；楊劍龍在《論王任叔小說中的阿 Q 家族》則通過其中的一個類型，指出了魯迅的影響。

柔石研究早期應推魯迅為〈二月〉所作的〈小引〉，評說其小說有著「工妙的技術」，對人物的處理「也都生動」〔註 104〕。柔石犧牲後，魯迅的〈柔石小傳〉〈為了忘卻的記念〉等文以紀念，林淡秋、魏金枝等的〈憶柔石〉《柔石傳略》等回憶性作品。鄭擇魁與盛鍾健合著的《柔石的生平和創作》對柔石的思想變遷、創作社會心理內涵、藝術個性以及在現代小說史上的地位等的討論成果，是 1949 年後的研究中較為突出的。王艾村的《柔石研究》是論文資料的彙集。賀聖謨〈「從不經意處，看出這人」──柔石前期思想發展初探〉，

〔註 103〕楊劍龍：《放逐與回歸──中國現代鄉土文學論》（上海：上海書店出版社，1995 年），頁 109。

〔註 104〕柔石：《柔石文集》（北京：線裝書局，2009 年），頁 3。

張科的〈魯迅與柔石〉都討論了柔石思想形成中魯迅的指引作用。對柔石單篇作品研究中,孫擁軍、布小繼的〈國民性批判:典妻視角下的現代闡釋——讀柔石作品〈為奴隸的母親〉〉,劉華〈柔石小說創作中的主體認同與啟蒙向度〉等都從不同角度討論了其作品主題、風格的形成等。宋立民〈柔石創作方向不曾轉換〉是對作家思想的梳理。田劍波〈時代鑄就的雙重人格〉和藍棣之(1940~)經典解讀系列中對〈二月〉的分析都是用心理分析法討論的,後者引起了學界的討論。

許欽文為魯迅的私淑弟子,是魯迅在〈《中國新文學大系·小說二集》序〉中提及的浙東作家之一,對許欽文小說的研究也多從鄉土文學入手。劉一新的〈許欽文小說的特色〉,錢英才的〈許欽文小說藝術特色〉〈論許欽文小說的創作特色〉,謝德銑的〈許欽文和他的小說〉,楊劍龍〈論許欽文的鄉土小說〉都指出其民間鄉土風格。錢英才的《許欽文年譜簡編》及《許欽文評傳》是開始全面研究的著作。對於許欽文的研究還多從其與魯迅的交往,魯迅對其創作的影響等方面做比較研究。

上述作家以外,其他浙東作家都已有較豐富的研究成果積累,研究角度、方法和理論都不一而足,各有特色,但從地域文化的視角對作家的研究方法、深度都未見超過周氏兄弟的,在此不再一一贅述。

三、現代文學與民間文化研究綜述

1. 文學史中民間觀念的提出

陳思和最早提出關於新文學史中作家與民間文化的關係看法,並在其〈民間的浮沉——從抗戰到「文革」文學史的一個解釋〉〈民間的還原——文革後文學史某種走向的解釋〉等系列論文中,以現代民間視角開拓了現代文學史的敘述視野。〔註105〕他認為在抗戰以前的民間文化至少有三個層面:傳統文化信息;都市流行文化,以及農民所固有的文化傳統。甚至部分不得不歸隱到民間默默守護傳統文化的知識分子。〔註106〕此後與政治意識形態發生互動的主要是以農民為主體的民間文化。在系列論文中他從民間文化形態、民間隱形結構和民間的理想主義三個層面來做闡釋。他認為民間文化具備了三方

〔註105〕謝友祥:〈「民間」的現代品格——對陳思和「民間」話語的理解〉,《文藝理論研究》2000 年第 5 期,頁 39。

〔註106〕陳思和:〈民間的浮沉——從抗戰到「文革」文學史的一個解釋〉,《上海文學》1994 年第 1 期,頁 70。

面的特點：其一是處於國家權力控制相對薄弱的領域，其形式相對自由活潑。其二是自由自在是它最基本的審美風格。其三是融合有民間宗教、哲學、文學藝術的傳統背景。〔註107〕陳思和一再強調民間是中國現代文學史上不應被忽視的現象，只是在抗戰前民間文化形態處於被遮蔽的狀態中，而實際上，作家儘管所持的民間立場不同，但其顯性結構中都存在著民間隱形結構。他將民間理論引入文學史，試圖用文化人類學的大小傳統的概念來對應中國民間、精英與廟堂，使文學史敘述中作家與民間文化、啟蒙與民間、政治與文學等各種關係有了新的觀照視角，民間也成為其20世紀文學觀念的立場。

對於陳思和的說法，質疑者認為「民間的存在價值」不該高估；〔註108〕還有的將民間作為與現代對立的傳統存在，認為「民間的就意味著傳統的和非現代的」，「更認為在當代中國的民間文化中，「生機是微弱的，腐朽卻因為長期發酵而氣味特別濃烈。」〔註109〕質疑的種種觀點指向民間文化的現代性有一定的合理性，但與陳思和對民間文化形態的思考沒有形成真正的對話。

2. 現代文學與民間文化的互動

陳思和的「民間」概念，給文學的「人學」找到了與之最接近的民間文化批評理論，〔註110〕在此基礎上，王光東、蘭愛國、郜元寶（1966～）、李清華等從各個角度做了更深入的探討。李吟詠〈文學的「民間方式」重估〉指出民間方式與經典方式都是文學傳承的途徑，張新穎（1967～）〈民間的天地與文學的流變：談對抗戰與90年代文學的一種新解釋〉、郜元寶〈中國當代文學中的民間和大地〉都偏重於當代中國文學創作，郜元寶在〈意識形態、民間文化與知識分子的世紀末哀緒〉指出新文化運動以後，「特別是40年代一直到80年代整個戰爭文化和政治意識形態的主流文化時代，中國文學的發展就是一個不斷遺忘、改造和壓抑民間文化而走向政治和意識形態化的過程。」〔註111〕民間文化的被壓抑直到80年代，一批關注民間並以對民間意義的重

〔註107〕陳思和：〈民間的浮沉——從抗戰到「文革」文學史的一個解釋〉，《上海文學》1994年第1期，頁72。

〔註108〕陳思和、李振聲等：《理解九十年代》（北京：人民文學出版社，1996年），頁178。

〔註109〕李新宇：〈泥沼面前的誤導〉，《文藝爭鳴》1999年第3期，頁42～50。

〔註110〕趙德利：《民間文化批評的理論與方法》（北京：商務印書館，2016年），頁9。

〔註111〕郜元寶：〈意識形態、民間文化與知識分子的世紀末哀緒〉，郜元寶、張冉冉編：《賈平凹研究資料》（天津：天津人民出版社，2005年），頁266。

新發現、發言的作家作品出現才有所改觀。

　　王光東將民間的理論概念與洪長泰（Chang-tai Hung）的《到民間去：中國知識分子與民間文學 1918～1937》的研究成果結合起來，專門論述了從「五四」到抗戰之間的文學史的民間理論，其做法是「擴大了民間文學史理論的闡釋空間，而且在多方面豐富了這一理論的內涵。」〔註 112〕王光東在其系列專著〔註 113〕中修正並深化了其對二十世紀中國文學與民間文化的思考。他重新界定民間的概念，〔註 114〕指出知識分子的對民間會有不同的關注點，但與現實的本源性民間相聯。後者也有可能通過知識分子的中介，轉化為一個自覺的自由藝術世界，這種轉化過程必然包含知識分子自由精神的自覺或不自覺的投射。這裡民間的自由自在與知識分子的自由精神趨向一致，知識分子民間價值立場確立的根本理由就在於此。〔註 115〕這樣，他就把 20 世紀以來中國作家進入民間的方式，所獲得的不同價值一一做了清理。他所借鑒的洪長泰的研究成果將歷史學、文學與民俗學等方法綜合運用，提出了民間文學的再發現意義，五四以後的作家正是在對於民間文學的價值重估中重新認識中國文學、文化。但就如作者所說，著作中為方便討論，對於民間文學的某些類別做了變動處理，主要集中於劉復（1891～1934）、顧頡剛（1893～1980）、周作人、鍾敬文等人的民俗觀及其民間文學徵集、研究中，〔註 116〕這對於五四以來參與力量幾乎涉及所有的現代作家，涵蓋面從北京到廣州覆蓋大江南北大部分區域的這場運動，無論是作品還是史料的分析總還是有未盡之憾。

〔註 112〕陳思和：〈總序〉，《新文學的民間傳統——「五四」至抗戰前的文學與「民間」關係的一種思考》（濟南：山東教育出版社，2010 年），頁 31。

〔註 113〕系列專著有《現代‧浪漫‧民間》（2001 年）、《民間理念與當代情感》（2003 年）、《張煒王光東對話錄》（2003 年）、《樸素之約》（2004 年）、《新文學的民間傳統——五四至抗戰前的文學與民間關係的一種思考》（2010 年）、《民間——作為中國現當代文學研究的視野與方法》（2013 年）等。

〔註 114〕王光東：〈陳思和學術思想的意義〉，《現代‧浪漫‧民間——20 世紀中國文學專題研究》（上海：上海人民出版社，2001 年），頁 287～288。

〔註 115〕王光東：〈「民間」的現代價值——中國現代文學與民間文化形態〉，《民間的意義》（長春：吉林出版集團有限責任公司，2009 年），頁 5、6。

〔註 116〕鍾敬文：〈初版序〉，洪長泰：〈緒論〉，〔美〕洪長泰（Chang-tai Hung）著，董曉萍譯：《到民間去：中國知識分子與民間文學 1918～1937（新譯本）》（*Going To the People: Chinese Intellectuals And Folk Literature, 1918～1937*）（北京：中國人民大學出版社，2015 年），頁 7～8，頁 3。

其他關於民間文化與現代文學關係研究的論著、論文就蔚為大觀。黃永林的《中國民間文化與新時期小說》是第一部為民間文化為視角研究新時期小說的專著。〔註117〕南帆（1957～）〈民間的意義〉，丁帆、王彬彬、費振鍾〈民間話語立場與「寫實」的價值魔方〉，趙德利（1955～）〈民間精神與民間文化視角——20世紀中國小說〉〈土匪審美：民間權威的文化闡釋〉及其「中國家族母題研究」等對各時期的各類文體做了民俗學、社會學的研究，為20世紀文學的研究帶來了觀點、視角、理論的創新。

對浙江作家的研究，無論哪種方法或視角都已有很多相關的研究成果。但就成果論，對浙江作家的個體關注勝過整體研究，從地域的角度對浙江作家的整體研究還是較為有限，且多集中在鄉土文學。這當然客觀上與浙江作家隊伍的強大、風格各異有關，難以用一個相對統一的說法、結論去涵蓋有關；其實更是研究觀念所限，似乎只要一講地域，就會降低作家的影響力。而現有的地域文化的研究，多從越文化的說法，其他視角、理論的創新運用，幾未所見。

第四節　論文的架構及內容

本書在論述浙東作家對浙東民間文化的書寫時，主要思路如下：

一、選題相關說明

第一章緒論部分圍繞選題展開，介紹清楚選題設定的依據、價值及研究的可能性，對相關概念作出界定說明。本選題中的民間文化，考慮到其本身維度、內容、層面、類型比較豐富的現狀，以及在討論的1911～1949年間浙東民間社會歷史狀況，將其內容主要限定為可觀形態的民俗、民間藝術等，以民俗為主；反映民間社會行為模式的人際關係的結構、組織形態，以組織、結構為主；深層的民間社會心理、審美、意識等精神內容，以民間文學為載體討論。

第二節主要確定研究對象的範圍。作家及作品有的難以嚴格按照這一時間界限，浙江作家人數多流動性大，為明確判斷，本文依據認知科學的記憶

〔註117〕黃曼君（1935～2010）：〈序二〉，黃永林：《中國民間文化與新時期小說》，頁3。

研究，認為作為浙東作家必須要有明確的浙東要素的理解記憶，及在創作中的體現，明確對象以寧波紹興作家為主。第三節大致梳理了前人在文學的、文化的、民間文化的研究成果。選題涉及到作家眾多，個體影響力大，研究成果不勝枚舉。這部分選擇文化角度、典型作家研究。現代文學研究中民間文化作為切入點已有先例，這些成果給現代文學的研究帶來了新的思路。第四節說明本文的基本思路，具體的內容安排。對於各章節之間的邏輯關聯及相關內容做扼要概說。

二、浙東現代作家民間觀念、氣質的養成

這部分主要就作家如何具備民間立場，基本觀念怎樣，如何表現出浙東的整體性做出討論，分觀念、氣質兩章。

1. 浙東現代作家的民間立場

第二章要解決浙東現代作家的民間立場是什麼及具體表現。浙東現代作家把眼光轉向民間絕非偶然，是社會時局變化和個人選擇雙重驅動下的必然。在 1840 年尤其是 1895 年以後，逐步成型的近現代知識分子群體中，救亡圖強成為中心議題。洋務運動、維新變法的失敗，促使部分知識分子思考其他出路。聚集在東京的浙東留學生們參與盟會，魯迅等人跟隨章太炎學習的同時，密切關注國內的局勢，回國後還實際參與了辛亥革命。在蔡元培等的推薦提攜下，浙東現代作家中的第一代進入北京各教育管理機構、高校任職。他們希圖以文學來啟蒙，自身又有著強烈的民俗學意識，周作人在紹興收集整理鄉賢著述，調查民俗，徵集民間文學等，這些前期的活動積累，是他們進京後，很快就能與許多同人合作，發起、參與新文化運動、歌謠徵集活動的基礎和條件。

本章分兩節，分浙東和北京兩地對浙東作家參與「到民間去」運動的介紹，說明他們投入民間活動的熱情，並作出相當成績。第二節闡述浙東現代作家不同的民間立場。浙東作家在北大的民俗學運動中能成為核心力量，與他們具有民俗學意識有關，周氏兄弟等新文化運動先驅是有著明確的從民間來看中國社會，意欲實現以文藝來移情改造社會的目的，〔註118〕魯迅更是長期致力於國民性改造問題。他們的這種啟蒙姿態，是社會精英分子熟悉民間文化的狀態，因而對民間持有既批判又親近的立場。而實際從事革命活動的

〔註118〕周作人：《域外小說集·序》（北京：新星出版社，2006年），頁1。

左翼作家對「民」的認識是與五四知識分子所稱的平民有差異的，革命文學中的「民」是勞工階層，是需要被教導的無產階級。到延安「整風運動」後，成為知識分子的學習以改造自我的對象了。

2. 浙東現代作家的民間氣質

第三章主要解決浙東現代作家民間氣質的形成問題。其群體性的精神氣質由諸多因素作用形成，主要分民風、學風的傳承，交際、視野的拓寬，及客觀山水環境的蘊涵三節。浙東地方的特殊性由其客觀的自然環境所致，句踐以後到明清之交，浙東歷史上有無名的死士，也有奮勇抗擊外族的士人、平民，該地好勇尚武民風對浙東人的個性養成是潛移默化的。具體到浙東現代知識分子，他們能脫離普通士大夫的狹隘見解轉而向下，能對社會的文化現象做出深切的分析，民風、學風的薰陶以外，還得益於自己的開闊視野。第二節重點對浙東作家的普遍遊走做考察，一方面是其地理空間的轉變，其文化視野有著迭加的效應，在都市公共空間的建構和體驗中形成新的認同；人際交往是另一視野的開拓，著重於魯迅為中心的人際網絡互動，浙東青年作者在其幫助提攜下的成長。第三節分析客觀山海環境塑造了浙東作家的「硬氣」和魄力，又能與靈動相協，具備了該地獨特形貌的山海精神。

三、浙東現代作家創作中的民間文化

這部分就浙東現代作家創作中具體民間文化類型做分析，按照上文大致確定的民間文化類型分為三章。文化的複雜性在於嚴格按上述分類，有的內容難以被截然區分開來，如民俗中既有事象的，也有儀式，還有觀念的；行為模式也是觀念的固化。在現實中，民俗、民間文學已經成為一個大類，其內容包括甚廣，就單獨列為專章；而行為模式部分見於民俗，因在社會轉型過程中，浙東區域的特殊性，其在社會結構及附著其上的制度、觀念、心理都率先轉變，這種轉變構成了浙東現代作家所置身的社會文化環境，正是最早的轉變觀察，促使浙東作家的文學進入現代轉向。

1. 轉變中的社會結構

第四章要解決的是浙東現代作家面對社會結構變化，其自身如何調適，其創作如何表現的問題。

社會結構是社會學中觀察社會變遷的主要概念，也是觀察能否對文化能產生作用的一個重要指標。馬林諾夫斯基在其《文化論》中把社會組織作為

文化的一個要素，〔註119〕他將社會組織看做物質設備與人體習慣的混合複體，是集團行動的標準規矩。靠外在的規則、法律、習慣等手段進行維繫，這些手段的內在根據則是個體的良知、情操等道德動機。〔註120〕將社會組織引入中國語境中，費孝通（1910～2005）用社會結構來指稱這一文化要素，並用「差序格局」來概括中國鄉土社會的結構特點，〔註121〕變遷中的鄉土社會，位育（要適應處境的手段）要變化，作為位育的設備和工具的文化也跟著發生變化，文化價值的「常」與「變」之間，他傾向於對變化的失去「時宜」的傳統觀念，是考察社會變遷的一個角度。〔註122〕由這一思路，通過對社會結構的觀察，是可以瞭解社會、文化的變化與否的，民間社會也不例外。

　　第一節考察社會結構的「變化」，表現在人對自身的身份認同，人際關係、人與群體的情感、態度等。該節從作為基礎的經濟轉變開始，主要描述清楚浙東地方近現代的經濟轉型，結合「超穩定」（ultra-stable）假說，〔註123〕對浙東區域自19世紀中葉在西方文明的影響下，經濟形態出現轉變，一體化社會結構崩解，造成傳統鄉土社會的變動。在文學中浙東社會結構的變動是有區域的、代際區分特點的，浙東現代作家觀察此一轉變，是從具體意象到抽象的人際到制度等來表現的。第二節主要討論浙東現代作家在文學中表現「變化」時的創新之處，主要就文學中的社會觀念、出現的新形象及表現手法上進行分析。

2. 創作中的民俗文化

　　第五章主要討論浙東現代作家如何呈現浙東民俗文化。首先是以「生活相」表現出來的民俗總體討論。讀者是從作家的創作中看到的民俗生活相，

〔註119〕他將文化定義為：「文化是指那一群傳統的器物，貨品，技術，思想，習慣及價值而言的，這概念包容著及調節著一切社會科學。我們亦將見，社會組織除非視作文化的一部分，實是無法瞭解的。」〔英〕馬林諾夫斯基著，費孝通等譯，《文化論》，頁2。

〔註120〕〔英〕馬林諾夫斯基著，費孝通等譯，《文化論》，頁7～9。

〔註121〕費孝通：〈差序格局〉〈維繫著私人的道德〉〈家族〉，費孝通：《鄉土中國》（上海：上海人民出版社，2007年），頁23～40。

〔註122〕費孝通：〈中國社會變遷中的文化結症〉，費孝通：《鄉土中國》，頁241、242。

〔註123〕該假說來自金觀濤與劉青峰對中國社會的分析，他們認為社會的超穩定機製表現在經濟結構、政治結構和意識形態結構的相互作用中。這一假說解釋了中國社會內部的發展變化和巨大穩定性，揭示了中國封建社會的停滯性和週期性之間的內在聯繫。金觀濤（1947～）、劉青峰：《興盛與危機：論中國社會超穩定結構（增訂本）》（北京：法律出版社，2011年）。

浙東現代作家的民俗觀需要先被檢視。接著按照文藝民俗學的標準，將民俗文化分為三類逐一討論。民俗類別很多，本文只選取作家作品中的具有浙東地方獨特性的為對象，概括浙東現代文學中所書寫到的民俗特點。

第二節著重分析浙東現代文學怎樣書寫民俗文化的，這部分是對文本的傳統分析。正是在浙東民俗文化環境下，阿 Q、祥林嫂及系列典型人物的性格更有個性，其作品的審美意境被賦予強烈的地方色彩，而敘事類作品的故事情節發展才更有動力。

3. 創作中的民間文學

第六章主要解決浙東現代作家如何利用浙東地區的民間文學問題。第一節整理浙東現代文學中涉及到的民間文學，其收入討論的標準同樣是必須有浙東特色。散體類、韻文類分別收集討論，特別整理出其中的「浙東特色」，比較突出的是梁祝傳說、徐文長故事。

第二節中要更進一步分析，浙東現代作家面對眾多的浙東民間文化，採取什麼樣的策略來達到為我所用的目的。作家如何通過題材利用和仿用兩種方式進行了具體分析，通過不同的方式，民間文學作為素材和仿用的對象進入到現代作家作品中，並被重構。

第三節是以民間文學是體現民間審美、民間精神的重要載體，作家學習吸收了民間文學中深層次精神內涵，這裡主要就浙東民間文學中所具有的反抗精神、諧趣意味展開闡述，又是怎樣轉化民間文學中的技巧、風格，完成文人藝術審美的轉化。

本書將浙東作家視為整體，以文化地理學視域，整理浙東作家整體與其出生成長的浙東文化場之間的關係，試圖進入到空間的語境中看待浙東現代作家的整體性崛起現象。方法上，除第五、六章外，為從外圍釐清客觀的、人文環境的影響，多歷史的、地理的分析，可能容易導致對個體主體的分析不足。內容上，經過篩選的作家作品數量多，要普遍做出分析，只能都儘量一一提及，難以對對象做仔細區分，深入分析。這種以「面型語碼」代替「線型」「點型」語碼，可能會彌補另兩種語碼對作為整體的浙東作家的「失語」，〔註124〕但也因此可能缺少點型語碼個體研究的深入。在後面三章對於民間文化要素的討論中，只能以是否具有浙東明顯的地方性為甄別取捨標準，選擇

〔註124〕彭曉豐、舒建華：〈導語：五四新文學研究的空間向度〉，《S 會館與五四新文學的起源》（長沙：湖南教育出版社，1995 年），頁 13。

代表性的作家、文本,相對地會忽視某些風格鮮明有創造性的作家及其作品,對此,前輩「不必求全」〔註125〕之說可以為推脫之辭,掛一漏萬自是難免。反之,如果以文學史的線性勾勒方式,將代表性作家作品先後逐一展開,對文本加以細讀分析,會有助於對文本文身的創作意圖、技巧的挖掘深度,也許空間的、整體性就會相應弱化,這是確定寫作思路時的兩難選擇。

　　浙東作為浙江地域文化的亞文化圈,其內部形態要比其他亞文化圈複雜,難以用一個明確清晰的風格對這些作家進行統一界定,且浙東作家多在離開原鄉後開始創作。20年代興起的鄉土文學確實集中書寫了原鄉的人和事,讓讀者對於那個最早被拖入現代,卻還殘留著古老習俗觀念的東南沿海地帶有了認知,但認為只有鄉土文學才反映了作家從小成長的環境,以及對故土的眷戀、批判等複雜情感,其實是對作家創作心理的狹隘理解。心理學和精神分析早已指出這點,集體無意識來自於早期的集體積澱,而在中國這個廣袤多樣的文化圈中,作家成長的地域文化無疑對其個人的觀念、創作中的意象有著基礎性的影響力。文化地理學指出,當作家離開其所處的文化圈進入別的文化圈所形成的文化圈融合或排斥效應,但這種文化圈的迭加、溢出,並不是簡單削弱或否定其最初的文化圈對其觀念的影響,而是修正、重組或糾偏。本文認為浙東現代作家的創作具有豐富的地域民間文化因素,這些因素在不同作家進入異文化圈,它們會以或完整或殘缺或變形的面貌呈現於作品中,地域民間文化的視角有助於發現作家的吸取、改良努力,並試圖通過對作品中的某些現象溯源,分析浙東地域性對作家觀念、視野的影響,企圖在「浙東風」的研究中有新的發現。

〔註125〕嚴家炎提出做地域文學研究大可不必求全,抓住有明顯區域文化特徵的作家、流派、社團,研究區域文化如何進入文學。嚴家炎:〈二十世紀中國文學與區域文化叢書‧總序〉,《S會館與五四新文學的起源》,頁4。

第二章　浙東現代作家的民間立場

　　19 世紀中葉以後，中國面臨著國族興亡的危機，清末民初大批思想家都提出了「富國強民」的主張，嚴復（1854～1921）的「明民」和梁啟超的「新民」著眼於提高民的群體性素質，致力於改造國民性的理想。〔註1〕這些觀念於 20 世紀初的知識分子有著極大的影響，使他們在尋求革新中國的道路時認識到改造國民觀念的重要性，而民間是他們認識改造「民」的主要來源；其後的新文化運動也以建立新思想新道德為主要目標。魯迅等浙東現代作家積極參與了這場運動，並以文學創作貫徹實踐著其國民性改造思想。

第一節　「到民間去」

　　自 1918 年以蔡元培、李大釗為首的知識界提出「勞工神聖」「到民間去」的口號，並發展成為轟轟烈烈的走向民間、民眾的運動。一部分知識分子逐漸轉向平民主義，平民意識興起並很快成為思想界的狂潮，從晚清到五四，中國社會從「四民皆士」進入到「四民皆工」。〔註2〕

〔註1〕 嚴復以《明民論》引出教人之綱以濬智慧、練體力、屬德行，而此民生之大要三實為強弱存亡之關鍵，他的弱民無強國也就將治國之要統於鼓民力、開民智、新民德三端。嚴復：〈原強〉，沈雲龍主編：《侯官嚴氏叢刻》，《近代中國史料叢刊續編》（臺北：文海出版社，1975 年），第 18 輯，頁 115～171。梁啟超在其《新民說》中系統論述了其新民之觀點，將新民與國之安富尊榮聯繫起來，並在 1902 的《論小說與群治之關係》一文中提出文藝的小說如何新民之見解，將小說提高到前所未有之地位。梁啟超：《新民說》，《梁啟超全集》卷3，頁 655～728，〈論小說與群治之關係〉，《梁啟超全集》卷 4，頁 884～886。
〔註2〕 王汎森：〈近代知識分子自我形象的轉變〉，《中國近代思想與學術的系譜》（臺

一、回到民間

1. 發現「民間」

傳統士子鄉村–城鎮–鄉村的基本生活軌跡，在科舉制被取消後發生了變化，20 世紀的知識分子大多離開農村，在城市接受現代教育、定居生活，農村成了回不去的原鄉。在對國族復興之路的探索，家國觀念的省思中，蔡元培的「勞工神聖」和李大釗的「到民間去」號召，讓漂泊於城市的現代知識分子再度「發現」了民間。

「勞工神聖」是蔡元培於 1918 年 11 月 16 日在天安門廣場發表的演說中所提的，他在演講中宣稱，以後的世界，是勞工的世界，「我們都是勞工，我們要自己認識勞工的價值。勞工神聖！」〔註3〕蔡元培的「勞工」是個廣泛的概念，農民手工業者等體力勞動者外，也包括從事腦力勞動的知識分子群體。他在這場造成廣泛轟動的演講中歌頌了勞工的神聖，許以勞工以光明的未來，這是向大眾特別是知識分子發出走向民間的明確信號。李大釗也表達了對勞工的重視，呼籲青年像 1870 年代的俄羅斯青年那樣到農村去。〔註4〕將青年與農村結合到一起，它在知識分子的城鄉觀念中造成了對農村的浪漫想像，認為農村與城市相比，有更多光明的一面，並聚焦於農民的教育問題和優先解決農村問題。這些號召重建了平民與知識分子的二元社會。知識分子紛紛行動起來，如北京大學學生率先於 1919 成立「平民教育演講團」，包括鄧中夏（1894～1933）、張國燾（1897～1979）、羅家倫、俞平伯（1900～1990）等人。到民間宣傳反封建迷信，提倡教育，及救國行動等內容，有的就怎樣走向民間提出具體意見〔註5〕。當時此類文章非常多，它們在倡導走向民間發現民間意義的同時，也在探索民間啟蒙的道路。稍後以北大為中心的歌謠運動興起，「這種

北：聯經出版公司，2003 年），頁 290～292。

〔註3〕蔡元培：〈勞工神聖〉，《蔡元培全集》（第 3 卷，北京：中華書局，1981 年），頁 219。

〔註4〕袁先欣提出周作人於 1918 年 5 月的〈讀武者小路君所作《一個青年的夢》〉中，將俄文口號「V Narod」譯為中文「到民間去」，也即周作人應為該口號的首先提出者。不過由於在李大釗文章的鼓動下，俄羅斯民粹派的行動為讀者矚目，說李大釗為運動的推動者也符合事實。李大釗：〈青年與農村〉，《鐵肩擔道義——李大釗勵志文選》（北京：中華工商聯合出版社，2014 年），頁 115。袁先欣：〈「到民間去」與文學再造：周作人漢譯石川啄木〈無結果的議論之後〉前後〉，《中國現代文學研究叢刊》2017 年第 4 期，頁 35。

〔註5〕甘蟄仙：〈到民間去〉，《晨報》副刊，1922 年 7 月 25 日，頁 4。

破天荒的文化現象，很快成為國內報刊的一時風氣」，〔註6〕其中對來自於民間的口語、白話文學的重視，〔註7〕和民間文學作為與貴族文學相對立的民眾的文學被發現，開始了 1918 年春的民間歌謠搜集和整理，這是以周氏兄弟為代表的早期知識分子民俗意識的自覺，也是新文學產生的社會文化背景。

　　由於蔡元培的關係，早期以北京為中心的新文化運動集中了許多浙江作家，他們的民間立場、民俗學觀念以及發起參與的民俗學運動吸引了「五四」時期各界的知識分子。蔡元培是出身舊文人陣營的現代知識分子，他主要成就在教育管理工作，而非具體的民俗學學科建設。但他已有著自覺的現代學科意識，在現代教育建設中，他強調歷史要去古代之偏政治傾向，重視「人文進化之軌轍」，歷史風俗變遷、實業發展、學術盛衰，皆分治其條流，又能綜論其體系，才是文明史應該有的精神。〔註8〕接續強兵富國主義，認為要改造國民的世界觀，由民而家、鄉、國實現救亡，倡導軍國民主義、實利主義、美育、德育主義與世界觀、美育主義五者相結合的教育原則。〔註9〕他對於北大同仁倡歌謠徵集和《歌謠》週刊活動給予相當支持。從 1918 年 2 月 1 日蔡元培特用〈校長啟事〉公告，《北京大學日刊》刊登了〈北京大學徵集近世歌謠簡章〉，向各界徵集民間歌謠，社會反響強烈。短短兩個月內，便收到校內外稿件 80 多篇，歌謠 1100 餘首，這些歌謠被擇優刊登在《北京大學日刊》。1919 年初，成立「北京大學歌謠徵集處」。1920 年 12 月初，常惠發起成立「北京大學歌謠研究會」，19 日，推舉由浙江籍的周作人、錢玄同（1887～1939）、沈兼士（1887～1947）等主持研究會工作。1922 年初，歌謠研究會併入新成立的「北京大學研究所國學門」，周作人是主要負責人之一。1922 年 12 月 17 日，《歌謠》週刊創刊，周作人任主編。到 1925 年，歌謠運動共收集全國歌

〔註6〕鍾敬文：《民間文藝學及其歷史·自序》（濟南：山東教育出版社，1998 年），頁 1。

〔註7〕晚清白話文學發展已在進行中，阿英《晚清小說史》認為是知識分子主動尋求變革的依據，龔鵬程認為是中國傳統內部非主流因素勢力擴大中的一個部分，其中參與的王國維、吳梅、俞樾、劉鶚等皆在於啟迪民智。龔鵬程：〈傳統與反傳統〉，《近代思潮與人物》（北京：中華書局，2007 年），頁 109。陳潔認為從 1909 年的翻譯開始，周氏兄弟已經開始轉變，並在文學革命時期獲得了白話的資源。陳潔：〈魯迅在教育部的兒童美育工作與〈風箏〉的改寫〉，《中國現代文學研究叢刊》2016 年第 1 期，頁 90～96。

〔註8〕蔡元培：〈智育十篇·歷史〉，周蜀溪編：《蔡元培講教育》（北京：新華出版社，2005 年），頁 123。

〔註9〕蔡元培：〈對於教育方針之意見〉，周蜀溪編：《蔡元培講教育》，頁 45～50。

謠 13339 首，廣州、廈門、杭州等地紛紛響應成立民俗學研究機構，出版刊物。此後，隨著這些主導者離京南下，這場以「走向民間」為主旨的歌謠運動發展到後來的民俗學運動，其中心轉移到廣州中山大學，1927 年後又以杭州為主要集中地。

魯迅沒有直接參與北大歌謠研究會等工作，但北京大學歌謠徵集運動，與魯迅卻有著直接的關係。他早於 1913 年 2 月在教育部的《編纂處月刊》一卷一期上發表《擬播布美術意見書》，文中對美育播布工作提出具體意見，「當立國民文術研究會，以理各地歌謠，俚諺，傳說，童話等詳其意誼，辨其特性，又發揮而光大之，並以輔翼教育。」〔註 10〕其後，他還關注歌謠運動的開展情況，關心刊物。「他認為只收民歌謠對於民間文學研究過於狹隘了，後來《歌謠》週刊就增加了民俗、民間傳說等內容。」〔註 11〕為該刊創刊週年而出的《歌謠紀念增刊》封面，是由魯迅設計，並指定請沈尹默題字的。周作人在主持編撰《歌謠》週刊及後來的民俗活動中，魯迅都予以大力協助。他還以〈狂人日記〉的創作，證明了來自民間引車賣漿者之流的白話語言同樣可以成就文學經典。

2. 「民」的認知

「到民間去」的運動持續著，不同時期來自不同陣營的作家所理解的「民間」不盡相同，如何到民間去也有不同的主張。周作人等在歌謠徵集運動「走向民間」，他們對於「民」的認識是有代表性的。上文所提，周作人早在 1918 年文章中將俄文口號明確翻譯為「到民間去」，他對俄羅斯民粹派的關注也早在 1906 年到日本時即已開始。〔註 12〕待其回國北上進入新文化運動時期，他的〈人的文學〉諸文贏得了文壇的聲名，也是其試圖以文學文化革命尋求建設理想的人的努力。他在北大歌謠徵集活動中先與劉復和沈尹默同為編輯，擔任徵集的方言考訂工作。1919 年下半年，因劉復赴歐留學，周作人接手其徵集工作。他和錢玄同、沈兼士等共同主持「北京大學歌謠研究會」工作；是《歌謠》週刊的主編。他的發刊詞和一系列關於民歌民謠的文章，如〈談《目連戲》〉〈歌謠與方言〉〈關於〈猥褻的歌謠〉〉〈兒歌之研究〉等，集中闡述了

〔註 10〕常惠：《魯迅與歌謠二三事》，《民間文學》1961 年第 9 期，頁 94～96。

〔註 11〕常惠：《回憶魯迅先生》，魯迅博物館魯迅研究室編：《魯迅誕辰百年紀念集》（長沙：湖南人民出版社，1981 年），頁 522。

〔註 12〕袁先欣：《「到民間去」與文學再造：周作人漢譯石川啄木〈無結果的議論之後〉前後》，《中國現代文學研究叢刊》2017 年第 4 期，頁 39～40。

其民間的立場，即收集民間歌謠以保存和從事學術研究，認為這些民間文化具有民俗學、歷史學等的價值。周作人認為「民間」本是指「多數不文的民眾；民歌中的情緒和事實，也便是這民眾所感知的情緒和事實」，〔註13〕這與胡適說「民間」時指的是「民間的小兒女，村夫農婦，癡男怨女，歌童舞姬，彈唱的，說書的」是相同階層。〔註14〕這一民間觀也與其在「平民文學」和「人的文學」所倡導的人本主義是相通的，得到了「五四」時期較普遍的響應。但當他積極提倡新村主義，為胡適所質疑，1920年6月翻譯〈無結果的議論之後〉，袁先欣認為這一翻譯行為說明周作人已對此前的民間觀加以糾偏，顯示出要以激進的社會主義行動掃除宗族鄉黨等老輩們愚民之惡。一方面清理他的「民間」思想，另一方面在實踐上以民俗學對國民性展開剖析，清除其中的落後處，找到其中蘊含的普遍的國民心情。〔註15〕1923年3月23日，周作人在杭州的《之江日報》上發表〈地方與文藝〉再提「地方性」，他認為浙江既有以徐文長、張岱（1597～約1680）等為代表「飄逸」（浙東）和以毛奇齡為代表「深刻」（浙西），要體現文藝的價值就需要這種植根於大地的「土氣息」和「泥滋味」。〔註16〕此後，周作人的立場幾經曲折，從致力於「自己的園地」，〔註17〕中間在《語絲》民族主義的立場，1930年主持《駱駝草》雜誌時的自由主義傾向，曹聚仁稱其為「近於虛無主義」。〔註18〕立場也許後撤，但30年代周作人還是選擇貼近民間，在浙東故鄉「河水鬼」的信仰與信仰的人中，看到凡俗的人世，希望引導更多的人開展對這方面的調查與研究，〔註19〕這還是接續了以民俗學發掘普遍的國民性的意圖。他的引導對於「京派」作家聚焦農村世界不無影響。也是這種對民間的體察，浙東的人

〔註13〕周作人：〈中國民歌的價值〉，《學藝雜誌》1920年第2卷第1號，頁1。

〔註14〕胡適：《白話文學史》，姜義華主編：《胡適學術文集》（北京：中華書局，1998年），頁155。

〔註15〕袁先欣：〈「到民間去」與文學再造：周作人漢譯石川啄木〈無結果的議論之後〉前後〉，《中國現代文學研究叢刊》2017年第4期，頁42～51。

〔註16〕周作人：〈地方與文藝〉，《周作人自編集・談龍集》，頁10～13。蘇文瑜對此認為「發表的事實本身便讓人想起晚近地方對國家中央集權的挑戰」。蘇文瑜著，康凌譯：《中國現代性的另類選擇》（上海：復旦大學出版社，2013年），頁298。

〔註17〕對「勝業」的說法，錢理群認為這不是退步，而是堅持從學理上發展五四精神，轉向更廣泛、深入的學術研究與學科建設。錢理群：《周作人傳》（北京：華文出版社，2013年），頁214～218。

〔註18〕錢理群：〈曹聚仁與周作人〉，《文教資料》1999年第3期，頁3～6。

〔註19〕周作人：〈水裏的東西〉，《周作人自編集・看雲集》，頁40。

事風俗，甚至花草樹木，原鄉在其筆下散發出了溫情。

　　1930 年代文學中心南移到上海後，「到民間去」的呼聲依舊。左翼及傾向左翼的作家所提的民間大眾，如許傑所分析的，「五四」時代的平民是小資產階級，「五卅」以後的民族解放運動應該以「全國最大多數的工農大眾為主力軍」，「八‧一三」、「一二‧八」以後，大眾擴容到「全民族各階層的大眾」。〔註 20〕《復旦學刊》中的文章集中反映了上海師生知識階層的民間觀，舒兆桐將「民」界定在「需要指導的農工學商」，對學生來說，到民間去的第一步是修養人格和讀書。〔註 21〕這反映了在大革命落潮後，學生開始趨於回到書齋。兩年後署名為柏的文章還討論到民間去具體需要做的事宜，提出了組織鄉村政府等 13 項建議。〔註 22〕

　　同在上海的部分文人以都市市民的閱讀口味為導向，試圖接近都市民間，將「民」擴大納入都市小市民群體，在創作中增強市民群體的趣味時，引起了「京派」的不滿，引發了爭論，左翼陣營也加入其中。以周作人為中心的京派文人，出於對鄉土的欣賞和保存之設想，他們欣賞的是未經「現代氣息或工業化、商業化薰陶」〔註 23〕的民間文化，對於這種市民閱讀口味的格調不以為然。爭論表面上是關於文學的本質，文學與政治、社會關係的見解分歧，實質上是不同立場和審美情趣的作家，關於現代性的爭論。京派文人從傳統鄉土社會出發，也正視社會的轉型，但他們更多發現的是在現代性過程中，現代消費社會對人性的扭曲，對寧靜平和傳統文化的侵害，與沈從文、廢名、師陀等人的鄉土世界形成對照的，恰恰是他們對帶了城市文明病的都市世界的諷喻。京派與海派的論爭，也是在鄉土／都市、傳統／現代之間的較量。左翼作家的民間主張，也與京派發生過論爭，關於左翼作家在下一節專門討論。

　　東北淪陷，民族危亡之際，知識界再次提倡「到民間去」，這一口號增加了新的救亡任務，「民」拓寬到包括知識分子在內的廣大群眾。1933 年北京的《民間》、廣州的《民間週報》都向知識分子發出了「到民間去」的號召。〔註 24〕老

〔註 20〕許傑：〈文藝大眾化與大眾文藝化〉，《浙江青年》1936 年第 2 卷第 12 期，頁 123～126。
〔註 21〕舒兆桐：〈怎樣到民間去〉，《復旦旬刊》1927 年留別號第 5 期，頁 10～15。
〔註 22〕柏：〈到民間去所應做的事〉，《滬潮》1929 年創刊號，頁 61～72。
〔註 23〕葉曉青：〈上海洋場文人的格調〉，汪暉、葉國良編：《上海：城市的社會與文化》（香港：中文出版社，1997 年），頁 130。
〔註 24〕〈發刊詞〉，《民間》第 1 期（1933 年 2 月），頁 1。

予主張此時已經沒有必要再深究雅俗之分，提倡要以「真摯的情感，豐富的想像，健全的思想，偉大的人格」去表現給廣大的群眾（包括文人在內）。〔註25〕他引用寧波作家楊蔭深的研究區分「民間文學」，將其分為三大類，認為這些長期流傳能激動情感，並成為「文人文學」創作的來源。〔註26〕「到民間去」要求全社會行動起來，該刊還選了羅家倫的〈軍歌〉、曹聚仁的〈戰歌〉作為典範。這次「到民間去」的全民運動聲勢更大，連偏重市場以文學為消遣的《禮拜六》也有所表示。〔註27〕《禮拜六》派的表態是猶抱琵琶半遮面的，其批評社會是以保留對政治的批判為前提的，但這個老牌鴛鴦蝴蝶派雜誌陣地的表態說明運動影響波及比新文化運動更廣，是民族解放問題將其推向了縱深。

關於如何走向民間、要注意哪些問題的討論也更加細緻。城市各界紛紛行動起來，如北平學聯動員了 1500 人到農村去做救亡工作，組織了軍事化的學生團，「要和農民打成一片，生活到農民中去，去掀動民族與社會解放的浪潮。」〔註28〕「劇聯」後續成立的抗戰協會 13 個小組，除了第 12 組留守上海，其他各組分赴各地開展抗日宣傳。浙東作家應雲衛是三、四兩隊的總隊長，活躍於江蘇蘇南一帶；包蕾參與宣傳，於 1938～1939 年間創作了《誰插的旗子》等十多個兒童活報劇，還有大量劇評。他認為要使農村的大眾能夠被啟蒙，首先要改變農村只看《目連救母》和《唐僧取經》的情形，而要去佔領最廣大的農村，生活的體驗不夠是主要瓶頸。此時的民間農村理想化色彩被消解，「回到民間去救濟農村」，是徐詠平在 1934 年返鄉見到經濟蕭條、農村問題突出，向社會發出的呼籲。此一階段關於農村問題的討論更偏重針對現實中到農村去的遭遇，解決實際問題，將民族解放與農民解放的問題聯繫起來。

全民抗戰後「走向民間」形成了兩個不同的面向，其一是延安抗日根據地及其後的解放區，以趙樹理（1906～1970）、孫犁（1913～2002）等為代表的作家，其核心是毛澤東（1893～1976）〈在延安文藝座談會上的講話〉（以下簡稱〈講話〉）為指導，要求文學堅持為大眾服務，指以工農兵群眾及其幹

〔註25〕老予：〈我們在這裡〉，《民間週報》1933 年第 1 期，頁 16、17。

〔註26〕老予：〈到民間去〉，《民間週報》1933 年第 1 期，頁 18～20。

〔註27〕該刊刊登了〈到民間去〉，編輯表示 500 期後「很希望深入民間」，正在找「深入民間的大道」，決定增加批評社會的文字。陳宗藩：〈到民間去〉（讀者通訊），《禮拜六》1933 年第 499 期，頁 972。

〔註28〕夢野：〈到民間去〉，《客觀》第 1 卷第 11 期（1936 年 1 月），頁 7～8。

部，農民為主的對象；另一方則是在太平洋戰爭爆發前的上海「孤島」，以張愛玲（1920～1995）、蘇青、徐訏、無名氏（卜乃夫，1917～2002）等為代表的創作，他們面對的「民」以都市市民為主要群體。這個特殊的區域是私人化寫作的溫床，「孤島」時期的作家沒有國統區作家以文學抗爭的空間，也不可能產生前期及國統區的「到民間去」運動，重視都市民間的趨勢使作家創作做出調整。1938 年胡霍介紹孤島的文化現象時就已提出期刊雜誌大眾文學的創作現象。〔註29〕文化界走向都市民間，反映出都市市民這個民間社會的文學趣味與愛好。

「孤島」時期以蘇青、徐訏為代表的浙東作家，主張走向都市民間，要走大眾化道路。徐訏倡用簡樸乾淨平實的文字「記載批評普通人日常接觸的世界上所發生的小事小題」。〔註30〕蘇青小說的選材、主題，深受讀者的喜愛，也正表明她自己深諳都市民間的趣味。徐訏曾經輾轉多地，但他在浙東故鄉所受的教育明顯對其創作的故事題材、語言等產生了作用。他早期詩歌創作稚嫩，但注重吸取民歌民謠成分，易讀上口。他注意到方言的可貴之處，主張向方言學習，以豐富表現力，「縱的方面來說我們要在古文學文言文吸引有力的表現，橫的方面就是從方言中，以及從外來語中去吸收那些多彩多姿的成語。」在徐訏看來，「文藝的本質是大眾化的」，〔註31〕中國的新文學應把「大眾化」作為自身的重要品格去追求。

二、回到浙東民間

1. 浙東的民俗活動

「走向民間」雖發揮其社會效應是在北京，但在周氏兄弟進京參與歌謠運動、發起新文化運動之前，他們已經在家鄉紹興開始了相關活動，這在他們是重要的預備期，也可以視為北京歌謠運動的先聲。他們在北京參與的民俗學活動又得到了浙江地區的響應，後杭州的中國民俗學會及其組織發動的民俗學活動，浙江一度成為全國民俗學的中心。

早在日本時，周作人已從英國的人類學家安德魯‧朗（Andrew Lang, 1844～1912）的研究中表現出對童話、兒歌的興趣；並受日本的「民俗學之父」柳

〔註29〕胡霍：〈孤島的文化食糧〉，《青年半月刊》1938 年第 23、24 合期，頁 32。
〔註30〕徐訏：〈文藝大眾化問題〉，《徐訏文集》（北京：三聯書店，2012 年），卷 10，頁 67。
〔註31〕徐訏：《文藝大眾化問題》，《徐訏文集》，卷 10，頁 61～71。

田國男（1875～1962）的影響，開始對民間文學產生興趣。1911 年回國後在紹興開始收集民歌。1914 年 1 月，周作人利用教育會會辦的月刊發表向社會各界徵集當地兒歌、童話的通知，明確收集的目的為「以存越國土風之特色，為民俗研究兒童教育之資料。」其效用可以是「大人讀之，如聞天籟，起懷舊之思。兒時釣遊故地，風雨異時，朋儕之嬉戲，母姊之話言，猶景象之宛在，顏色可親，亦一樂也。」〔註32〕其預估徵集活動一年，但響應者寥寥，只收到一件投稿。不過該月刊還是刊登發行了不少關於紹興風物調查的文章，周作人自己單獨搜集，得兒歌二百章左右。〔註33〕如《古蹟調查》介紹了紹興七星岩的古蹟王羲之祠、唐將軍廟、石匱山房等；他也在擴刊後的《紹興教育雜誌》上發表了《越中名勝雜說》《越中游覽記錄》《讀書雜錄》等文，其中《讀書雜錄》就詳細地記載和考證了越中地區的鄉邦文獻、鄉里先賢、碑刻、古蹟等鄉土文化。此時魯迅已在教育部任職，但大力支持其收集工作，將從友人處聽到的地方兒歌，抄了寄來做參考。〔註34〕共寄有 6 首兒歌及注文，注釋、考訂等方法完全符合《歌謠》週刊的徵集要求。〔註35〕周作人這些關注收集民間文化的活動，一直持續到 1917 年離開紹興北上。

周作人在北京的徵集活動也得到了故鄉浙東的呼應，婁子匡、楊蔭深等都是熱心於民俗學活動的後學。在浙東堅持收集各類習俗做民俗學研究的是婁子匡，他在紹興省立五中讀書時開始收集紹興民間文藝，包括二百餘種端午老虎畫，〔註36〕將各地的年俗並彙編成冊，把紹興當地的歌謠百首、捼娘田螺精等十七個故事彙編成《紹興歌謠》《紹興民歌》兩冊，被收入中山大學民俗學會叢書出版的 34 種叢書。〔註37〕婁子匡在寧波鄞縣工作時，與中山大學民俗學會聯繫，建立了寧波民俗學分會，在鄞縣創辦《婦女與兒童》（後改為《孟姜女》）。1930 年夏他開始參與杭州中國民俗學會的活動。中國民俗學會在杭州由鍾敬文、錢南揚（1899～1987）、劉大白等人主持，得到了國內外專家學者的支持，幾年時間，曾在北大、中大時期湧現過的民俗學運動高潮

〔註32〕周豈明（周作人）：〈一點回憶〉，《民間文學》1962 年第 6 期，頁 145。

〔註33〕周作人：〈潮州畬歌集序〉，止菴校訂：《周作人自編集‧談龍集》，頁 51。

〔註34〕周遐壽（周作人）：〈魯迅與歌謠〉，《民間文學》1956 年第 10 期，頁 12～14。

〔註35〕魯迅收集的 9 首兒歌的手跡現存魯迅博物館，可轉見胡從經《晚清兒童文學鈎沉》（上海：少年兒童出版社，1982 年），頁 221～222。

〔註36〕顧頡剛：《新年風俗志‧顧序》（上海：商務印書館，1935 年），頁 3。

〔註37〕婁子匡：〈中山大學「民俗學會」叢書出版提要〉，《開展》1931 年第 10～11 期，頁 1～10。

第三次在浙江出現。〔註38〕1933 年學會的《民間月刊》第 2 卷第 4 號收得浙江境內「月光光」歌謠 172 曲，該專號比北大時期的月歌專號，雖然顯得地域狹隘，但材料豐富。劉大白是早期參與民間文學收集的作家，在 1920 年代的徐文長故事熱中，他先後發表了聽到記錄下來的系列徐文長故事，他的《故事與罈子》與妻子匡的《新年風俗志》《巧女和呆女的故事》作為學會的叢書出版。許欽文為 1937 年的民眾教育館主辦的《民間圖畫展覽會會刊》撰寫了〈白狀元祭塔〉一文，並在《東南日報‧沙發》上發表〈二尺五〉〈呆秀才〉〈靭討飯〉等專文討論。

　　誠然，這些浙東作家的民間文藝整理、研究、評論活動已不限於浙東地域，但已有力地宣揚了他們挖掘浙東文化，研究浙江民間文藝的做法。楊蔭深在長期對民間文學的研究中，注意收集、梳理和研究工作，他的《中國民間文學概說》是在民間文學研究已經趨於消沉時期有「突出特點」的收穫。〔註39〕該著中傳說故事和歌謠中收錄有不少來自其家鄉鄞縣的口傳文學，如在傳說中介紹鄞南地區流傳的地方傳說，語言類的有地方諺語。紹興地區熱心於民間文學工作的還有陶茂康（生卒年不詳），他從 1930 年起出資編輯出版《民間月刊》，大量收集整理當時的民歌童謠、傳說故事、謎語童話、聯語俗諺等，使該刊成為紹興影響最大的民間文學刊物，後與中國民俗學會共同編輯而改名。此外他還出版了《民間歌謠集》《民間謎語集》三冊、《民間故事集》《中國新年風俗志》，又在紹興《商報》上出《民俗週刊》183 期，對民間文化研究的支持可謂功不可沒。此後又與中國民俗學會合作，因刊物學術性加強而致發行下降中止合作。

　　周作人所開創，妻子匡、楊蔭深等接續的浙東民俗學活動，起先都是個人的愛好調查收集，受 1927 年 11 月中山大學民俗學會成立的啟發，他們先後以個人之力在杭州、寧波和鄞縣發起成立了民俗學會或研究會，並出版雜誌等，使民俗學活動在浙東再度開展並興盛起來。他們的民俗學活動其功首

〔註38〕鍾敬文回憶說當時在省內的寧波、紹興、湖州和永嘉，及省外的福建、廣東和四川等，都建立了民俗學分會。有會員 200 餘人，出版民俗、民間文藝學刊物，有的竟達 170 餘期。鍾敬文：〈我與浙江民間文學〉，《北京師範大學學報》1988 年第 2 期，頁 3、4。

〔註39〕劉錫誠（1935～）用三個突出的特點評價了該著，即希圖建立民間文學的學科體系，民間文學觀與此前的有同有異，民間文學是文學三個特點。劉錫誠：《二十世紀中國民間文學學術史》（北京：中國文聯出版社，2014 年），頁 406～407。

在收集整理浙東地方的民間文化；其次他們的參與活動還帶動了更多人重新發現民間，並從民間挖掘出了更豐富的資源，劉大白、許欽文等作家都加入其中，且其收集、研究的對象如上所說，已經溢出了浙東。如對徐文長故事的收集，各地收集到類徐文長人物，或者以徐文長為「箭垛」〔註40〕的人物，有寧波鎮海的樂賢、義烏的馬坦鼻等。影響所及，有更多學者投入到民間文學的研究中，集中於俗語、謠諺的民間語言類。也吸引了其他地方知識界的注意，鍾敬文在中山大學因民謠收集遭到當地保守勢力被逐後來到杭州，在杭州的中國民俗學會繼續民俗學研究，其所辦的《民間月刊》也堅持了兩年的民間文學採集和整理研究工作。〔註41〕抗戰爆發後浙江杭州成為繼北平、廣州的又一民俗學運動的中心。周作人、鍾敬文、顧頡剛、趙景深、錢南揚、婁子匡、孫伏園等先後為刊物撰稿，影響遠至國外，德國、日本及日內瓦國際圖書館等均來函徵集。在這個逐步興起的民俗學活動中，浙東的民俗學活動始終是走在前列的。

　　浙東地區的民俗學運動吸引了作家對民俗學的興趣，作家們走入民間時更理解民間，進而影響其文學觀念和創作題材。如在對鄉土（地方觀念）的倡導上，許多作家不遺餘力地參與其中。周作人認為地方的才是最有影響力和創造力的。他將文學比做一座山，處於山頂的是純文學，原始文學和通俗文學構成了底部。原始文學是「由民間自己創作出來的，供他們自己歌詠欣賞的一部分而言，如山歌民謠之類全是。」通俗文學比原始文學進步一點，受到純文學影響，是低級文人創作的摻雜了官僚士大夫陞官發財思想的，如《三國演義》《水滸傳》《三俠五義》等及大鼓書曲本之類。〔註42〕這個以進

〔註40〕周作人說這些故事大抵各處都有類似的傳說，或者篇篇分散，或者集合，屬於一個有名的古人。英國「市本」（Chapbook）中有《培根長老的故事》，即以 Roger Bacon 為「箭垛」，插上許多魔術故事。周作人：〈徐文長故事小引〉，《周作人自編集‧苦雨齋跋文》，頁 29。

〔註41〕該刊初為紹興陶茂康在 1930 年創辦的民間文學叢刊《民間》，至 1932 年 8 月出版到 12 集，與杭州中國民俗學會合作後，名義上改由中國民俗學會出版，刊名改為《民間月刊》，由陶茂康、鍾敬文、婁子匡合編，內容以民間故事、民間童謠歌謠、民俗戲曲文化等民間文學為主。如二卷二號是《老虎外婆故事專號》；二卷四號《月光光歌謠專輯》等。將此前的 22 集稱為第一卷，1932 年 10 月出版的稱為二卷第一號。至 1934 年 4 月出版到二卷十號、十一號合刊時停刊。劉鶴：《一個叛逆悲情的文學時代：浙江文學三十八年》（杭州：浙江大學出版社，2013 年），頁 77～78。

〔註42〕周作人：〈中國新文學的源流〉，《周作人自編集》，頁 7、8。

步與否作為判斷出自民間的原始文學與純文學依據，似可商榷，但其關於民間與通俗的劃分卻是清晰的。這也明顯不同於 20 年代初最早提出民間文學的胡愈之，將通俗文學與民間文學混為一起的說法。

正是熟習民間的、地方的文化，周作人認為地方色彩的強調才是文學的活力所在，在新文化運動後大力提倡地方文藝，現代文學第一個具有流派性質的鄉土文學熱潮開始興起。來自浙東的王魯彥、許欽文、許傑等是主要成員，創作時他們大多僑居異鄉，對原鄉風土人情的敘述很快在文壇興起了一股「浙東風」。其價值不在於浙東一地，如張定璜所寫，魯鎮是中國鄉間習見的鎮，「然而魯迅先生告訴我們，偏是在這些極其普通，極其平凡的人事裏含有一切的永久的悲哀。」〔註43〕這給地方的也是民族的說法做了腳注。

1930 年代柔石、王任叔、魏金枝、殷夫等，同樣抨擊了原鄉的落後習俗、社會不公平現象。新文學對地方民間文化的挖掘與倡導顯然引起了衛道士們的不安，並極力加以阻止。魯迅於 1935 年 12 月 4 日同徐訏探討地方戲問題，對地方戲《小尼姑下山》《張蠻打爹》被禁止之事表示了氣憤，預言「將來一定和童話及民謠攜手滅亡的」。〔註44〕抗戰爆發，中國民俗學會的研究，讓許多作家意識到以民間文化作為尋找民族解放的力量和方向是可能的，即如學者氣濃厚的文載道（金性堯），早期醉心於魏晉文學，此時也轉向民風民俗史，他說「覘民風是以測示一國的消長——如果有志之士能從人民的趣味、風俗、常識、風土、習慣上面加以研究與考測，從而使人如何提高，如何解放，如何充實，似乎與我們日夕提到的『大眾』，不無切實的裨助。」〔註45〕其寫作中開始多了鄉土味，表達對過去的一切的「眷念，懷念和低徊」，〔註46〕其文旁徵博引，是學者散文的一類，後陸續出版的《星屋小文》《風土小記》《文鈔》等作品，在當時引起了較大反響。

由浙東地區開啟的民俗學運動不是只在民俗一途，而是與浙東、浙江乃至全國的民俗學運動互相應和，推動了民俗學的深耕。對於作家，民俗學運動引導他們走向民間，瞭解民間，其創作也隨之有了明顯的地方色彩，而越是深入理解民間，就越能在作品中發現地方民間所具有的普遍性。「走向民間」

〔註43〕張定璜：〈魯迅先生〉，《現代評論》第 1 卷第 7、8 期（1925 年 1 月），頁 13。
〔註44〕魯迅：〈1935 年致徐訏信〉，《魯迅全集》，卷 13，頁 265～266。
〔註45〕金文男口述，南方週末記者張英，實習生陳軍吉採訪整理：〈我的父親金性堯：一個簡單的讀書人〉，《南方週末》2007 年 7 月 26 日。
〔註46〕文載道：〈食味小記〉，《萬象》第 2 年第 8 期（1943 年 2 月），頁 116。

運動讓作家們發現了民間，書寫民間的過程又更接近了民間，這場社會運動的文學、學術價值日漸增殖。

2. 浙東作家的民間教學活動

對於絕大多數的知識分子來說，1905 年科舉取士被取消後，傳統向上進入廟堂的路徑被杜絕，士不再是四民之首，只是大眾的一部分，即如鄭振鐸所說筆桿子與算盤、犁耙、斧尺一般，都是謀生的工具而已。〔註 47〕知識分子用筆桿子謀生的出路不外乎從事文化、教育等，浙東作家中的大部分為教育工作者或者兼顧教育，教育可以說是大部分浙東現代作家的謀生存之道。北京大學的平民夜校開設招收來自民間的學員，吸引不少教員及學生投入其中；1922 年愛羅先珂（В.Я.Ерошенко, 1890～1952）到北京後倡導知識階級要學俄羅斯知識分子自我犧牲走向民間的運動，應對民眾負有教育的使命，他自己也參與夜校的活動。胡愈之、周氏兄弟、蔡元培及魯彥等與愛羅先珂交往密切，他們關於現代知識分子的檢視、新文學的觀點等方面或多或少都受到其影響。其他散佈上海、北京等大都市的浙東作家，他們的活動都跟各地教育機構連接密切，這裡只以他們在浙東地區的教學活動為主討論。「走向民間」從事教學活動，是他們民間觀的具體落實，也是理想和使命所在。

綜觀浙東作家在原鄉從事教育活動的機構，以浙東省立中小學、師範學校為主，也有部分私立學校。前者如省立第一師範學校，省立四中、五中及師範學校等，後者以春暉中學為代表，這群教員也是「白馬湖作家群」的主體，他們離開上虞到上海後又創立了立達學園。在民初教育改革中，省立的學校分層次、地域開始建設，杭州的浙江第一師範學校（以下簡稱浙一師），浙東的省立第四、五、六中學及師範學校，在現代文壇中有著聚集效應。經亨頤（1877～1938）可以說是貫穿其中的主要人物，他力主「人格教育」，以培養政治、堅強，學識兼備的人才為主要目的。主持浙一師時，他禮聘各地人才，邀請進步學者如陳望道、豐子愷（1898～1975）、劉大白、夏丏尊、李次九（1870～1953）等到校教學或講演；他開明治校，學生自治會組織經營的閱覽室書報販賣部，有《民國日報》《申報》《時報》《晨報》《新青年》《每週評論》《新潮》，以及本省的《教育潮》《浙江新潮》《錢江評論》等各種倡導新思想、新文化的期刊、書籍，在學學生思想活躍，該校成為「五四」運動期間

〔註 47〕鄭振鐸：〈《編輯者》發刊詞〉，《鄭振鐸文集》（北京：人民文學出版社，1985年），卷 4，頁 85。

的「東南重鎮」。經亨頤的做法得到了師生的擁護，但也招致了保守力量的忌恨，從而爆發了「一師風潮」，後經蔡谷卿（蔡元培弟弟）調停，學生的「挽經運動」取得了勝利。

經此事件後，經亨頤對公立學校的辦學感到失望，其辦學理想轉向私立學校，認為可以透過自身的選擇與努力，實現教育理想。私立學校民後發展很快，既延續了中國書院教育的傳統，〔註48〕也是「對一統化教育體制的對抗」，其於政治動盪和社會轉型之際，往往成為「維繫文學價值與學術道統的重要支柱」。〔註49〕經亨頤於 1922 年 12 月 2 日，受聘於上虞白馬湖畔私立春暉中學。春暉中學建立之初經亨頤便強調能不受官方影響，教育自主，希望達到社會的同情、校董完全負責、教員安心、學生滿意目的。〔註50〕學校採取了男女同校的辦學方針，這是「冒了社會的忌諱敢行的一件好事」，開了省內中等學校男女同學的先例。〔註51〕這也充分說明其「學在民間」「教在民間」的理念，得到了夏丏尊、豐子愷、朱光潛（1897～1986）、匡互生（1891～1933）、劉薰宇（1896～1967）等教員的一致支持。夏丏尊在春暉中學創辦週年發文稱生在鄉間的學校，支持鄉村運動是責無旁貸的職責，〔註52〕他指出學校周邊有大量的不識字的鄉民，學校和老師的使命在學校教學外，還應設法經營支持國民小學、半日學校、農民夜校等。次年蔡元培受邀到該校演講時總結該校有令人「三羨慕」之處，〔註53〕贊許該校的辦學理念。後來春暉中學被當局勢力侵佔後，這些教員毅然辭職，1925 年在上海創辦完全由知識人規劃籌辦成立的立達學園，希圖在此能「自由自在地去實現教育理想」，〔註54〕也

〔註48〕陳平原提供的數據為 1947 年全國專科以上的學校中，私立的占 38%，上海為 75%。陳平原：〈中國教育之我見〉，《遊心與遊目》（成都：四川人民出版社，1997 年），頁 94。

〔註49〕張堂錡：《清淨的熱鬧——白馬湖作家群論》（臺北：東大圖書公司，1999 年），頁 99。

〔註50〕經亨頤開校典禮演講，見陳星：《教改先鋒——白馬湖作家群》（臺北：幼獅文化公司，1996 年），頁 18。

〔註51〕夏丏尊：〈春暉的使命〉，歐陽文彬編：《夏丏尊散文選集》（天津：百花文藝出版社，2004 年），頁 12～13。

〔註52〕夏丏尊：《春暉的使命》，歐陽文彬編：《夏丏尊散文選集》，頁 12。

〔註53〕蔡元培說該校可以羨慕的有：一為好的中學；二為私立學校；三為白馬湖邊的讀書環境。蔡元培：〈在春暉中學的演說詞〉，金雅主編：《中國現代美學名家文叢·蔡元培卷》（杭州：浙江大學出版社，2009 年）頁 79～82。

〔註54〕張堂錡：《清淨的熱鬧——白馬湖作家群論》，頁 100～104。

是「教在民間」的理想落地。

　　知識人從事教育尤其是私學的教育，用自己的所學耕耘民間底層，是真正回到民間，與大眾聯為一體，為民間啟蒙，也在實踐教育救國的理念，以達成兼濟天下的報國理想。浙東作家在白馬湖畔通過國民小學、半日學校、夜校等形式，要先掃除學校周邊民間的文盲，他們積極付諸實施，而且取得了一定的成果。從事國語教育的葉天底以一封農民寫給他的信為例說明對付出的欣慰。信完全以農民的口語寫成：

　　葉先生：

　　　你近來貴體健康嗎？我今日有些事體要拜託你，我的妹妹現在已經好讀第二冊了，費你的心。給我辦一本來，可以嗎？我很要謝謝你，還有明日吃午飯，你請得過來，我家分歲，山邊的路都燥了。你千定萬定要來的。敬祝你貴體康健。臘月二十九。趙漢元上。

從目不識丁的文盲到可以自如表達、書寫，是質的飛躍。葉先生形容收到信後猶如「讀了一封感情最親密的一個女郎寄來的信一樣」。〔註55〕立達學園也是在匡互生的規劃推動下，對江灣校區附近的平民開展教育，以勞工、婦女為對象，辦「農民夜校」、「婦女識字班」等，還加強了學生與農民的互動。「白馬湖作家」在私立學校的教育實踐活動，是「到民間去」運動的深入，從中可以看出他們的民間性格；還有夏丏尊等人對於新村建設的理想和熱心，在春暉中學和立達學園中都可見這一理想的影子。〔註56〕

　　國民政府的教育改革也意識到提高平民文化水平的重要性，開始倡導職業教育和平民教育，並創辦民眾教育館。浙東地區從蒙學到高中各類學校漸趨齊全。不少浙東作家都曾經進入各級學校從事教育，劉大白、魯彥、許欽文、許傑等都先後在杭州、紹興、寧波、臺州、福州、永安等地任中小學教員。在民間的教學活動，是他們的謀生之道，更是走向民間實現救世濟民抱負的途徑。

第二節　啟蒙／守護的民間悖論

　　魯迅等人的民間立場是代表了相當部分現代知識分子的，此一啟蒙／守

〔註55〕張堂錡：《清淨的熱鬧——白馬湖作家群論》，頁 108～109。
〔註56〕張堂錡：《清淨的熱鬧——白馬湖作家群論》，頁 120。

護立場的形成，不止在作家自身，還與作為客觀對象的民間社會有關，民間社會的兩面性在很大程度上影響了現代知識分子的價值判斷，從而持有悖論性的立場和情感。

一、美惡並存的民間

在浙東作家的筆下，民間社會既承載著回憶的清新美好的一面，也有冥頑野蠻的落後面。陳思和認為民間處於國家權力控制相對薄弱地帶，表達相對自由是民間的特點，但其又具有「藏污納垢的獨特形態」。〔註57〕民間處於社會底層的現實社會空間，相對遠離政治權力和話語權力，所形成的文化形態多基於自身的社會倫理和價值評判，表現出一定的獨立性；但在具有內省意識的大傳統的社會教化下，其倫理道德觀念和價值判斷又不可能不受後者的影響，這就決定了民間社會的複雜性。

1. 優美卻髒亂的民間環境

大部分浙東現代作家筆下的故鄉自然環境是美麗的，紹興「山陰道」歷史久遠，幾乎進入過大多數該地作家的作品。蔡元培說「行山陰道上，千岩競秀，萬壑爭流，令人應接不暇」，正是在這樣的環境中，才能產生歷代著名的文學家美學家，前有舊文學殿軍的李越縵（1830～1894）先生，後有新文學開創的周豫才先生。〔註58〕浙東作家將其作品置於秀麗的山水環抱中，或者開闊的大海邊。這些寧紹平原水鄉村鎮，家家戶戶繞水而居，青石板的路，磚木的房屋，室內講究陳設的布置；山地丘陵地帶則是修竹森森，溪水潺潺；而到海邊，則有波瀾壯闊的大海，驚濤拍岸。在這片土地上生活著耕織的、拖毛竹的、漁獵的，他們在祖祖輩輩生活的大地上辛勞著，努力生存著，這沿襲千百年古老不變的人地環境被外來的文明所激蕩。外人特別是西方人進入浙東時，對於這裡的風景和人的描寫多是讚歎的，他們大多評價寧波這樣的地方富裕、友好，在「對外國人開放的沿海城市中，享有最佳城市之聲譽」。〔註59〕

〔註57〕陳思和：〈民間的浮沉——從抗戰到「文革」文學史的一個解釋〉，《上海文學》1994年第1期，頁72。
〔註58〕關於前面的引用，蔡元培將顧長康與王子敬的話語混在一起引用。蔡元培：〈《魯迅全集》序〉，轟振斌選注：《文明的呼喚：蔡元培文選》（天津：百花文藝出版社，2002年），頁228～230。
〔註59〕一度定居在寧波的西方人如施美夫（George Smith, 1815～1871）、丁韙良

　　浙東自然風景之優美並非是作家們的敝帚自珍，無論是作家們筆下的浙東環境書寫還是西方人看到的浙東，其地理地貌形態多樣，風景秀美。浙東寧紹平原水系發達，中南部四明山、雁蕩山之間水系交錯，是地區往來重要的交通要道。浙東沿海地帶四季多雨，植物生長茂盛，樹木、修竹鬱鬱蔥蔥，其自然環境優美為世所公認。1982 年以來確立的國家級風景名勝區全國共 244 個，浙江有 22 個，名列全國第一。其中除了西湖、富春江、莫干山三個以外其餘的如雁蕩山、普陀山、天臺山、楠溪江、嵊泗列島等都在浙東，這些風景名勝區不僅有獨特的地形地貌，還因其良好的生態而綿延成國家森林公園。自古以來這些風景名勝區留下了大量文人墨客的詩詞文賦楹聯，以及許多修道者修煉的建築、旅遊家的足跡等人文景觀，是浙東寶貴的文化遺產。

　　美麗的自然環境卻有諸多不協調的現象。「不講衛生」是西方人對浙東城鄉環境的總體評價，傳教士、旅行家在寧波附近傳道、旅遊時，一方面對其優美的自然風景與建築讚不絕口，同時也不斷提到骯髒的衛生狀況，特別是鄉村隨處可見垃圾堆、露天糞坑。施美夫去天童寺的路上描述田間沒有清新的微風和純淨的空氣，稻田和菜園散發出強烈的臭氣，往來的船隻滿載著糞肥，村裏角落糞桶、大缸安放著肥料。〔註60〕正如富蘭克林・H・金（F.H.King,

---

（William A.P.Martin, 1827～1916）、赫德（Robert Hart, 1835～1911）、倪維思夫婦（Nevius）等，在對該城市的評價中都表達了一致的讚美。〔英〕施美夫：《五口通商城市遊記》（*A Narrative of an Exploratory Visit to Each of the Consular Cities of China and to the Island of Hong Kong and Chusan in Behalf of the Church Missionary Society in the Years 1844 1845 1846*）（北京：北京圖書館出版社，2007 年），頁 158、229；丁韙良評價寧波人對他們態度很好，在此地收穫了畢生的友誼，寫出了一些最好的作品。〔美〕丁韙良著，沈弘譯：《花甲憶記》（*A Cycle of Cathay*）（桂林：廣西師範大學出版社，2004 年），頁 38、139。李希霍芬（Ferdinand von Richthofen, 1833～1905）認為寧波這個「中國東部的中心地帶」，是除廣州外他見過「最富有最安逸的中國城市」。〔德〕費迪南德・馮・李希霍芬著，〔德〕E・蒂森選編，李岩、王彥會譯：《李希霍芬中國旅行日記》（*Ferdinand Von Richthofen's Tagebücher Aus China*）（北京：商務印書館，2017 年），頁 31、36、41、249、445。赫德稱其是「中國財富和保守主義的中心」。赫德著，〔美〕凱瑟琳・F・布魯納、費正清、理查德・司馬富（Katherine Bruner, John King Fairbank, Richard J. Smith）編，傅曾仁、劉壯翀、潘昌運、王聯祖譯：《步入中國清廷仕途：赫德日記》（*Entering China's Service: Robert Hart's Journals*）（北京：中國海關出版社，2003 年），頁 39～43。

〔註60〕〔英〕施美夫：《五口通商城市遊記》，頁 182～183。

1848～1911）於 1909 年對東亞農業的調查分析，正是這些肥料的利用和灌溉
系統，才能保持遠超美國和俄羅斯的農田肥力，維持收成，在人均土地極有
限的資源下養育超過他國的眾多人口。〔註61〕稍後曾長期駐寧波的赫德、丁
韙良等也在其日記或回憶錄中表達過類似的看法，德國的旅行家李希霍芬說
寧波城的自然美景和不甚美觀之處都和日本相似。〔註62〕這些從「他者」視
角所記錄的浙東民間社會，有時不免帶有先入為主的偏見，但在數據的保存
上還是比較客觀的，他們記錄了當時浙東社會的真實現狀。造成髒亂首先是
由鄉村小農經濟的生產方式決定的，〔註63〕還在於鄉土社會的差序格局下，
公私界限模糊，少人關注公領域，公共場所髒亂難以避免。〔註64〕進入 20 世
紀農村依舊沒有明顯改變，柯靈 1930 年代的鄉土記憶中還是不潔的鄉村。
〔註65〕大都市相對較好，上海早在 1867 年已設立「糞穢股」處理城市糞便
和垃圾。〔註66〕

　　小農生產方式和缺乏公共衛生的意識和習慣在溫熱帶的氣候條件下，造

〔註61〕20 世紀 30 年代對比中美之間的數據顯示，美國每戶平均人口 4.2 人，擁有
　　　　平均農田 940 多畝；同時期中國每戶平均 6.2 人，只有 25.5 畝，人均農田
　　　　相差 50 倍左右。美國、俄羅斯的土壤一般兩三代耕種後出現枯竭，而中國
　　　　許多農田耕種了上千年。保持土地肥力的關鍵在於不斷堆肥施肥，肥料以
　　　　牲畜和人的糞便為主。〔美〕易勞逸（Lloyd E.Eastman, 1929～1993），苑傑
　　　　譯：《家族、土地與祖先——近世中國四百年社會經濟的常與變》（Family,
　　　　Fields, and Ancestors: Constancy and Change in China's Social and Economic
　　　　History, 1550～1949）（重慶：重慶出版社，2019），頁 131～135。富蘭克
　　　　林·H·金（Franklin H.King）討論東北亞農業時，對照北美土地肥力 100
　　　　年就消失，人類廢物直接排放入海的做法，對該地就地取材，利用糞肥保
　　　　持土地肥力和作物產量，以 1/6 英畝農田養活一個中國人給予高度讚譽。
　　　　〔美〕富蘭克林·H·金，程存旺、石嫣譯：《四千年農夫——中國、朝鮮
　　　　和日本的永續農業》（Farmers of Forty Centuries: or Permanent Agriculture
　　　　in China, Korea, and Japan）（北京：東方出版社，2016 年），頁 162～164，
　　　　166～167。
〔註62〕〔德〕費迪南德·馮·李希霍芬著，〔德〕E·蒂森選編，李岩、王彥會譯：
　　　　《李希霍芬中國旅行日記》，頁 31～32。
〔註63〕一般認為最主要的是小農生產方式決定了其居所與耕地近距離，肥料的生產
　　　　運送也要就近，這是農戶基本上形成人、畜、肥共存一屋的情況。
〔註64〕費孝通：〈差序格局〉，《鄉土中國》，頁 23～29。
〔註65〕柯靈：〈巷——龍山雜記之一〉，《望春草》（上海，珠林書店，1939 年），頁
　　　　86～88。
〔註66〕〔美〕富蘭克林·H·金，程存旺、石嫣譯：《四千年農夫——中國、朝鮮和
　　　　日本的永續農業》，頁 166。

成該地死亡率居高不下，其首要原因為肥料中的寄生蟲，約 1/4 死亡與此有關。〔註67〕稻作區的水利灌溉系統互相連通，氣候、水流、蒼蠅、蚊子、老鼠等加劇了疾病的傳播。卜凱（John Lossing Buck, 1890～1975）對浙東水稻茶作區的田野調查顯示人糞肥是最主要肥料，其他還有廄肥、草灰、豆餅等，他認為農夫跣足入田勞作，容易傳染腸病，食用未煮熟菜蔬極易得病，從經濟學角度看糞肥帶來的好處與其所導致的不健康相比是不合算的。〔註68〕王任叔作品中不少人以疾病為綽號，如大腳風、麻皮等都與環境衛生有關。魯彥的《岔路》中描寫了鼠疫橫行，村民暴斃，木匠缺乏，城裏棺材供不應求的慘狀；《鼠牙》中也反映老鼠泛濫成災的問題。衛生狀況差不止在鄉村，城鎮也比較突出。針對各學校學生，因衛生問題引起的近視隆背諸問題，1919 年，浙江省縣視學會議專門就如何促進各校的衛生問題達成方案，提出了改善設備加強衛生教育等意見。〔註69〕國民政府已經認識到城鄉衛生問題，並採取了多方面措施，但生產耕作方式傳統，衛生意識低下，再加上戰爭的紛擾，〔註70〕血吸蟲病、鼠疫等流行病還是時有發生。到 1950 年代後期，浙江專門開展血吸蟲病的防治和轟轟烈烈的愛國衛生運動，以血吸蟲病為首的流行病才得到控制。〔註71〕

2. 寧靜而壓抑的民間社會

中國社會整體上屬於「傳統引導型」，人口高度增長，人口與土地比例相對穩定，文化與社會結構具有韌性。人在成長的社會化過程中，透過宗教、禮儀、習慣等逐步瞭解各種社會關係，同化於社會文化中，會表現出明顯的順從傳統的性格。〔註72〕傳統鄉村社會以事農為主，自然環境安靜，氣氛相

〔註67〕〔美〕易勞逸，苑傑譯：《家族、土地與祖先》，頁 135。

〔註68〕〔美〕卜凱主編：《中國土地利用》（成都：成城出版社，1941 年），頁 86～87，頁 8。

〔註69〕金普森等著：《浙江通史·民國卷（上）》（杭州：浙江人民出版社，2005 年），頁 352。

〔註70〕日本在浙東戰爭中實施細菌戰，於 1939、1940 年派特務向定海、蕭山、溫州、金華等地，散發霍亂、鼠疫、白喉、傷寒等菌，或者空頭帶菌物，向寧波、衢州先後投放鼠疫物，導致浙東災情嚴重。金普森等著：《浙江通史·民國卷（上）》，頁 252～253。

〔註71〕中共寧波市委黨史研究室編：《中國共產黨寧波歷史·第二卷（1949～1978）》（北京：中共黨史出版社，2014 年）頁 434～437。

〔註72〕〔美〕戴維·理斯曼等著，劉翔平譯：《孤獨的人群——美國人性格變動之研究》（The Lonely Crowd）（瀋陽：遼寧人民出版社，1989），頁 8～10。

對悠閒。〔註73〕就浙東地區的民間社會，人多地少的矛盾長期以來十分突出，按照戴維‧理斯曼（David Riesman, 1909〜2002）糧食供應的不穩定性有助於塑造順從的社會性格判斷，該地的社會情境應該十分清晰。浙東的民間社會經歷了幾次大融合，其地原住民以於越為主，魏晉以來南渡的王、謝等世家大族先後進入該地區，〔註74〕帶來了中原文化，種族、語言上也共生並存並相互影響。農村聚落單一姓氏「聚族而居」依然是最普遍的基本形態，「同財共灶」則有限。從魯迅、許欽文、王魯彥、王任叔、許傑到後來的王西彥，其作品中對宗法制的民間社會描寫都沒有太大的變化，村落有供奉著共同祖先牌位的宗祠，有供祭祀的田產，共同的墓地；村落中的每個成員都有或遠或近的親戚關係。市鎮、城鎮、都市的形成是功能性的，血緣關係相對較弱，但基本結構同樣通過家庭內的差序格局和家庭間的階層關係所形構。各區域間略有差異，中南部山地中的村落，以家族（家庭）制為主導的社會框架仍維持超穩定性。

　　血緣親情關係維繫了千年的中國傳統社會，可以益於養老、育嬰、家庭教育、保存社會產業。〔註75〕相對於城市，鄉村的民德民俗力量大，社會組織籠統，承擔經濟生產、消費的家族（家庭），是「宗教」活動的基本單位，〔註76〕也是「中國社會秩序的戰略核心」。〔註77〕大多數浙東現代作家出身於這類傳統大家族（家庭），這於個體的功用可以一分為二來看。一方面，家族（家庭）提供了個體生存成長的文化、社會環境，是其人際關係的基本網絡，安身立命的基礎，也是人生啟蒙的第一階段，其對人生社會的第一印象多從家庭記憶的傳承中來。家庭中的每一個個體存在都有自己的位置，按照親屬關係親疏遠近而確定，相似的社會表徵和獨特的思想模式在家庭中形成內聚

〔註73〕楊懋春：《鄉村社會學》（臺北：國立編譯館，1988 年），頁 113〜123。

〔註74〕許倬雲（1930〜）：《我者與他者──中國歷史上的內外分際》（香港：中文大學出版社，2009 年），頁 61〜62。陳寅恪對當時南下大族與土著及南方大族之間，主客經過劇烈鬥爭才妥協共存的經過做過論述。陳寅恪：〈述東晉王導之功業〉，《金明館叢稿初編》（上海：上海古籍出版社，1980 年），頁 48〜68。

〔註75〕蕭一山（1902〜1978）：《清初中國社會之組織》，《清代通史》（臺北：商務印書館，1963 年），卷上，頁 627。

〔註76〕楊懋春：《鄉村社會學》，頁 158〜162。

〔註77〕〔美〕楊慶堃（C.K.YANG.1911〜1999）：《革命中的中國家庭》（*The Chinese Family in the Communist Revolution*, Cambridge, Mass.: Technology Press, 1959），p.20.

力，將家庭成員凝聚成一個群體，這個群體有自己有象徵性的符號和家庭框架。每個家庭都有自己的記憶，有相應的氛圍，每個個體都通過親身經歷的現實融入其中，並學會從群體的角度看待個體。當一個個體從其父母的家庭分離出來，無論是組建新的家庭還是皈依另一個並非家庭的群體，中間過程有所不同，最終都是從原初家庭建立的規則和邏輯而來的延續。哈布瓦赫認為每個個體的生命歷程中，加入到自己家庭的群體，同時也加入到其他群體中。〔註78〕哈布瓦赫雖然是以歐洲社會的家庭為探討對象，但他梳理家庭文化、家族記憶在家庭（家族）的運行機制，對個體產生的作用，是中歐社會相通的。每個人在家庭（家族）的環境中成長，對家庭的記憶往往在一定程度上左右著作家的性格、觀念。家庭（家族）的變動或重大事件也會在其成長中烙下印記。魯迅在〈《吶喊》自序〉中道出其祖父下獄和父親病故而致家道中落，作為長子的他跑當鋪、藥鋪，飽嘗了社會百態，這對其後來「跑異地走異路」的選擇，對社會、人性的深刻洞察都有必然的關聯。

每個家庭（家族）成員在家庭結構中所處的位置不同，會影響到其從家庭（家族）氛圍中所獲得的記憶。童年共同經歷的活動，如魯迅牽掛的幼時破壞三弟做風箏架，周建人根本不記得此事。〔註79〕只小三歲的周作人與大哥一起避難到外婆家安橋頭，又去杭州陪同下獄的祖父，在其記憶中都帶有傷感，並非傷感於家道中落人情冷暖，是因為與人生第一個有好感女性的別離。同一個家庭環境中成長的周氏兄弟，年歲相差不大，在前40歲的左右時，魯迅與周作人可以說是父兄關係，他一直是周作人的生活、學習上的引路人，在各方面都給予周作人以幫助、指導，直到1923年兩人失和。但兄弟兩人共同的家庭環境和人生道路顯然沒有彌合在性情上的差異，其寫作風格也相去甚遠。

不管大家庭（家族）帶給每個個體怎樣不同的記憶，不能否認傳統村鎮中寧靜的五倫和諧給了浙東現代知識分子記憶中溫馨的家，給每個個體以親情的溫暖和慰藉，使每個個體能安於其位，穩固社會。但更要看到發展緩慢宗法制結構的社會，家庭（家族）文化嚴密地控制著個體，個體容易受他人的影響，養成其順從性社會性格，宗法社會的專制文化對於個體的壓抑甚至扼殺，已是現代知識分子的共識，是浙東現代作家首先在作品中批判的對象。

〔註78〕〔法〕莫里斯·哈布瓦赫著，畢然、郭金華譯：《論集體記憶》，頁138～139。
〔註79〕魯迅：〈風箏〉，《魯迅全集》，卷2，頁182～184。

家庭倫理體系決定了群體性高於個體性，個人被置於家庭、家族、宗族的利益之下。對個體而言，依血緣關係結構而成的人際親情網，也是嚴密的控制體系，滲透到生活秩序、倫理道德、思維方式的方方面面。祥林嫂即使逃到魯鎮，還是被婆婆抓回去賣到賀家墺；哪怕祥林嫂再尋死覓活，也逃不出賀家墺；可一旦丈夫、兒子去世，她馬上就被趕離了自己的房子。家庭（家族）還藉助於強有力的社會習俗、輿論，使個體要安於其位，不得有逾越之念。許欽文〈這一次的離故鄉〉中開明的父母同意了兒子的退婚，卻被鄉人斥責為「昏了頭」。魯迅〈離婚〉中愛姑的反抗經過了幾層調停，最後在七老爺面前屈服了，在差序格局下，由個人向外組織成的網絡中，鄉人的譏諷和七老爺的威嚴都織成了嚴密的輿論網絡。

群體對個體的壓抑，從個人狹隘的私密空間可以窺見線索。浙東多山地，土地資源緊張，可以利用居住的平地空間有限。普通民居建築形態和結構上，沒有院落、圍牆等的間隔、過渡，屋簷下即是大門，開門便是堂屋以及東西廂臥房。房屋建材多為磚木，內部隔絕效果有限。戶與戶之間如此，家與家也不例外。市鎮為有效利用空間，建築多聯結而建，即幾戶共享山牆；家戶的院牆主要為分界，而非互相隔絕保證個人隱私。此種缺乏私密性的空間布局下，任何細小的動靜都難逃他人的注意，公共空間的街談巷議是信息傳播的主要方式，鄉村則在河邊橋腳（寧波稱所謂的消息靈通人士為「橋頭老三」）。謠言容易在這種環境下滋生傳播，現實的輿論場會對當事人產生強大的社會壓力。

二、精英知識分子的民間啟蒙

心理學指出人的兩種基本心理需求是在歸屬感和自治自主的矛盾追求中，被群體所接納尋找某種認同，個體確立自己身份歸屬的主張，出身地、家庭在一定程度上帶有強制性的歸屬。但在另一方面，個體也希望施展個人價值，通過自治而獨立自主，這就必然會產生背離歸屬感的傾向。這種悖論與五四知識分子以啟蒙的角度觀照、思考民間社會，現出對民間社會眷戀又想要逃離的複雜情感是一致的。以周氏兄弟為首的浙東現代作家對民間持二元態度，既從啟蒙立場出發，強調批判民間達到啟蒙的目的，又充分吸取和肯定了民間積極健康的生命活力的態度，是代表了部分知識分子的立場的。〔註80〕

〔註80〕此外還有兩種，一是以李大釗為代表的受俄國民粹影響而產生的民間觀，主

1. 民間精神的守護

魯迅對故鄉是懷著溫情的，在 1913 年 2 月 15 日日記中，他寫道：晴窗披覽，彷彿見故鄉矣。到小說〈故鄉〉中對故鄉的回顧，都充溢著感情。尼采將以建立身份認同為目的的歷史使用為「懷古的」，魯迅埋首於故紙堆，整理越地先賢文集資料；周作人在紹興時編《會稽郡故書雜集》，與魯迅一起搜集金石拓本、實物等，都抱有「維桑與梓，必恭敬止」的態度。其序中所提「俊賢之名，言行之跡，風土之美」，可以與其在〈摩羅詩力說〉中談詩人時聯繫起來，其中說把「養育了民眾和詩人自己的故鄉的大自然」的敬虔心情，看作是詩人的愛之源泉，像大自然愛樸素的民眾一般愛民眾，這是魯迅對故鄉風景執著的思想背景。〔註 81〕正如尼采對於「回憶」的理解那樣，對於鄉賢故土的資料收集，是關於故鄉記憶的整理，是帶有一種致敬的情感的，故鄉城鎮的歷史和活動中，他「能夠找回自己、他的力量、勤奮、渴望、判斷、他的錯誤以及蠢事。」〔註 82〕單一民族的德國對歷史的使用是藉此建立起民族國家身份認同，對多民族多元文化共存的中國，對鄉先賢的致敬是對地方身份的認同，周氏兄弟等人對越地的身份強調也可以說明這一點。周作人說紹興天氣不比其他地方好，夏天太潮，冬天太冷；地理上名勝多是無聊；紹興人更為各地所嫌，但是依舊吸引人追尋，懷念故鄉的各種名物。這種情感不僅見於先賢李越縵、徐文長的詩文中，同樣也在魯迅的文字中。〔註 83〕魯迅《朝花夕拾》小引中提及多次憶起兒時在故鄉所吃的蔬果，是自己思鄉的蠱惑，這種記憶的留存會哄騙人的一生，使其時時反顧。除了名物，魯迅在〈社戲〉藉由孩子們所營造的自由平等的民間氛圍，〈故鄉〉中聽少年閏土講雪地上捕鳥，想像夏天海邊沙地上看瓜、抓猹，王魯彥寫故鄉的楊梅之美味，臭

要在鄉村從事實際的宣傳和革命活動；另一是以胡適、劉半農為代表的從新文學建設和藝術審美的角度，充分肯定民間形式的活力和美學價值，並賦予民間以現代性的精神意義。王光東：《民間理念與當代情感——中國現當代文學解讀》（桂林：廣西師範大學出版社，2003 年），頁 10。

〔註81〕〔日〕藤井省三：〈魯迅與契里訶夫——〈故鄉〉的風景〉，《魯迅比較研究》（上海：上海外語教育出版社，1997 年），頁 157。

〔註82〕〔德〕弗里德里希·尼采（Friedrich Wilhelm Nietzsche, 1844～1900）：《歷史的用途與濫用》，《尼采全集》卷一，頁 265。轉引自〔德〕阿萊達·阿斯曼（Aleida Assmann, 1947～）著，潘璐譯：《回憶空間——文化記憶的形式和變遷》（*Erinnerungsräume: Formen und Wandlungen des kulturellen Gedächtnisses*）（北京：北京大學出版社，2016 年），頁 80～81。

〔註83〕周作人：〈故鄉的回顧〉，《周作人自編集·知堂回想錄》，頁 366～369。

豆腐之香味誘人；蘇青寫寧波的嫩筍、桃子等等，都是在對故鄉的懷念中追求自己的精神家園。對故鄉的認同，也容易使遊子在心理上對與故鄉相關的人、事、物都會產生親近感，「老鄉見老鄉，兩眼淚汪汪」是通俗說法。

魯迅對於民間社會的洞察遠較其他人深刻、中肯，對於民間的習俗，他充分認可其中蘊含的強健向上的精神。比如對於舊戲的態度，雖然魯迅一再說明自己是外行，也寫過對京劇中男身扮旦角做法的異議，在梅蘭芳出國交流京戲大眾輿論的叫好聲中，潑了許多涼水。〔註84〕但他也不斷指出「我們國民的學問，大多數卻實在靠著小說，甚至於還靠著從小說改編出來的戲文」，〔註85〕戲劇《目連救母》中無常鬼的自傳「何等有人情，又何等知過，何等手法，又何等果決」，〔註86〕目連戲《武松打虎》中的機智詼諧，「比起希臘的伊索，俄國的梭羅古勃的寓言來，這是毫無遜色的。」〔註87〕因此，他著眼於民間廣大群眾，反對只是向舊戲開戰，認為對於崇拜舊戲，應該予以尊重；反對僅以士大夫的審美為單一衡量標準。他從小觀看各種舊戲，在〈五猖會〉〈社戲〉中對於浙東水鄉社戲表演場景的描寫清新感人，〈無常〉〈女弔〉等文中對於舊戲中的民間積極因素的都分析入情入理。他也大量借用舊戲手法來創作，如「油滑」在《故事新編》中的運用，〈曲的解放〉中以舊戲的形式辛辣地諷刺熱河省主席湯玉麟「不抵抗主義」，他的雜文中借戲劇舞臺上的各種角色來評說各種社會角色，這些對敘事論理都產生了良好的效果。

周作人對民間混雜性的理解經歷了相當過程，從最初在日本時理解的俄羅斯民粹運動，在新文化運動中希望建設「理想的人」，到新村運動積極主張要行動起來，被胡適質疑後，〔註88〕逐步認識到現實的諸多問題，轉向以歷史的批評和藝術的鑒賞看待，〔註89〕從科學上剔除有害的，文藝上接受其健

〔註84〕謝湧濤認為魯迅的主旨不在於全盤否定京劇和梅派藝術，而是反對把原本從俗的貼近老百姓的潑辣有生氣的藝術變成少數人的藝術。謝湧濤：〈魯迅心靈中的戲劇空間〉，選自壽永明、裘士雄主編：《魯迅與社戲》（南昌：江西人民出版社，2005年），頁99～113。

〔註85〕魯迅：〈馬上支日記〉，《魯迅全集》，卷3，頁334。

〔註86〕魯迅：〈門外文談〉，《魯迅全集》，卷6，頁100。

〔註87〕魯迅：〈門外文談〉，《魯迅全集》，卷6，頁100。

〔註88〕胡適：〈非個人主義的新生活〉，歐陽哲生編：《胡適文集》（北京：北京大學出版社，1988年，第二卷）頁565、572。

〔註89〕周作人：〈神話與傳說〉，《周作人散文全集2（1918～1922）》（桂林：廣西師範大學出版社，2009年），頁565。

康的。他在後來諸多對民間習俗的考察中提出其有值得保存之價值，可做學術研究，亦可具有趣味性。如對越地鄉間七夕之俗，其從傳說的梳理中皆認為牛女相會等不可信，而七夕婦孺的乞巧占卜，以及《越諺》說巧果為乞巧之意，皆有說謊成分，但自古以來與此習俗相生的詩詞歌賦，他以為同樣是有佳趣的。〔註90〕行文論說中處處透露出以文人的趣味性來評判的標準，確與他「五四」時啟蒙者的形象相去已遠。

其他作家也有著對故鄉民間的留戀，王魯彥在從小的生活場景、家庭氛圍的描述中，始終有種溫情的態度。不談其散文中大量寫捉蝦、上墳等活動的篇章，即使是被譽為阿Q系列的〈阿長賊骨頭〉，也有學者認為這樣自私狡詐的鄉村平民，壞事做盡，只有在這般寧靜具有包容性的鄉村裏才有其存在的空間，從側面恰恰是對鄉村人性的肯定。這一說法自可討論，不過至少指出了浙東作家在看待民間社會時是具有多重性的。蘇青散文中記人憶事，筆涉浙東親友和風物時，總是帶有深情的敬意。在小說《結婚十年》中，寫到各類浙東的婚俗、禮俗時，也以過來人的客觀敘述為主。

2. 民間文化的批判

民俗學運動的主要參與者，後來成為新文化運動中堅力量的周氏兄弟等，他們走向民間，從一開始就抱有要通過對社會的改變才能達到圖強奮發之目的。周作人在《域外小說集》的「序言」中說兄弟倆在日本時都以為文藝可以轉移性情改造社會。〔註91〕魯迅也認為要改變國民的第一要義在於改變其精神，要善於改變其精神的，當首推文藝。〔註92〕周作人在浙東、北京等地的民俗調查，撰寫了大量關於浙東民間記憶的美文，其驅動力不只是興趣愛好使然，正是接近民間，周作人發現了民間值得張揚的一面，如民歌中的反抗精神，宗教中的原始動力，與其在南京時養成的革命、反叛意識相合，匯聚成「人的文學」「平民文學」的主張，這也是新文化運動提倡民主、平等的平民意識的核心觀念所在。同樣，魯迅在《吶喊》中的〈故鄉〉、〈社戲〉等小說裏，營造了帶溫馨回憶的民間氛圍，塑造了生活其中不乏善良、也有反抗性的祥林嫂等人物，是對民間的肯定。

周氏兄弟等人收集民間歌謠、故事等，調查研究民間習俗、宗教文化，

〔註90〕周作人：《七夕》，《周作人自選集・藥堂語錄》，頁72、73。
〔註91〕周作人：《域外小說集・序》（北京：新星出版社，2006年），頁1。
〔註92〕魯迅：〈《吶喊》自序〉，《魯迅全集》，卷1，頁417。

對民間「小傳統」中固有的小農意識，遭受官方、精英文化的侵蝕而僵化的家族制度、宗法觀念極為熟識，他們在文藝中思考如何拯救父親一樣的國民，也清楚首先必須要剃落附著於民間的糟粕。周作人在〈人的文學〉中控訴非人的舊文學，魯迅在〈狂人日記〉〈阿Q正傳〉等小說中對家族制度的批判，對封建禮教的鞭撻，都構成了啟蒙者對民間帶有悖論的情感態度。

浙東現代作家對民間文化糟粕的批判，最早可見於在鄉土文學中的浙東故鄉，其中所展現種種落後的民風習俗，這裡有不以婦女為人的「典妻」，原始的「冥婚」，功利的拜金主義。在原鄉令人失望的現實面前，浙東作家作品中美好民間的存在總是容易被更多的落後形態所遮蔽。出於「揭示病苦，以引起療救者的注意」，〔註93〕魯迅在〈阿Q正傳〉〈祝福〉等作品中，極力書寫了愚昧麻木、自欺欺人、妥協順從、等級森嚴的民間生活形態。周作人讚頌民歌、童話的真率，但也認為民歌無論從形式還是從思想上都不能讓人滿足，文體幼稚，缺少生活的真摯熱情。〔註94〕王魯彥小說中對於工商資本主義氣息影響下的人性自私，人情澆薄的深入揭示，當然寓含著一定的批判。更遑論左翼作家書寫的鄉土社會，貧富懸殊，階級對立，資本主義侵入對鄉村世界的破壞等，是預設了對浙東民間文化的批判立場的。

要注意的是，魯迅等人在「五四」時期的民間啟蒙立場並非自始至終如是，他們自己對社會的觀察，互相的往來交流，觀點的互動交錯，都可能導致其立場鬆動變化。魯迅在宗教問題上的立場就有明顯的前後之分；〔註95〕但他立足於「立人」思想，對民間的啟蒙立場是前後一致的。周作人則經歷了從「叛徒」到「隱士」的轉變，「五四」時期的周作人對歌謠運動的熱情既與其接受了柳田國男的民俗觀有關，也是旨在對平民和「人」的精神的發掘，這是組成新文化運動的國族想像、國民性討論的重要內容。1923年後的周作人開始經營自己的園地、修自己的勝業，到1930年代以京派的自由價值為追求，甚至變節附逆，與五四時的啟蒙激進的立場漸行漸遠。將周作人的民間態度放在啟蒙立場，主要以早期的活動為主。

浙東作家對原鄉民間文化的批判又夾雜著對故鄉親近。魯彥說當用鄉音

〔註93〕魯迅：〈我怎麼做起小說來〉，《魯迅全集》，卷4，頁512。
〔註94〕周作人：〈猥褻的歌謠〉，《周作人民俗學論集》（上海：上海文藝出版社，1999年），頁165。
〔註95〕鄭欣淼：《魯迅與宗教文化》（北京：中國社會科學出版社，2004年），頁3～20。

與同鄉聊天時是快樂的，「對於故鄉，歷來有深的厭惡，但同時卻也十分關心，詳細的詢問著一切。」〔註96〕這也是柯靈在〈我的鄉愁〉中對於故鄉山明水秀的風貌的書寫，但他討厭故鄉的鄙俗、封建，「彷彿是終古如斯的吝嗇和自私。」〔註97〕經過不同文化區域的見識，經歷了知識思想的拓寬，他們開始以他者的眼光來審視，其筆下的故鄉已非記憶中的原鄉，是「想像」出來的產物，是通過生產和發明所建構起來的故鄉。這一代浙東知識分子對原鄉民間社會的矛盾態度，是童年回憶具有的情感溫度使其嚮往；以遊歷想像經驗所得的故鄉對照現實，理性便容易對不協調產生懷疑和批判。魯迅津津樂道地寫兒時在故鄉所吃的菱角、羅漢豆、茭白、香瓜時，他也知道實際的味道其實很普通，記憶中的香甜誘人只是情感作祟。這種情感與理性的不一，也是藤井省三將〈故鄉〉研究分為兩種類型，「事實的文學」和「情感的文學」的重要依據所在。〔註98〕

哪一種是真實的民間形態，浙東現代作家對於民間文化書寫的矛盾該如何理解？許多學者都指出這是他們從啟蒙思想出發，意欲完成對社會文化的改造所致。魯迅將人物置於活潑的民間文化環境中，其個性才顯得生動真實且自然，當作家以「自由價值」「平民主義」去審視這些真實的存在時，民間文化中束縛自由的禮教、宗法制就被凸顯出來了。他在〈社戲〉所傳達的自由平等、祥林嫂的反抗精神，也是魯迅小說的啟蒙立場所呈現的民間價值。但「知識分子不管與『民間』有著何種關係，始終無法脫離民間文化形態對其藝術創作的制約。」〔註99〕「民間文化」在魯迅作品中呈兩方面的意義：一是上文所述的美好純樸、自由自在及其對現實的反抗性；二是其愚昧、麻木與自欺欺人。〔註100〕這二者的交織混融，是魯迅對民間文化批判地揭示其中包含著非現代性內容。這樣，在魯迅的小說中，民間立場的複雜性主要表現出的是兩種價值趨向的衝突。

〔註96〕魯彥：〈小小的心〉，《魯彥文集》（北京：線裝書局，2009年），頁164。

〔註97〕柯靈：〈我的鄉愁〉，《望春草》，頁81。

〔註98〕〔日〕藤井省三著，董炳月譯：《魯迅〈故鄉〉閱讀史：近代中國的文學空間》（北京：新世界出版社，2002年），頁65～87。

〔註99〕〔日〕藤井省三著，董炳月譯：《魯迅〈故鄉〉閱讀史：近代中國的文學空間》，頁167。

〔註100〕王光東：〈「民間」的現代價值——中國現代文學與民間文化形態〉，《中國社會科學》2003年第6期，頁166。

三、浙東左翼作家的民間立場

由於浙東作家在「左聯」中的主力軍作用，及在整個浙東作家隊伍中的占比之大，討論浙東左翼作家是必要的。「民」的觀念由新文化運動之初的國民、平民，到革命文學提出後已被左翼作家逐漸轉化為以農工為代表的無產階級，這一認知延續到了延安時期，並基本為 1949 年以後的文藝政策制定確定了依據。左翼作家對「到民間去」的討論，是將「大眾化」作為首要任務的。

1. 浙東左翼作家的大眾化討論

1931 年 11 月，「左聯」執委會通過《中國無產階級革命文學的新任務》的決議。該決議提出今後的文學，必須「以屬於大眾，為大眾所理解、所愛好為原則」，明確規定「文學的大眾化」是建設無產階級革命文學的「第一個重大的問題」，〔註 101〕為此成立了「大眾文學委員會」，大眾化問題成為左翼文學理論的焦點之一。「左聯」時期有三次規模較大的文藝大眾化討論：第一次是在 1930 年春「左聯」成立前後，第二次是 1931～1932 年，這兩次著重討論了文藝大眾化的意義，大眾文學的形式問題，也涉及到內容、語言向群眾學習的問題。第三次是 1934 年，討論舊形式的採用，提出大眾語和文字拉丁化的問題。全民抗戰爆發，「左聯」解散，但「走向民間」、如何「大眾化」的問題討論一直延續下去，且不止於左翼作家陣營，是貫穿了 1930、1940 年代文藝界爭論始終的主要問題。

提出到大眾的民間去，是由於 30 年代左翼革命文學受到了知識界及民間的廣泛歡迎。王西彥描述當時左翼刊物都很受歡迎，「一些出自革命作家手筆的作品，……在青年學生中簡直風靡一時」。〔註 102〕郁達夫指出「在 1928、1929 年以後，普羅文學就執了中國文壇的牛耳」，〔註 103〕〈衝出雲圍的月亮〉〈子夜〉等左翼作品多次再版，文學閱讀的調查，〔註 104〕都證明了當時左翼文學之熱。非「左聯」成員的浙東作家許傑、許欽文也說他們在後來的活動

〔註 101〕〈中國無產階級革命文學的新任務——一九三一年十一月中國左翼作家聯盟執行委員會的決議〉，《前哨》1931 年第 1 卷第 8 期，頁 1～7。

〔註 102〕王西彥：〈船兒搖出大江——〈鄉土·歲月·追尋〉之三〉，《新文學史料》1984 年第 2 期，頁 70～91。

〔註 103〕郁達夫：〈光慈的晚年〉，《現代》1933 年第 3 卷第 1 期，頁 72。

〔註 104〕〔美〕尼姆·韋爾斯（Helen Foster Snow，筆名 Nym Wales, 1907～1997）著，文潔若譯：〈《活的中國》附錄一：現代中國文學運動〉，《新文學史料》1978 年第 1 輯，頁 229～243。

中，都是以「左聯」為自己的方向。〔註105〕左翼文學在青年知識階層中熱傳，但深入民間不足，面對絕大多數為文盲的民間大眾，創作如何調整，這是左翼作家走向民間的大眾化道路上亟待解決的問題。

魯迅作為「左聯」的主要領導者，他的民間觀對其他作家的影響不言而喻。早在「左聯」成立大會上，他發表的講話就已經提出了革命文學「目的都在工農大眾」。〔註106〕魯迅主張大眾化，但不贊成此刻就要全部大眾化的空談，因為讀者水平層次參差不一，文藝不能流於迎合大眾，媚悅大眾。〔註107〕比較不少參與者的激進提法，魯迅的看法是切合實際的。1931年冬的決議提出後，「左聯」圍繞著如何創作大眾化作品，就作品的語言、形式、體裁、技巧等，作了具體的探討。傅東華等提倡「大眾語」運動，〔註108〕陳望道主張大眾語應該是「大眾說得出，聽得懂，寫得順手，看得明白」。〔註109〕當然也有對此質疑的。〔註110〕魯迅認為應該採用方言，也需要吸收外國語文的字彙和語法，使之豐富和精密，對推行大眾語文普及拉丁化，提出了具體意見，〔註111〕在〈門外文談〉〈中國語文的新生〉〈論新舊形式的採用〉等文中還闡述了言文分開的道理，對拉丁化寄予了希望。許傑認為大眾語要對白話文學、文言文學要適當地揚棄。〔註112〕他的大眾化方案結合部分拉丁化，認為作家們應該主要要用極通俗的文字極力寫作與口頭的語言相接近的文案。〔註113〕楊蔭深主張寫作以白話為根據，目的在於讓大家明瞭，不要賣弄寫作者的伎倆。〔註114〕

大眾化的議題涉及到文學的本質、文學的特點、文學與社會的關係等諸

〔註105〕 許傑：〈我與左聯〉，許欽文：〈由於左聯的感受〉，均載於《新文學史料》1980年第1期，頁68～73，頁65～67。

〔註106〕 魯迅：〈對於左翼作家聯盟的意見——在左翼作家聯盟成立大會上的演說〉，《魯迅全集》，卷4，頁233。

〔註107〕 魯迅：〈對於左翼作家聯盟的意見——在左翼作家聯盟成立大會上的演說〉，《魯迅全集》，卷4，頁233。

〔註108〕 傅東華：〈大眾語文學解〉，《文學》1934年第3卷第3號，頁657～667。

〔註109〕 陳望道：〈大眾語論〉，《文學》1934年第3卷第2號，頁588。

〔註110〕 天狼：〈再論大眾語文學並答傅東華〉，《新壘》1934年第4卷第5期，頁27～31，33～35。

〔註111〕 魯迅：〈答曹聚仁先生信〉，《魯迅全集》，卷6，頁76～78。

〔註112〕 許傑：〈大眾語問題〉，《文學》1934年第3卷第2號，頁583。

〔註113〕 許傑：〈文藝大眾化與大眾文藝化〉，《浙江青年》1936年第2卷第12期，頁123～126。

〔註114〕 楊蔭深：〈贊成建設大眾語文〉，《社會月報》1934年第1卷第5期，頁21。

多面向，是在知識分子走向民間時必須要面對的問題，上述浙東作家的文章觀點只是部分意見。其提出是在革命文學及抗戰時期的民族革命文學的語境下，傾向於發揮文學的社會教化作用，強調向民間語言的學習、對舊形式的改造利用，充分調動民間大眾的情緒，以適應社會需要。關於大眾化討論聲勢宏大，討論了創作的諸多問題，為日後的漢字簡化做了前期的探索，但在如何向民間學習上取得的共識有限，也出現了冒進激進的意見傾向。

2. 深入民間啟發大眾

浙東左翼作家以其普遍的人道主義精神關懷普羅大眾，倡導呼籲作家深入民間，「關注表達在苦難中的被侮辱與被損害的社會底層的生活命運」。〔註115〕學習其語言，理解其思想，取法民間文化的長處，為己所用，不斷創造新的形式。

如何在文學創作中表現浙東民間，向民間語言學習是浙東作家所堅持的。周氏兄弟看待民間語言的觀點是一致的，〔註116〕他們代表了新文學語言不同發展方向的現實要求，也是對胡適過於簡單的「口語化」的反撥和補充。大多數浙東左翼作家都認為要熟悉民間語言，且不能只是熟悉，要達到藝術性能化大眾，需要精練使用民間語言，使之更生動深刻。胡愈之指出創作的公式化、概念化現象；〔註117〕邵荃麟提出高度藝術性要求，〔註118〕將自己當做大眾中的一個人，「做大眾的事業」〔註119〕。王任叔說要教育大眾，削弱大眾對封建殘餘觀念的擁護，就要「到民間去」，「參加大眾一同生活」。〔註120〕他認為新詩的大眾化是發展的一個方向，語言上新詩的寫作應該多吸取方言、俗語；〔註121〕題材上應該面對現實，他以番草的〈家庭〉書寫

〔註115〕丹晨：〈邵荃麟的悲情人生〉，《新文學史料》2007年第1期，頁116～125。

〔註116〕周作人說理想的文學語言應以白話（即口語）為基本，加入古文、方言及外來語。「現代國語須是合古近中外的分子融和而成的一種中國語」。周作人：〈國語改造的意見〉，《東方雜誌》1922年第19卷17號，頁10。

〔註117〕胡愈之：〈不要忘了落後的大眾〉，《生活教育》1936年第3卷第11期，頁455。

〔註118〕邵荃麟：〈「藝術大眾化」的我見〉，《邵荃麟全集》（武漢：武漢出版社，2013年），卷2，頁7～10。

〔註119〕陝片寧邊區文化界救亡協會：〈我們關於目前文化運動的意見〉，《解放》第39期，頁28～32。

〔註120〕巴人：〈關於大眾語文學的建設〉，文振庭編：《文藝大眾化問題討論資料》（上海：上海文藝出版社，1987年），頁252～254。

〔註121〕巴人：〈新詩的蹤跡與其出路〉，《捫虱談》（上海：世界書局，1939年），頁156～160。

社會底層的現實為例作了評析。〔註122〕最接近民眾的戲劇要深入民間大眾，語言是其遭遇的主要問題，在南方各種方言交集區域，尤其在農村方言片區小而密集地帶，用何種語言才能達到最好的宣傳效果？各家執不同觀點，紹興的《東南文藝》短評認為用方言會有損劇本的美，戲劇大眾化還是應在提高觀眾的審美上下工夫。〔註123〕魯迅認為應該要推動大眾語，推行羅馬字拼音，且出於方言的考慮，應該有所區別。〔註124〕同時他提出借鑒西方文學語言是必要的。〔註125〕

在1940年代「大眾化」討論，主要集中於民族形式的利用討論上。〔註126〕邵荃麟作為中共文藝界的主要領導人之一，他的理論和評論性文章對於文壇的創作是有風向標意義的。他對柯仲平的邊區詩歌創作結合舊大鼓詞，採用民間流行語，又不避大眾熟悉的現代語的做法，加以高度評價，說這就是應該要學習的利用舊形式、不斷促進新內容新形式的產生。〔註127〕針對文學的公式化、概念化的傾向，〔註128〕他認為這會誤導民眾產生輕敵思想，〔註129〕提出「擴大社會群眾」，〔註130〕對如何利用戲劇這一舊形式，他以藝術來自於戰鬥生活的實踐為原則，〔註131〕提出了許多具體主張，如語言上用農民聽得懂的國語，〔註132〕從日常生活中、各階層的生活細節中去觀察，來創造典型。〔註133〕他執筆的〈對於當前文藝運動的意見——檢討、批判和今後的

〔註122〕巴人：〈新詩的蹤跡與其出路〉，《捫虱談》，頁166。

〔註123〕達：〈戲劇的方言問題〉，《東南文藝》1939年第1期，頁3。

〔註124〕魯迅：〈答曹聚仁先生信〉，《魯迅全集》，卷6，頁76～78。

〔註125〕魯迅：〈玩笑只當它玩笑〉，《魯迅全集》，卷5，頁520。

〔註126〕黃修己、劉衛國主編：《中國現代文學研究史》（廣州：廣東人民出版社，2008年），上冊，頁322。

〔註127〕邵荃麟：〈「藝術大眾化」的我見〉，《邵荃麟全集》，卷2上，頁15。

〔註128〕《東南文藝‧短評三則》，《東南文藝》1939年第1期，頁3。

〔註129〕荃麟：〈內地戲劇工作的諸問題〉，《抗戰戲劇》1938年第2卷第45期，頁179～180。

〔註130〕邵荃麟：〈從生活出發——對民間文藝運動的一點意見〉，邵荃麟：《邵荃麟全集》，卷1，頁117～121。

〔註131〕如在〈論戲劇的偶然性〉〈內地戲劇工作的諸問題〉〈略論戲劇的情節及其他〉〈兩點意見——答戲劇春秋社〉等文章中，邵荃麟都堅持了這一基本原則。

〔註132〕邵荃麟：〈內地戲劇工作的諸意見〉，《抗戰戲劇》1938年第2卷第45期，頁179～180。

〔註133〕邵荃麟：〈《英雄》題記〉，《邵荃麟評論選集》（北京：人民文學出版社，1981年），下冊，頁420。

方向〉中強調了「在普及基礎上的提高，和在提高的指導下的普及」原則，提出應鼓勵大眾自己創作，發掘舊的民間文藝中優美的作品，發展方言文藝。〔註134〕邵荃麟的評論將文藝的社會功利性追求為主要目標，這也是當時左翼作家的普遍立場。但他認為在解放區民族解放成為主要任務，但文藝的主要任務依然是要對大眾進行啟蒙，而「國民精神的改造更是長期的任務」，〔註135〕這一洞見於今天看依然是合理的。邵荃麟等後來發起對胡風（1902～1985）、舒蕪的批判，〔註136〕同樣是從這種政治功利性的需要出發，〔註137〕也是 1949 年後文藝批判運動的一個先聲。〔註138〕王任叔也對文藝如何實現大眾提出了思想和情感的要求。〔註139〕

　　正是熟悉、善於運用民間的語言，浙東左翼作家從鄉土入手，寫出被壓迫者的悲哀，表達了對大眾的深深同情。王任叔在《給破屋下的人們》對一無所有的勞動者表達其深切的同情，以耶穌稱呼這些被壓迫者。〔註140〕在其他小說中他也一再揭示工農受剝削深重的社會現實，他的筆下少了二十年代鄉土小說的鄉愁，多反映鄉村社會的不幸與反抗，甚至通過系列光棍黨來寫農村的貧困，他們有〈疲憊者〉中的運秧駝背、〈孤獨的人〉中的白眼老八、〈雄貓頭之死〉中的雄貓頭、〈唔〉中的王老三、〈鄉長先生〉中的阿召、《族長的悲哀》中的阿發等。王任叔以關注農村極度貧困而造成的大量光棍問題，充分顯示其對浙東鄉村的諳熟。當時《寧波文藝》上發表的〈第三次結婚〉〈一個人的死〉等篇章也提到同樣的問題。

　　樓適夷 1932 年編演的戲劇〈活路〉在主題上比起丁玲的〈水〉來「探究

〔註134〕 邵荃麟：〈對於當前文藝運動的意見——檢討、批判和今後的方向〉，《大眾文藝叢刊》1948 年 3 月 1 日第一輯，頁 17～18。

〔註135〕 邵荃麟：〈藝術的民族化與現代化的關係〉，《群眾》（香港版）1948 年第 2 卷第 29 期，頁 18。

〔註136〕 曉風：〈也來談談邵荃麟與胡風〉，《新文學史料》2014 年第 4 期，頁 72～74。小鷹：〈我的父親邵荃麟與胡風〉，《粵海風》2012 年第 2 期，頁 67～70。

〔註137〕 邵荃麟：〈論主觀問題〉，《邵荃麟評論選集》（上冊），頁 207、231，218～219。

〔註138〕 錢理群：〈建國前夕對〈論主觀〉的批判和胡風的反應〉，《中國現代文學研究叢刊》2013 年第 4 期，頁 33～45。

〔註139〕 巴人：〈中國氣派與中國作風〉，許覺民、張大明主編：《中國現代文論》（合肥：安徽教育出版社，2010 年），頁 529～533。

〔註140〕 巴人：〈給破屋下的人們〉，《生路月刊》1928 年第 1 卷第 6 期，頁 631～639。

得比較深刻」，在語言上也比田漢的〈洪水〉「盡可能的求了大眾化」，〔註141〕
這樣的評價在樓適夷研究中是絕無僅有的。〔註142〕他反映浙東鹽民抗爭的
〈鹽場〉，在人物上塑造上較成功，並具有了相當的社會意蘊，與同時期左翼
作家強調描寫群體力量、忽視塑造典型個體相比，「作者的生活基礎比較紮實，
才能夠以生動的人物形象、完整的故事情節和比較嚴密的結構，把機會主義
寫進普羅文學，是〈鹽場〉在新文學史上前無成例的獨到之處」，不過沒能把
「出現在大城市的成和與黨的革命事業相聯繫」。〔註143〕他以「真實地表現
戰鬥生活」為真實的準則創作，也以此作文藝批評，特別是在關於〈蝦球傳〉
的批評中，樓適夷完全以是否能表現真實的戰鬥達到對「大眾的普及」為衡
量作品的標準，〔註144〕忽視文藝作品本身的文學價值，〔註145〕顯然過於注
重文學作品的社會作用。

　　創作活動外，浙東左翼作家還通過刊物引導輿論。樓適夷在武漢時參與
編輯《文藝陣地》，該刊在理論上強調提出大眾化問題，在創作上發現了一批
好作品和新的作家，與文藝界聲氣相通。〔註146〕邵荃麟主編《大眾文藝叢刊》，
刊物延續了大眾化的討論，其批評中政治概念先行也開啟了 1949 年後的文學
批評之風。〔註147〕

小結

　　浙東作家「到民間去」活動是在北京時期發揮影響力，源頭是在浙東時
就開始的。周作人等在浙江的民俗學活動既為其民俗學活動的探索，也是為
到北京走上歷史舞臺的準備。他們在走向民間熟悉民間持有不同的民間立場，

〔註141〕劉為民：〈反圍剿的文化哨兵〉，《青海民族學院學報》1988 年第 2 期，頁 75
　　　　～81。
〔註142〕李秀卿：《革命文藝的拓荒者樓適夷》（成都：四川大學出版社，2012 年），
　　　　頁 5。
〔註143〕劉為民：〈淺淪樓適夷的〈鹽場〉〉，《青海師範大學學報》（社科版），1988 年
　　　　第 3 期，頁 71～73。
〔註144〕樓適夷：〈蝦球是怎樣一個人〉，《青年知識》1948 年 8 月第 36 期，頁 10。
〔註145〕鄭嘉靖：〈樓適夷的香港書寫〉，《中國民族博覽》2017 年第 7 期，頁 213～
　　　　214。
〔註146〕樓適夷：〈茅公和文藝陣地〉，《話雨錄》（北京：三聯書店，1984 年），頁 156
　　　　～159。
〔註147〕黃修己、劉衛國主編：《中國現代文學研究史》，上冊，頁 351～353。

魯迅周作人等的啟蒙立場最有代表性，這是民間社會的混雜性所決定的。

　　不同民間立場的作家，其對「民」的認識也是不同的。浙東作家從五四時期對民間語言白話的堅持到「左聯」時期提出討論的「大眾語」，都積極參與其中，觀念上有變化，但總體上維持對民間語言（白話）的借鑒吸取立場。「左聯」盟員中浙東作家佔了相當的比重，這些作家 30 年代多在「左聯」旗幟下進行文學創作，同時又是革命者，如邵荃麟、樓適夷等「拓荒者」〔註 148〕，經常受命轉移領域，並勇於突破「左」的教條，賦予文藝理論以新的內涵。他們的文學創作「因其帶有強烈的現實性和傾向性，不僅是折射社會現實、文化動態的旁證，也是考察當時左翼知識分子思想面貌的文字化石」。〔註 149〕當然，樓適夷、邵荃麟等左翼作家的創作者和實際革命工作者身份存在差異，對此應加以同情的理解。

　　同是來自浙東，袁可嘉表達了不一樣的觀點，他看到 30 年來新文學發展中「人民的文學」和「人的文學」此消彼長，反對詩歌淪為宣傳的工具論，也注意到詩歌與社會的關聯，拒絕完全只有藝術的本體論，形成「包含社會學、心理學和美學」的文學觀。〔註 150〕他批評「浪漫派及人民派」迷信感情，對民間語言、日常語言，及「散文化」的無選擇、無條件崇拜。〔註 151〕袁可嘉從文藝學的藝術規律要求出發，其說法是對於大眾化過分注重功利性傾向的反撥，無疑是有著合理性的。

〔註 148〕 李秀卿：《革命文藝的拓荒者樓適夷》（成都：四川大學出版社，2012 年），頁 9～10。

〔註 149〕 邵燕祥：〈接近一個真實的邵荃麟——寫在《邵荃麟全集》出版之時〉，《光明日報》2014 年 9 月 22 日，第 15 版。

〔註 150〕 袁可嘉：〈我的文學觀〉，《論新詩現代化》（北京：三聯書店，1988 年），頁 110。

〔註 151〕 袁可嘉：〈對於詩的迷信〉，《論新詩現代化》，頁 60～67。

第三章　浙東現代作家民間
精神氣質的形塑

　　浙東現代作家的民間立場受制於其民間氣質，其養成是家庭、社區、城鎮等的人文環境和教育等因素的合力作用。蔡元培、魯迅等浙東近現代知識分子，有著與傳統士人一致共通的「以改變世界」為己任的責任感，〔註1〕但現代科學知識的吸收已改變了士人單一的王官之學，伴隨著知識結構轉變而來的，是其視野、氣度的變化。

第一節　浙東民風的現代傳承

　　現代浙東知識分子總是以浙東人自居，這一地域認同彰顯出其眷戀於熟稔的浙東地域民風的記憶，也含有對鄉賢的禮敬之意。

一、剛烈切實民風的涵養

　　浙東特色的地域文化是孕育人才之基礎，魯迅在其〈《越鐸》出世辭〉中稱「於越故稱無敵於天下，海嶽精液，善生俊異，後先絡驛，展其殊才；其民復存大禹卓苦勤勞之風，同句踐堅確慷慨之志，力作治生，綽然足以自理。」〔註2〕這種風氣近世有所變，但與他地相比，浙東剛烈切實的鮮明民風，是涵養浙東現代作家民間氣質的基本人文環境。

〔註1〕余英時：〈引言：士在中國文化史上的地位〉，《士與中國文化》，頁1、2～3。
〔註2〕魯迅：〈《越鐸》出世辭〉，《魯迅全集》卷8，頁39。

1. 卓苦勤勞之風

浙東山海地理環境作用於聚落的形成，在其地域文化烙上了艱辛求生的基因。因早期的海侵，從河姆渡文化到越文化的發展，是以由山地聚落—山麓沖積扇聚落—湖沼平原上的孤丘聚落—沿海聚落—平原聚落為發展形態的，這在寧紹平原上尤為明顯。〔註3〕各種形態聚落發展不一，無論哪一階段被保存下來的聚落，都可見到其生存環境艱難之印跡，浙東人長期在困苦環境下砥礪前行，淬煉出勤勞尚勇風氣。

浙東大地自然條件險峻，寧紹平原人口密度高，人均資源匱乏，普通百姓為求生存多勤苦耐勞。調查顯示該區域既有的土地多屬於淋餘土，間雜有鈣質土。此類土質在東南部多雨的氣候下，其中的可溶性礦質植物營養料極易被沖刷流失，土地要保持肥力須賴人力不斷施肥。浙東為水稻茶葉地帶，作物灌溉、建造梯田都需人力投入，水稻實施灌溉占作物面積灌溉者 69%，遠勝於小麥的 15%，〔註4〕也就意味著在浙東農民要不停勞作經營土地、灌溉、施肥，才能有所收穫。雖說中國民間普遍重土，浙東農民在土地上投入越多，其情感尤甚。如蔡元培所描述的「紹興之農勤而耐久，一府之中，幾無隙地。而浙西江南墾荒之民，紹興人輒占其一部，南至閩越，西抵川藏，皆有紹興人之足跡。」〔註5〕孫福熙也說越人勤勞，在越地沒有任其閒置的土地，人的手腳也不肯閒空，即使是閒聊也不放棄工作。〔註6〕現代浙東作家深諳民間農民與大地的感情，辛勤勞作的價值，下筆普遍流露出農民式的情感，對於土地及生長其上的萬物的珍惜和依戀。王任叔寫對茂林修竹的自得，周作人對野菜草木的溫婉有情，艾青以「土地」為核心意象，王西彥筆下農民的土地情懷，即使不事生產的女作家蘇青對故土風物的描繪也帶有清新的泥土氣息，都是根植於浙東勤勞民風的。

其次是浙東先賢深入民間所踐行的卓苦勤勞之風，魯迅等浙東現代作家對禹墨為精神指引的民風多有評說著述。禹墨艱苦卓絕之風表現在其觀念、行事中，是以大眾福祉為旨歸的基本取向，心懷蒼生，以百姓的利益為先，從是否

〔註3〕陳橋驛：〈歷史時期紹興地區聚落的形成與發展〉，《地理學報》1980 年第 1 期第 35 卷，頁 14～23。
〔註4〕〔美〕卜凱：《中國土地利用》，頁 168～169，頁 225。
〔註5〕蔡元培：《蔡元培全集》（北京：中華書局，1984 年），頁 170。
〔註6〕孫福熙：〈紹興風味——兼論地方色彩和地方精神〉，《浙江青年》1935 年第 1 卷第 3 期，頁 123。

有利於百姓的生存生活為基本的考慮。要做到這點，首先要去私欲，在大禹（生卒年不詳）便是「薄衣食」，「卑宮室」，[註7] 在墨家便是「自苦」。大禹治水十幾年三過家門不入，對下能均諸侯，對上能為股肱耳目，敢匡拂，無面諛，是開太平治之始。其不畏艱辛深入各地考察，節私欲的楷模作用為墨家所推崇。墨子（約公元前479～約公元前390）將禹列為三代之聖王，[註8] 推崇大禹治理之功，且將其成功之要歸為「民」[註9]，並將其化為推行「義」的觀念，是貫徹兼愛思想的具體途徑，落實到群體和個人的生活中。墨子及其弟子摩頂放踵以自苦，禽滑釐跟隨墨子三年「手足胼胝，面目黧黑，役身給使，不敢問欲。」[註10] 曹公子「遊於子之門，短褐之衣，藜藿之羹，朝得之則夕弗得。」[註11] 孫詒讓說墨家「法夏宗禹」，[註12] 也指出兩者之間的精神關聯。

　　艱苦卓絕需要有博大的胸懷，心懷蒼生的大愛。大禹在巡視時看見民苦，則「予眾庶稻」，「予眾難得之食」，食不足則調有餘，以「均諸侯」，「乃行相地宜所有以貢，及山川之便利，」[註13] 這都是根據現實制定的有利於民生的策略。墨家的自苦是要實現「義」，要使「百姓皆得暖衣飽食，便寧無憂」，[註14]「饑則得食，寒則得衣，亂則得治，此安生生」，[註15] 將「為民興利除害，富貧眾寡，安危治亂也。」[註16] 拋開個人的欲望追求，強調兼顧他人的大愛，倡導人與人的互相關愛，最終能促使平等共存的天下秩序，是以共利天下為終極目標的。因此，自苦是墨家通往義的方式和途徑，是對自我和群體的行為規範，是為了其終極的兼顧天下萬民的利益，才能「近者安之，

〔註7〕　〔漢〕司馬遷撰：《史記》卷2，頁51。

〔註8〕　〔清〕畢沅（1730～1797）校注：《墨子・魯問》（上海：上海古籍出版社，2014年），頁245。

〔註9〕　〔清〕畢沅校注：《墨子・尚賢中》，頁35。

〔註10〕〔清〕畢沅校注：《墨子・備梯》，頁283；亦見於孫詒讓的《墨子傳授考》，〔清〕孫詒讓著，孫怡楷點校：《墨子傳授考第三》，《墨子閒詁・墨子後語》（新編諸子集成第1輯）（北京：中華書局，1986年），頁656。

〔註11〕〔清〕孫詒讓著，孫怡楷點校：〈墨子傳授考第三〉，《墨子閒詁・墨子後語》（新編諸子集成第1輯），頁661。

〔註12〕〔清〕孫詒讓著，孫怡楷點校：〈墨子緒聞第四〉，《墨子閒詁・墨子後語》（新編諸子集成第1輯），頁681。

〔註13〕〔漢〕司馬遷撰：《史記》卷2，頁51。

〔註14〕〔清〕畢沅校注：《墨子・天志中》（上海：上海古籍出版社，2014年），頁110。

〔註15〕〔清〕畢沅校注：《墨子・尚賢下》，頁40。

〔註16〕〔清〕畢沅校注：《墨子・尚同中》，頁49。

遠者歸之。」〔註17〕

　　魯迅等對禹墨精神給予了高度讚揚，在序跋、研究中諸如對瑞安孫詒讓（1848〜1908）的《墨子閒詁》的贊同，在《故事新編》中褒揚之意尤為顯著。他在小說中對大禹、墨子的穿著，滿腳老繭等細節有多處著墨。〈理水〉中大禹及隨從出場時，一群「乞丐似的大漢，面目黧黑，衣服破舊」，當中的是「一條瘦長的莽漢，粗手粗腳的」，「面貌黑瘦」，〔註18〕給人以雕像般的印象。〈非攻〉中墨子居家出行簡陋之至，破衣粗糧步行趕到楚國郢城，其「舊衣破裳，布包著兩隻腳，真好像一個老牌的乞丐了。」〔註19〕小說還以門丁視角來轉述，覺得這人有點古怪，「像一個乞丐……」〔註20〕公輸般便知曉一定是墨翟了。這便是墨翟之形象、個性深入人心。可見，簡樸、自苦是墨家為了實現一同天下之「義」〔註21〕而首先確立的自身行為規範表徵。墨子為了避免宋國百姓的生靈塗炭，而置自身安危於不顧，不顧路途迢迢，先後奔赴宋國、楚國，以一己之力，游說公輸般、楚王，踐行其「兼愛」思想。小說對墨家之「義」的詮釋，有的是在對話中，有的是直接闡述，墨子交代管黔敖要繼續準備，並告誡說「死並不壞，也很難，但要死得於民有利！」〔註22〕其與公輸般的對話中也將這一為民之行義思想做了闡述，這就把儒家所看重的義上升到博愛大愛的高度，使之具備普遍性意義。

　　禹墨張揚的艱苦卓絕之風還表現為能科學合理地籌劃，確定目標後肯踏踏實實去執行的實幹作風，而並非只是停留在口頭的高談闊論。先賢的為天下自苦，實幹作風是魯迅在生命後期特別看重的，也是其「俯首甘為孺子牛」的精神來源。大禹為首的群體為治水患，歷盡艱辛，忙於實地調查，不唯父命是從，不求聲名圖利，看透實情就打定主意，不為他人非議所動，才能有所成就。另外，京師買賣奢侈品商人們的恐慌恰是對大禹勤儉的平民作風的肯定。〈非攻〉中墨子不以言語爭勝好辯，而是用行動來落實其救人於危機中。為了百姓他「實在沒有工夫」〔註23〕顧及其他，他多方組織，布置學生發動

〔註17〕〔清〕畢沅校注：《墨子・尚賢下》，頁41。
〔註18〕魯迅：〈理水〉，《魯迅全集》，卷2，頁380。
〔註19〕魯迅：〈非攻〉，《魯迅全集》，卷2，頁457。
〔註20〕魯迅：〈非攻〉，《魯迅全集》，卷2，頁459。
〔註21〕〔清〕畢沅校注：《墨子・尚同中》，頁47。
〔註22〕魯迅：〈非攻〉，《魯迅全集》，卷2，頁457。
〔註23〕魯迅：〈非攻〉，《魯迅全集》，卷2，頁460。

百姓，做好備戰的行動；又要盡可能避免戰爭的發生，冒著個人生命危險獨自見公輸般，再游說楚王。為勸阻公輸般替楚國建雲梯侵伐宋國，與其當著楚王的面沙盤推演，擊退了公輸般，並告知楚王墨家信徒已有三百人在宋國正面以待，才成功勸阻楚王打消了出兵的打算。

誠然，禹墨這種民生為重的思想觀念是理想化的，但他們願意為此不斷奔走付諸實踐，即使赴湯蹈火也在所不惜，這就是魯迅所強調的歷來有「埋頭苦幹」，「拼命硬幹」，「為民請命」，「捨身求法」的中國脊樑，「雖是等於為帝王將相作家譜的正史，也往往掩不住他們的光耀」〔註24〕，小說是對他們這一精神典範的嘉許。墨家雖然成了絕學，其思想卻澤被後世，影響了許多的思想家。〔註25〕會稽上虞的王充承繼了墨家的「薄葬」、「非命」等思想，發展了其「明鬼」為無神論，建立起其自身的個人可以掌控自己的命運，世間並無鬼神的「疾虛妄」之說。他說「《論衡》實事疾妄」，「無誹謗之辭」；〔註26〕他也繼承了以實踐來檢驗的效驗說，「事莫明於有效，始奠定於有徵」，〔註27〕「入山見木，長短無所不知；入野見革，大小無所不識……凡貴通者，貴其能用也。」〔註28〕這既是承繼上述實幹作風，又後起宋以後浙東之學的天下為公、崇實批判精神，對浙東現代作家以深遠的啟發。

魯迅重視墨家，是經過認真研讀，抽離出其中的精華的。他幾次記載對清人鄧雲昭（？～1908）校注的《墨經正文解義》的評價，〔註29〕指出鄧氏的解義評價不佳，還是肯定其用心甚至抄錄寫出，並成為其創作想像墨子及其主張的依據。魯迅標舉禹墨的砥礪前行精神，也見於其非儒道兩家觀點，〈出關〉〈起死〉揭露道家矛盾性欺騙性，說是聽太炎先生講老子出關，是因孔子所說，〔註30〕這未必是事實，但他認定「孔老相爭，孔勝老敗」，其中「關

〔註24〕魯迅：〈中國人失掉自信力了嗎〉，《魯迅全集》，卷6，頁118。

〔註25〕蘇鳳捷、程梅花：《平民精神——〈墨子〉與中國文化》（開封：河南大學出版社，2005年），頁198～314。

〔註26〕〔東漢〕王充（約前27～約前97）著，陳蒲清點校：〈對作篇〉，《論衡》（長沙：嶽麓書社，1991年），頁445。

〔註27〕〔東漢〕王充著，陳蒲清點校：〈薄葬篇〉，《論衡》，頁357。

〔註28〕〔東漢〕王充著，陳蒲清點校：〈超奇篇〉，《論衡》，頁213。

〔註29〕《魯迅日記》1915年1月17日記：「午後季自求來，以《南通方言疏證》、《墨經正文解義》相假。」當月22又記：「凌晨寫《墨經（正文）解（義）》，殊不佳。」魯迅：《魯迅日記》，《魯迅全集》，卷14，頁151。

〔註30〕章太炎：〈學篇·諸子學略說〉，《國粹學報》1906年第20期，頁5～6。

鍵，即在孔子為『知其不可為而為之』的事無大小，均不放鬆的實行者，老則是『無為而無不為』的一事不做，徒作大言的空談家。」〔註31〕實乾和空談，是魯迅對孔老的評價，也是他衡量自我和他人的準繩，直至其生命結束前還一直在警告說「萬不可去做空頭文學家或美術家。」〔註32〕不過魯迅於各家並不一味否定或者褒揚，他高度評價孔子知其不可為而為之的遊歷作風，但竭力反對孔子死後被尊為偶像利用。對墨家肯定之意是明確的，但在〈流氓的變遷〉一文中把流氓追溯到墨家後來分離出來的遊俠，〔註33〕揭示其為主子而動而戰的行為是奴隸的表現，從墨家的俠義精神到遊俠而淪落為打手的流氓們，其在本質上都是一致的。周氏兄弟失和後，各自選擇了自己的道路，周作人的民間觀如上文所說有多變動，但在承緒浙東民風，以切實作為遠大於口惠，以及對諸子的評判上兄弟倆的觀點還是相近的。

2. 堅確慷慨之志

山海結合的特殊之所，賦予其民特別的個性，他們「在狂波巨浪中，學得了狂放與勇敢」，「在叢林與巉岩中，學得了堅韌與挺拔」〔註34〕。浙東民間性格多剛烈，其反抗性自古以來就較他地強烈。從句踐臥薪嚐膽的越國勇士，到明清時期浙東激烈的抗清志士可見一斑。《史記‧越王句踐世家》中記越國的勇士為死士，他們在闔閭前來時「死士挑戰，三行，至吳陳，呼而自剄。」當其於會稽受辱返國後：

> 乃苦身焦思，置膽於坐，坐臥即仰膽，飲食亦嘗膽也。曰：「女忘會稽之恥邪？」身自耕作，夫人自織，食不加肉，衣不重采，折節下賢人，厚遇賓客，振貧弔死，與百姓同其勞。〔註35〕

終於在夫差殺了伍子胥，於黃池之會國力空虛之際，進攻吳國殺了吳公子，夫差自殺身亡，一雪前恥，並得周王賜爵，歸吳地，行霸諸侯。不論句踐其人如何，這種尚勇武不惜赴死之風遍及民間。魯迅以「黃棘」為名為《越鐸日報》所撰的文章中對這一充溢著剛烈之氣的民風做了概說，他感慨於越的武術之概，近世為辮髮胡服之虜以來逐步遞降，「則漸專實利而輕思理，樂安諡而遠武術」，以致「辮髮胡服之虜，帗裘引弓之民，翔步於無餘之舊疆者蓋二

〔註31〕魯迅：〈《出關》的關〉，《魯迅全集》，卷6，頁520～521。
〔註32〕魯迅：〈死〉，《魯迅全集》，卷6，頁612。
〔註33〕魯迅：〈流氓的變遷〉，《魯迅全集》，卷4，頁155～156。
〔註34〕王任叔：《莽秀才造反記》（北京：人民文學出版社，1984年），頁8。
〔註35〕〔漢〕司馬遷撰：《史記》，卷41，頁1739、1742。

百餘年矣。」〔註36〕相較與他域，晚明以來的浙東依舊多遺民義士，此類抗清志士活動史書記載屢見不鮮：

> （1645 年）7 月 31 日，餘姚首先發生了反抗清朝官員的暴動，然後迅速波及會稽、鄞縣、慈谿。數天之內，清朝在浙東的薄弱統治已被去除。「禮樂之邦」的浙東，其人民一向以直道傳統而自豪。與南直隸南部的情況相比，浙東的士大夫不久就表現了高度的社會凝聚力以及有效的領導才能。
>
> ……
>
> 浙東抗清情緒高漲，與他處不同。在魯政權被迫離開大陸避往海島以後很久，該政權小小的領導核心（每人都來自「清流」重鎮的浙東）
>
> 比南明政權其他領導層更為團結一致，更願獻身於共同事業。〔註37〕

許多志士以氣節自許，互相聯絡相應，一時抗清頗有起色，但魯王政權和唐王政權畢竟各自為政缺少籌劃，1644 年福王朱由崧即位於南京，1645 年南京、杭州都被清軍攻下，鄭遵謙、張國維等迎朱以海於紹興，宣布監國，並以 1646 年為監國魯元年，不奉唐王朱聿鍵的隆武年號，朱聿鍵與朱以海屢起衝突而無法合作，因而浙江與福建相繼為清兵攻破，朱以海逃亡舟山，1651 年（辛卯年）8 月，舟山陷落，朱以海逃亡金門，受鄭成功庇護，最終病死金門。

　　浙東陷落，殉國的抗清志士得到了民間普遍尊重，民間建廟宇、祠堂或刊刻詩文、傳頌英雄故事以志紀念；浙東也多以遺民自許的文人。全祖望記明亡後寧波府鄞縣一帶，有遺民舉汐社，許多人「靡日不至，以大節古誼交相勖。語者，默者，流觀典冊者，狂飲作白眼者，痛哭呼天不置者，皆見之詩。」〔註38〕且士人們「皆固守殘山剩水之節，以終其身。」〔註39〕黃宗羲及其弟子們修史中對抗清史實的記錄，張岱隱逸山林，《石匱書後集》、《有明於越三不朽圖贊》〔註40〕等著保存歷史，彰顯鄉賢，並以「自知、自慚、自恨、自惜、自

〔註36〕魯迅：〈《越鐸》出世辭〉，《魯迅全集》，卷 8，頁 39。

〔註37〕〔美〕司徒琳（Lynn A.Struve）著，李榮慶等譯：《南明史》（上海：古籍出版社，1992 年），頁 61～63。

〔註38〕〔清〕全祖望：〈陸雪樵傳〉，《全祖望集彙校集注》（上海：上海古籍出版社，1999 年），頁 972。

〔註39〕〔清〕全祖望：〈跋明崇禎十七年進士錄〉，《全祖望集彙校集注》，頁 1324。

〔註40〕該書為明末遺民會稽張岱與好友徐渭後人徐沁（1626～1683）合著的鄉先賢傳記，魯迅日記中多次提及該書。1912 年 5 月到北京以後不久又「《於越三不朽圖贊》闕頁三枚補繪」，魯迅：〈壬子日記〉，《魯迅全集》，卷 14，頁 4；

警」。〔註41〕許壽裳（1883～1948）記魯迅愛讀章太炎（1869～1936）的〈張
蒼水集後序〉，序中交代了張蒼水（1620～1664）率眾抗清事蹟後，感慨道：

> ……若公者，非獨超躍史何諸將相，雖宋之文李，猶愧之矣。餘生
> 後於公二百四十歲，公所撻伐者益衰。然戎夏之辨，九世之仇，愛
> 類之念，猶湮鬱於中國。雅人有言：「我不見兮，言從之邁，」欲自
> 殺以從古人也。余不得遭公為執牧圉，猶得是編叢雜書數札，庶幾
> 明所鄉往。有讀公書而猶忍與彼虜終古者，非人也！〔註42〕

顯見浙東志士的反抗精神通過歷代的傳承，對魯迅這代浙東知識分子所產生
的激勵作用。章太炎雖是浙西餘杭人，卻以越人自居。其實周氏兄弟在日本
真正跟從章太炎面授的時間不長，但魯迅對章氏尊敬有加，即使後來與章太
炎實則出現明顯的分歧後，始終不改尊師之道。〔註43〕魯迅的文風及其諸子
觀是得到了章氏在《民報》時期思想的真正傳承的。〔註44〕正如學者所說的，
章太炎極端的平民主義，對魏晉思辨傳統、文學、法律的全新評價，都對魯
迅的歷史人物評價、性格上影響頗深，「但很難完全從文字行跡上去推求這一
現象。」〔註45〕章太炎的學術活動也給魯迅以文章形式、現實關懷和諸子學
的具體影響。〔註46〕有學者認為也是章太炎引領魯迅走進魏晉融入魏晉進而
產生魏晉情結，〔註47〕以此來打量現實世界又產生魏晉感受的。〔註48〕

次年夏回紹興省親時又「補繪《於越三不朽圖贊》三頁，屬三弟錄贊並跋一
頁」，魯迅：〈癸丑日記〉，《魯迅全集》，卷14，頁67；到1914年魯迅又購
「陳氏重刻《越中三不朽圖贊》一冊，擬作副本，或以遺人」，第二天就將此
書轉贈送給許壽裳。魯迅：〈甲寅日記〉，《魯迅全集》，卷14，頁100。

〔註41〕〔明〕張岱：〈越人三不朽圖贊小序〉，〔明〕張岱撰，公戶夏點校：《張岱全
集・三不朽圖贊》（杭州：浙江古籍出版社，2017年），頁1～2。

〔註42〕許壽裳：〈亡友魯迅印象記〉，《魯迅傳》（北京：人民文學出版社，1981年），
頁13。

〔註43〕魯迅：〈關於太炎先生二三事〉，《魯迅全集》，卷6，頁545～547。

〔註44〕〔日〕木山英雄（1934～）：〈「文學復古」與「文學革命」〉，見於《文學復古
與文學革命——木山英雄中國現代文學思想論集》（北京：北京大學出版社，
2006年），頁237。

〔註45〕王汎森：《章太炎的思想——兼論其對儒學傳統的衝擊》（上海：上海人民出
版社，2012年），頁142～149，202，215。

〔註46〕刑程：〈章太炎的學術思想與魯迅《故事新編》寫作〉，《中國現代文學研究叢
刊》2017年第1期，頁53～61。

〔註47〕陳方競：《魯迅與浙東文化》（長春：吉林大學出版社，1999年），頁67。

〔註48〕孫海軍、汪衛東：〈從「人史」看魯迅與浙東學派的精神關聯〉，《魯迅研究月
刊》2013年第11期，頁37。

　　浙東之士的剛烈，孕育於該地民間風氣，也引領著民間的抗爭之風。從抗租抗稅，到暴力抗爭、鬧捐毀局，浙東民間各種反抗活動不絕如縷。同治八年（1869 年），奉化發生抗釐金鬥爭；光緒二年（1876 年），柴橋鄉屯為茶捐鬧局；城鎮則有乾隆五十三年（1788 年）搬運工人和水手侯明章暴力要求增添工錢。光緒四年（1878 年），奉甬航船罷運，寧海鄉民因釐金苛重毀捐局。光緒二十五年（1899 年）正月，象山牆頭民眾自發擁入捐局，搗毀器物。同治八年奉化反釐金鬥爭有 5000 人參與，他們於 8 月 17 日凌晨向寧波府城推進，要求在奉化境內以及寧波至奉化沿途撤除所有釐金徵收卡所，形成了相當規模。

　　近現代工人出現以後，反抗鬥爭更為頻繁。光緒二十九年（1903 年）十月，寧波煙鋪工人舉行罷工鬥爭，要求提高工資。第二年的春天，鄞縣鄞江橋數百名石工又為加薪而舉行罷工。這年夏季，寧波染紡工人為提高工資舉行罷工。光緒三十年（1904 年）鄞縣米鋪椿米工人每天工資只有 200 文，為此「停工索加」，逼使業主增加工資 50%。〔註 49〕民後，這些自發的民間抗爭逐漸被組織發動起來，為爭取權益而與當權者壓迫者鬥爭，成為全國轟轟烈烈的工農運動支流。浙東聲勢浩大的有 1924 年余姚庵東鹽民反公倉，萬餘鹽民參加請願，遭鎮壓釀成 5 死傷者無數的慘案，繼而鹽場大罷工，千餘師生上街遊行，並通電全國鹽務署、省政府，最終迫使上海稽核分所承認設公倉為苛政，與鹽民達成五項協議。1927 年寧海亭旁農民運動活躍，1928 年 5 月 26 日千餘人軍民起義，組建了浙東第一個蘇維埃政權，雖很快遭鎮壓，卻是歷次農民運動中規模較大、時間較長、人數較多的一次。其他大大小小的抗爭運動此起彼伏，宣洩著民間蘊含的強勁力量。

　　近代以來，浙東災患不斷，外患侵擾，百姓苦不聊生，土匪、海盜頻出。民間為求自保，往往組織團練。報刊分析浙東臺州民風彪悍之緣由與其地理有關：

> 緣其地負山面海，上接甌閩，下連衢岱，海盜之所出入，而民風尤尚武。每科武闈中雋者十必居六七，首邑臨海，及黃巖更甚。平常鄉里以守望為名，家蓄軍械，行旅操刃山入。雖讀書掇科名者每不乏人，而性情則大都獷悍，行止粗率，饒有武風，其俗然也。〔註 50〕

〔註 49〕樂承耀著：《寧波通史》（寧波：寧波出版社，2009 年），清代卷，頁 43、44。
〔註 50〕〈浙東土匪案詳述〉，《申報》1881 年 9 月 12 日。

其時此類報導充溢報端，諸如「浙東麗州一帶地主會匪警教滋事」、〔註51〕「探得桐盧地方左近復有土匪起事勢頗凶发」等受土匪騷擾，〔註52〕「溫守請添兵剿匪電」;「又新昌請兵電」、〔註53〕「浙東各州縣紛紛民變」〔註54〕，而「第五區游擊隊統帶董道勝未能一律肅清」〔註55〕等彈壓未果之新聞，顯見土匪海盜等已成社會痼疾。從整個社會看，也許這只是 2000 萬土匪的一個縮影，〔註56〕如換一角度，盜匪等另類組織由來已久，社會轉型劇變時期尤為顯著。盜匪類型各異，其中大部分是生活無著落農民結夥武裝搶劫，是「農民對壓迫和困苦的最普遍的反應」〔註57〕，在一定程度上，盜匪盛行也反映出該地民風。

盜匪現象在浙東作家作品中成為故事背景甚或是主要對象。王任叔世居奉化山村，對土匪之事多有耳聞，其小說〈衝突〉〈孤獨的人〉《莽秀才造反記》中就多處寫到土匪滋事鄉里，各村尋求團練，村中紳士名流中飽私囊。魯彥的〈許是不至於罷〉〈黃金〉等也是以土匪劫掠為背景，鄉紳、小有產者等是其首要目標，這些有產者在其威脅下惶惶不可終日。魏金枝〈白旗手〉中多土匪，或者剿匪隊伍。陳企霞〈獅嘴谷〉中被剝奪了土地後只能跟母親廁身海神廟的阿生，因走投無路加入海盜終遭槍殺。鄭振鐸《家庭的故事》中從福建到浙東一路要提防土匪的劫掠;王西彥的〈父子〉中年輕人練武以保家園等，都以土匪現象討論社會問題。

剛烈好鬥也表現在日常言辭中，浙東語言多硬語，周作人所講的「舛詞」及「冷語」〔註58〕，似合於浙東人的好罵。周作人在其文中對浙東婦人日常罵人有過生動描寫，他見農婦人曝菜於籬笆間，遺失數把後，疑心人竊取，在門外雞棲之地咒罵多時:

> 初開口如餓鷹叫雪，嘴尖吭長，而言重語狠，直欲一句罵倒。久之意懶神疲，嘖嘖呶呶，且詈且訴，若驚犬之吠風，忽斷復續。
>
> 旋有小兒喚娘吃飯，婦推門而起，將入卻立，驀地忿上心來，頓

〔註51〕〈教士出險〉，《順天時報》第 279 號，1903 年 1 月 7 日。

〔註52〕〈浙東匪耗〉，《順天時報》第 324 號，1903 年 3 月 21 日。

〔註53〕〈浙東匪亂警電匯錄〉，《申報》第 1 張後幅，1910 年 10 月 21 日。

〔註54〕〈浙東各縣紛紛民變〉，《申報》第 1 張後幅，1910 年 9 月 10 日。

〔註55〕〈進剿浙東周匪紀聞〉，《申報》1914 年 8 月 2 日第 7 版。

〔註56〕〔英〕貝思飛（Phil Billingsley, 1945～）著，徐有威等譯:《民國時期的土匪》（Bandits in Republican China）（上海:上海人民出版社，2010 年），頁 10。

〔註57〕〔英〕貝思飛著:《民國時期的土匪》，頁 11。

〔註58〕周作人:〈談目連戲〉，《周作人自編集》，頁 89～92。

足大罵，聲暴如雷，氣急如火，如金鼓之末音，促節加厲，欲奮
袂而起舞。〔註 59〕

周作人在記錄時，又檢視自己早先文章缺少平和包容，多胡柴氣，也是浙東
人的好罵脾性使然。越諺「有山無木，有水無魚，有人無義」，其事不可信，
而「有人無義」則出自《越語下》的范蠡答王雒之言，近人孔行素（生卒年不
詳）《至正直記》慨於「鄞不知恥，越薄如紙」，引其侄婿袁氏子，「其妄誕譎
詐，浙西未嘗見之。」〔註 60〕諺語之為諺語，是其所總結的在一定範圍內風
行，有人無義之諺，說明剛烈之風下還是有不持義的詭詐之徒。

3. 務實求真學風

浙東學術的治學精神和價值原則，在浙東現代知識分子的社會思考觀察
中有著積極作用。從宋代「浙學」到王陽明（1472～1528）「陽明學派」及以
黃宗羲為首「浙東學派」的嬗變發展，浙東學風奠定了近現代以來浙東工商
經濟發展、四民觀念的改變的思想基礎。

浙東學術風氣有大小之說，也有上溯至宋代甚至更早的王充疾虛妄之說
到魏晉時期的嵇康等名士，中間兩宋，至於明清陽明學及浙東學派。其範圍
大小不一，涉及對象數量不等，貫穿始終的是「講究經濟，最切實用」，〔註
61〕且其前後彼此有著深切的關聯。黃宗羲提出「經世致用」「通今致用」，堅
持在實踐中建功立業；朱舜水的「聖賢之學，俱在踐履」；萬斯同的「經世之
學，實儒者之要務」；全祖望主張治學「先窮經而求證於史」，都是「經世致
用」思想在不同層面的闡述，它幾近成為浙東學人普遍遵守的原則，對近代
學人的思想、人格和人生實踐都產生了重大的影響。〔註 62〕其追求「道器統
一」「義利統一」及「修實政」「行實德」「建實功」等傾向至今對浙江人的價
值觀念、思維方式、行為方式產生著積極影響。〔註 63〕

即如被章學誠排斥於外的金華學派和永嘉學派，永嘉學派與明清時的浙
東學派在經世致用的學風上是一致的，也對後來溫州學人的學術研究持續發

〔註 59〕周作人：〈女人罵街〉，《周作人自編集・秉燭後談》，頁 70。
〔註 60〕周作人：〈書房一角・紹興少魚〉，《周作人自編集》，頁 71～72。
〔註 61〕何炳松：《浙東學派溯源》（上海：上海古籍出版社，2012 年），頁 2。
〔註 62〕黃健：〈「浙東學派」思想與精神對中國新文學發生的影響〉，《浙江社會科學》
　　　　2015 年第 10 期，頁 112～113。
〔註 63〕方同義：〈論浙東學術的實學傾向〉，《浙東學術與中國實學——浙東學派與中
　　　　國實學研討會論文集》，2005 年 10 月 1 日，頁 45～57。

揮著影響。如晚清時期的孫衣言（1814～1894）、孫詒讓父子，東甌三傑〔註64〕等的學術活動中都可見到。他們一方面是以「經世致用」的目的研究史學，整理地方性的學術著作，孫衣言在孫詒讓的協助下點校整理了《永嘉叢書》，收錄了溫州歷代地方文獻 13 種，梳理出了永嘉學術發展史。他們以史為鑒，還大力吸收西學，呼籲作新國學，有著對西學的學習熱情，且其身體力行，以教育來引導完成新國學。而孫詒讓嚴謹治學，對中學中糟粕的揚棄和對西學開放的態度，使其與俞樾（1821～1907）、章太炎等師友相比，既不像俞樾保守，也沒有章太炎激進。浙東學術講究「經世致用」，能突破門戶之圍，不斷有創新之見，這才有梁啟超所評價的黃梨洲、顧亭林（1613～1682）、王船山（1619～1692）、朱舜水（1600～1682）等浙東「殘明遺獻思想」已處在當時「文化中心」地位，其影響所及直成為促成近代「思想界的變遷」的「最初的原動力」之說〔註65〕。

注重理性思辨又強調功利性，兼顧機巧性與實用性的浙東學風，是現代浙江作家在新文學生成與發展的實踐中不可忽視的地緣因素，也是新文學得以迅速發生與發展的思想與精神動力。〔註66〕對平民理想的執著，博學而實證，天下為公等觀念已經深入浙東士人，浙東作家身處其中有得風氣之先的優勢，它未必是在某一具體事實上，卻是以學術風氣、地方個性甚至社會輿論多方面潛移默化的薰陶、制約而成的。這樣的環境，孫福熙認為是利於孕育思想家的：

> 紹興習慣，遇事划算，預定目標以後，按步進行，越王句踐的十年生聚，十年教訓，是其代表。進行是直線的，不多方並進，亦不走回頭路，一切都以冷靜堅忍出之。……紹興的地方色彩，可以產生學術思想家，而不宜於藝人，魯迅先生確是特殊的一人。〔註67〕

〔註64〕陳虯（1851～1904），為改良派思想家、中醫師，為我國最早新式中醫學校的創辦人；宋恕（1862～1910），倡易服改制，為晚清上海維新派的理論核心，是孫衣言弟孫鏘鳴（1817～1901）女婿；陳黼宸（1859～1917），近代著名教育家、政治家、哲學家和史學家，為孫衣言弟孫鏘鳴弟子。三人被合稱為「東甌三先生」（三傑）。

〔註65〕〔清〕梁啟超：《中國近三百年學術史》，《梁啟超論清學史二種》（上海：復旦大學出版社，1985 年），頁 123。

〔註66〕黃健：〈「浙東學派」思想與精神對中國新文學發生的影響〉，《浙江社會科學》2015 年第 10 期，頁 111。

〔註67〕孫福熙：〈魯迅＆藝術家〉，孫伏園、孫福熙著：《孫氏兄弟談魯迅》（北京：新星出版社，2006 年），頁 117。

魯迅的文字與思想具有「文字簡練，思想深刻，在圓潤精妙中深藏鋒利」的紹興人特質，而其豐富而熱烈的感情在相當程度上與晚明以來浙東士人的情感是相通的。

　　浙東學者撥正末流之說也對浙東民間的社會結構提供了思想依據。王陽明的「四民異業而同道」之教；〔註68〕全祖望記其父言「為學亦當治生。所云治生者，非孳孳為利之謂，蓋量入為出之謂」；〔註69〕及章學誠從人的日常生活中自然地歸納出社會政治生活、經濟生活的不得不然之勢，將其還原於現實生活中，這是對所謂神聖的「道」「聖人」「天」的祛魅。晚清宋恕提出由貧民來定道統，對下層百姓的期望，都是浙東學者已注目於平民乃至貧民的表現。〔註70〕

　　浙東學風在民間倡導形成了義利相容、工商兼本的思想，民間文學如南戲中表現出批判現實主義精神，〔註71〕也成為根植於民眾之中的「創新、務實、誠實、敢為天下先」積極的文化心理，當其與時代耦合，就成為這片土地創新性根源〔註72〕。明清以來浙東社會傳統四民觀念發生動搖，「重新估量了商人的社會價值」。〔註73〕當其融入到19世紀中葉以後的中國社會變局中，成為率先在中國大地發生經濟、社會、文化等劇變的內在動力之一。

　　費正清認為「中國歷史中的沿海和大陸」有不同走向，中國自海禁大開以來，「作為小傳統的面海的中國」，形成對「大陸腹地」以儒家文化為正宗的占

〔註68〕王陽明：〈節庵方公墓表〉，《王陽明全集》（上海：上海古籍出版社，1992年），頁491。

〔註69〕全祖望：〈先仲父博士府君權厝志〉，《鮚埼亭集》（臺北：華世出版社，1977），外編，卷8，頁762。

〔註70〕王汎森：〈近代知識分子自我形象的轉變〉，許紀霖編：《20世紀中國知識分子史論》，頁111～112。

〔註71〕唐湜認為以陳傳良與葉適為代表的永嘉學派是一群戰鬥的唯物主義者，他們雖然也不免有些道學氣，但他們尖銳地批判了當時的現實政治生活，也給當時的市民與工商業階層以一定的思想影響。南戲的批判現實主義傾向，與永嘉學派的思想影響有關。唐湜：〈南戲探索〉，《民族戲曲散論》（上海：上海古籍出版社，1987年），頁22。胡雪岡、徐順平對於南戲的分析沒有明確是永嘉學派，但也上溯到了南宋的社會變化。胡雪岡、徐順平：〈談早期南戲的幾個問題〉，溫州文化局編：《南戲探討集》（溫州：1980年），頁1～28。

〔註72〕劉曉梅：〈南宋浙東學派的實學思想——對浙江民眾現代文化心理的影響〉，中國實學研究會編：《浙東學術與中國實學——浙東學派與中國實學研討會論文集》（寧波：寧波出版社，2007年），頁159～170。

〔註73〕余英時：《士與中國文化》，頁459。

思想文化「支配地位」的「大傳統」的有力衝擊,「面海的中國是一條變革的管道」,其變革因素的日漸積累終至產生顛覆「大傳統」之勢。〔註74〕浙東學術中具有變革精神的因素始終在其中發揮著作用,魯迅等之所以能站在時代的前沿寫作,成為具有思想家氣質的文學家,得益於浙東學術傳統的滋養。

二、近現代化教育的引導

重視教育是浙東地區的傳統,且成績突出,在科舉考試成績一直在兩浙中穩居前茅。〔註75〕傳統經學教育在 1905 年之後失卻了其晉升之道,現代西式教育逐漸取而代之。浙東作為最早開放的地區,也是最早開設現代學校教育的地區之一。現代教育的引入對浙東現代作家的思想轉變是最關鍵的動力,正是現代教育的科學、理性、民主等理念,促使其反思傳統的思想觀念,在探索社會、文化的變革之路中轉向民間。

1. 現代教育的引入

現代科學教育主要來自西學,其傳播途徑為學校教育和公共媒介傳播,數量、成效都以前者為主。科舉制度被取消後,西式學堂大量被興建,〔註76〕傳統的「士」階層開始分流,主要轉化為接受現代科學教育的現代知識分子。

現代學校率先由教會學校開辦,後有官方主辦及民間自辦的各類學校,參照教會學校的辦學模式。寧波是最早開放通商的五口之一,其教會學校辦學的時間、數量、層次在浙東都較突出。自 1844 年愛爾德賽(Mary AnnAldersey,1797〜1868)創全國最早的女子學校寧波女塾後,傳教士在寧波先後創辦了浸會中學、崇信中學、三一中學和斐迪中學等 50 餘所現代學校。傳教士也到其他各地也先後創辦學校,到 1917 年,浙江全省有 128 所各類教會學校;

〔註74〕〔美〕費正清(John King Fairbank, 1907〜1991):《劍橋中華民國史》(北京:中國社會科學出版社,1994 年),頁 11〜32。

〔註75〕據統計,南宋一代浙江狀元數為 19 人,遙遙領先於第二福建的 13 人;明代浙江有進士 3280 人,居第一,其中寧紹兩府人數分別占 11 府的前兩位;清代進士數 2808,與第一的江蘇 2920 人相差不大,但省內各府中杭州遠超其他各府,嘉興、紹興列二、三,寧波被湖州超越。朱海濱:《近世浙江文化地理研究》(上海:復旦大學出版社,2011 年),頁 57、63、67。

〔註76〕據統計 1904 年已有 4000 所西式學堂,約有 92000 名學生,到 5 年後增加到 52000 所,約 150 萬名學生。〔加〕卜正民(Timothy Brook, 1951〜)主編,〔美〕羅威廉(William T.Rowe, 1947〜)著,李仁淵、張遠譯:《最後的中華帝國:大清》(*China's Last Empire: The Great Qing*)(《哈佛中國史》卷 6,北京:中信出版集團股份有限公司,2016 年),頁 234。

1920 年浙江基督教教會創辦有學校 356 所。〔註 77〕在教會學校的帶動下，國人在 19 世紀 70、80 年代興起自辦學校，寧波知府宗源瀚於 1879 年創辦辨志書院，書院除漢學、宋學、算學外，增設輿地、算學等新科目。1885 年，寧紹道臺薛福成在寧波城創辦的崇實書院，內容包括制藝、經史、開方、輿地、算學、時務等；同年，溫州陳虯在瑞安創辦利濟學堂，該學堂為全國最早的近代中醫學專門學校之一。1896 年，又有杭州的浙江武備學堂、溫州的瑞安算學館、永嘉縣學堂創立；次年，杭州創建浙江求是書院，紹興創中西學堂，孫詒讓在瑞安創辦方言館，用中西之法講授飼蠶種桑技術，是最早的三所蠶桑業專門學校之一；溫州的蠶學館，講授國文、英文、中外歷史和地理，是最早的近代語文學專門學校之一。

　　各類新式學校與傳統書塾、書院等教育不同在於，內容上以科學知識為主，與社會結合密切。除了算數、語言類課程外，讓學生直接瞭解社會和外面的世界，必開有地理學；為強健體魄，還開設體操等運動課；有的教會其走上社會所需的基本技能，還開設縫紉、園藝、烹調等課程。教學方法上注意循序漸進，引導學生參與，鼓勵討論師生互動，較傳統教育更加活潑。〔註 78〕並按現代學科體系加以分類，針對不同年齡層次的學生以不同內容的教育，其教材有的採用統一，也有的教師自編，教學內容上更新較快。上述種種特點讓新式學校從一開始的不被接受，很快就得到了社會的認可。寧波女塾開設課程國學、算學和英語；1876 年「三一書院」開設了國學、算學、英語、歷史、地理、體操等課程，開始收取學費，其學生就業狀況良好，寧波富有家庭紛紛送子弟入學。

　　社會對新式教育科學知識的學習接受情況如何，還可以從一度成為印刷中心的寧波的教會印刷機構分析。〔註 79〕從 1844 年到 1860 年的出版物中，印刷機構除了宗教教義書外，其中最多的為天文、地理方面的書籍。《日食圖說》《航海金針》〔註 80〕《指南針》〔註 81〕和《平安通書》都為涉及到日食、

〔註77〕沈雨梧：〈近代基督教在浙江〉，《近代史研究》1996 年第 4 期，頁 75～76。
〔註78〕熊月之：《西學東漸與晚清社會》（上海：上海人民出版社，1994 年），頁 285
　　　　～287。
〔註79〕熊月之：《西學東漸與晚清社會》，頁 170～180。
〔註80〕二書為瑪高溫（Daniel Jerome Magowan, 1814～1893）所編。
〔註81〕該書為胡德邁（Thomas Hall Hudson, 1800～1876）所編，他於 1845 年到寧
　　　　波，《指南針》（The compass Needle）共 7 頁，1849 年出版。

氣候、洋流、潮汐等科學知識的專門書籍，反映了面海的寧波等地，社會要掌握相關科學知識的需求量較大；《平安通書》由麥嘉蒂（McCartee Divie Bethune, 1820～1900）主編，每年要更新印刷，該書對新知識的吸收介紹也很及時，魏源的《海國圖志》徵引了其中的 11 段。〔註82〕韋理哲（Richard Quanterman Way, 1819～1895）主編的《地球圖說》介紹世界各地地理、物產、風俗等，1856 年改為《地球圖略》，魏源的《海國圖志》徵引了其中的 34 處，該書傳入日本後成為許多學校的教材。〔註83〕地理學知識完全改變了晚清士人對於清朝與世界的認知，地理學也成為晚清知識分子進行西學和傳統學術研究、整理的方法。如梁啟超的學術學派整理，人地關係研究，王國維屈原研究，劉師培南北學派研究等，都是以新科學體系研究文學、語言、藝術等傳統學科的趨勢。

在西學的帶動刺激下，洋務運動、維新變法都十分重視教育改革，紛紛開辦現代學校。1904 年清廷《奏定學堂章程》頒布，提出了普及教育原則，規定了各類學校的教學內容。到 1908 年，課程安排在浙江基本得到落實。浙東的中小學、中等師範及職業教育各類學校層次基本具備，教學內容逐步改良。第一所省內高校杭州求是書院課程分必修、選修，必修有國文、英文、算學、歷史、地理、物理、化學、體操等，選修有日文等，初步形成比較系統的近代型知識體系。溫州的瑞安利濟醫學堂，對學生的年齡、入學、每天學習時間等都做了嚴格規定；還制定了學生的升級方式，教學上分專業課與普通課。紹興中西學堂的課程設置已接近普通中學，〔註84〕該校的外語教學就有英文、日文和法文。曾在該學堂學習的蔣夢麟說「中西學堂教的不但是我國舊學，而且有西洋學科。這在中國教育史上還是一種新嘗試。雖然先生解釋得很粗淺，我總算開始接觸西洋知識了……首先學到最不可思議的是地圓說。……這是我瞭解一點科學的開端，也是我思想中怪力亂神信仰的結束。」〔註85〕新式學校的教學也開始倡教學方法的革新，注意循序漸進，引進了西方科學教育理論，教育當局通過報刊介紹、組織參加比賽等活動鼓勵

〔註82〕熊月之：《西學東漸與晚清社會》，頁 172。
〔註83〕熊月之：《西學東漸與晚清社會》，頁 172～173。
〔註84〕汪林茂著，金普森、陳剩勇主編：《浙江通史・清代卷》，下冊，頁 242～243。
〔註85〕蔣夢麟（1886～1964）：《西潮》（昆明：雲南人民出版社，2016 年），頁 39～40。

創新。〔註86〕與教學內容的改良配套的教材編撰被關注，浙江老師參與編寫的教材有 10 餘種被定為部定教材。

浙東現代學校紛紛興辦起來，不過層次高的學校還是集中在杭州、上海、南京等大城市，尤其是洋務派、維新派所支持的各類學校。浙東學生要進入高等教育，只能離鄉外出。礦路學校等洋務學堂對於傳統教育不啻於是個異數，但相比杭州求是學校的學費壓力，其免費政策還是極具吸引力的。魯迅在家境凋敝的情況下，決定跑異地走異路，選擇進入南京的江南水師學堂，先試讀後轉正式，還可以領每月津貼銀二兩。水師學堂英文教授，全部正式畢業需用九年時間。因嫌棄學校烏煙瘴氣，魯迅於次年轉入礦務鐵路學堂，周作人也隨之而來。礦務學堂總辦後任是俞明震，聘有德國教官，辦學開明。就是在南京學習期間，周氏兄弟看了《時務報》和《天演論》，學習了金石學、地學等自然科學，還去句容青龍山煤礦實地考察。〔註87〕後來其他不少浙東現代作家都到杭州、上海，甚至遠至北京、昆明等地求學。

2. 留學教育

國內現代教育興辦的同時，國人開始走出國門留學。在容閎的努力下，1872 年始，清政府分別每年派出 30 人共 120 人赴美官派留學生，浙江有 8 名，其中 7 人來自浙東。〔註88〕惜這些留學幼童於 1881 年被保守勢力全部召回。同年，鄞縣的金韻梅（一說金雅妹（1864～1934））跟隨麥嘉蒂赴美留學，進入紐約醫院附屬女子醫科大學學醫，4 年後以第一名成績畢業，是中國的第一位女大學生。〔註89〕1897 年浙江地方政府始派出留學生，早期主要往日本，到 1903 年，浙江在日本留學生已達 153 人，官費 41 人，占總數 31.54%，1905 年後自費出國人數增加。1907 年浙江旅滬學會討論派遣留學生問題，向浙江巡撫提議增派赴歐美留學。提議被採納後，經嚴格的 5 天考試，在報名 500 人實際應試 200 人中，最後錄取 20 名，其中 9 人來自寧紹地區，5 人為鄞縣人，他們於 1908 年啟程。同年，美國宣布庚款赴美留學計劃，1909 年的第一批留學生中，浙江 8 人，其中 6 人來自浙東。到 1911 年

〔註86〕汪林茂著，金普森、陳剩勇主編：《浙江通史‧清代卷》，下冊，頁 247～251。

〔註87〕周作人：《魯迅的青年時代》，《周作人自編集》，頁 34～36。

〔註88〕汪林茂著，金普森、陳剩勇主編：《浙江通史‧清代卷》，下冊，頁 255。

〔註89〕謝振聲：〈清末民初的寧波留學〉，《浙東文化論叢》2009 年第 2 期，頁 60～70。

三批次中，浙江共有 29 人赴美，5 人學文科，其餘都為理工類。〔註90〕這顯示當時實業救國號召的引導，和選擇社會需要擇業容易的實際考慮。接收留學生的國度，首先是同屬儒家文化圈的日本，其後發展出歐美，前者留學生人數遠超歐美。這種現象到「九・一八」事變以後才被扭轉，1930 年代的留學生中開始較多往歐美。就浙東現代作家群體看，前兩代作家多日本留學生，第三代多歐美留學生。

留學教育對浙江社會轉變的貢獻是巨大的，學成歸國的留學生成為近現代政治活動中的積極分子，是教育界內高校的主幹力量，他們參與推動了教育的近現代化進程；也給浙江傳回了新的科技知識；更多的是在各領域成為骨幹人才。浙東現代作家尤其是第一代作家幾乎都有留學的經歷，這對其知識結構的優化、視野的開闊都是極為重要的經歷。留日浙江學生所創的雜誌《浙江潮》在近現代浙江有著極大影響力，它是留學生與故鄉之間的橋樑，也是留學生學習交流的平臺。開設的重要欄目以現代學科為主，分政法、經濟、實業、地理、哲理、教育、軍事、歷史與傳記，注重學術性。有「文苑」鼓勵文學創作；也有「通信」欄目，便於發表留學生心聲；「文苑」配省內各類時事、地理、人物等的圖片；附錄中還增設了各地詳實的社會調查報告。相關文章討論教育改革、實業救國、法律興備之要等，針對性強，都是浙江近代社會面臨諸多切要問題，如實業、金融、工礦等當時新興經濟領域中亟待解決的問題。各類文章所引的數據、材料豐富且廣泛，視野開闊。如〈中國金融之前途〉中提出金融於現代實業之重要，以浙地紗廠、繅絲等工業不振之根本原因在於資本不足，且非獨工業，金融資本不流轉導致實業的荒廢。其文認為浙地有銀號、票號、錢莊，但不足為浙地所用。寧波開港最早，人習商情，但錢莊多以冊相劃匯，與現金相收付，且隨貿易商品的季節性起落，而浙人不知，以資產股實而多存於外資銀行。〔註91〕這些建議、看法都是青年學生在異地學習中的思考，其中不乏真知灼見。「調查會稿」有對各府的社會調查，如第 2 期主題是「放足」，刊了杭州放足會的活動，第一次放足會演說稿；〔註92〕第 8 期對紹興府城書

〔註90〕謝振聲：〈清末民初的寧波留學〉，《浙東文化論叢》2009 年第 2 期，頁 255～261。

〔註91〕無逸：〈中國金融之前途〉，《浙江潮》1903 年第 3 期，頁 41～49。

〔註92〕江東：〈記杭州放足會〉，《浙江潮》1903 年第 2 期，頁 173～176；《張公祠第一次放足會演說》，《浙江潮》第 2 期，頁 176～179。

鋪的調查，[註93]寧波奉化縣兩所學校龍津學堂和鳳麓學堂的調查，關於其性質、分班、師生情況及教學內容、學費等都交代得細緻清晰。[註94]也有他山之石，如第 6 期上附錄中上海震旦學院介紹。配發的圖片內容有 11 府的地理圖及向先賢像、學校及活動的圖片，紹興各所學校，寧波抗清名將張蒼水、錢肅樂（1606～1648）等肖像都被刊發過。「通信」欄目中有勸鄉子弟出國留學之書信，言辭懇切，以孟子欲為巨室則必使工師求大木之喻，為老舊朽腐中國之欲更新，不能不由多數青年子弟出洋留學。[註95]還有對浙江現狀的分析，明殳「吾浙讀書君子以義烈聞天下」，士人潔身自好，但讀書人應有承擔，「有明知殄士所貴於天下者，為能排患難而拯危亡也。」[註96]指點江山的書生意氣與濃厚的救難責任感交織在一起，鄉賢義烈之風的激蕩，《浙江潮》充溢著年輕的澎湃激昂之氣，留學異域學子的鄉情、認同感就在這些影像、文字中被不斷加強。[註97]留學生們是地方意識萌發的重要推動力，也就不難理解他們回國後習慣以鄉籍自稱，並以鄉籍為人際交往的主要空間。以鄉籍為範圍的鄉土意識不自覺地傾注於筆端，表現出明顯的地方色彩，也在情理之中。

　　青年學子接受了新式現代教育，從鄉村走向更廣闊的城市異鄉，轉變為不同於士人的現代知識分子，魯迅等是向現代知識分子轉型的第一代。許紀霖認為知識分子從鄉村走向城市，完成從傳統的士大夫到現代知識分子轉變的過程中，經歷了三個階段的發展，到 19 至 20 世紀之交已經催生了康、梁那樣的「異端士大夫」，「他們的活動和輿論參與建構了都市的精神生活和文化空間」，到民初以後的知識分子，「隨著現代知識教育體系和出版媒體產業逐步完善，以都市為中心的物質化的職業分工和精神化的文化網絡形成規模，真正現代意義上的知識分子終於定型了」，他們包括胡適那樣的大學教授，也包括魯迅這樣的自由作家，到這一代，「中國知識分子終於與鄉村完全斬斷了精神上的臍帶，成為完全的都市人。」[註98]

〔註93〕〈紹興府城書鋪一覽表〉，《浙江潮》1903 年第 8 期，頁 181～182。

〔註94〕《浙江潮》1903 年第 8 期，頁 182～183。

〔註95〕〈敬上鄉先生請令子弟出洋遊學並籌集公款派遣學生書〉，《浙江潮》1903 年第 7 期，「通信」頁 1。

〔註96〕醒狂：〈敬規浙江人〉，《浙江潮》1903 年第 9 期，頁 108～109。

〔註97〕許紀霖：《家國天下：現代中國的個人、國家與世界認同》，頁 394。

〔註98〕許紀霖：《啟蒙如何起死回生：現代中國知識分子的思想困境》（北京：北京大學出版社，2011 年），頁 110～111。

第二節　多種文化視野的交融

傳統士人的隱逸、鄉土化取向，在社會的近現代化進城中被改寫，城市化的加快吸納了越來越多的人口，「進城」是 20 世紀現代知識分子成長的必經圖景。與傳統的鄉村知識分子不同的是，進城後的知識分子是流動的，出於職業的特點或者工作的需要，他們總是在不同的城市間遊走，其文化視野就有了流動性的特點。浙東現代作家的流動歷程，交錯著空間的轉換、境遇的加深、交往的變遷，他們對社會的觀察與思考方式也可能隨之變動。

一、地理空間的遷徙

近現代中國社會的巨大歷史動盪中，出生成長於浙東的知識分子大多被迫或主動離開原鄉，進入與其父輩們不同的現代社會。他們的人生經驗具有多重文化背景，基本都經歷了出走，其文學創作多在離開浙東到上海或北京開始並有所成就。「流動」其實是從定式或常規下獲得的解放，他們因此擁有了浙東與異域的多重生活經驗。浙東作家的放逐或自我放逐，在空間呈現出兩個特點，其一是從「原鄉」到「他鄉」大多為從鄉土到都市的流動，且多跨越文化區域；其二是進入了新的現代空間。

1. 離鄉越境

浙東作家的成長之路基本相近，即大多離開故鄉後開始創作成長的，經歷了從故鄉到異鄉的流動。被迫「自願放逐」既是傷感的背井離鄉，但也給了作家們以發現的自由，「一種依自己模式來做事的發現過程，隨著吸引你注意的各種興趣、隨著自己決定的特定目標所指引，那就成為獨一無二的樂趣」。薩義德所說的流亡知識分子「邊緣人」的重大意義，也適用於浙東作家，離開故土進入其他區域成為該地區的「邊緣人」，使他們能有雙重視角，不以孤立的方式看事情，這就是「離開中央集權的權威」，可以看到一些「從未越過傳統與舒適範圍的心靈所失去的事物」，也「不再總是小心翼翼，害怕攪亂計劃，擔心使同一集團的成員不悅。」〔註99〕

離開原鄉的現代知識分子進入異鄉後，原先的時空環境會在一定程度上制約其個性及其所擁有的知識，這也是知識分子藉以確定自身的身份認同和

〔註99〕〔美〕愛德華‧W‧薩義德（Edward W.Said, 1935～2003）著，單德興譯：《知識分子論》（*Representations of the Intellectual*），（北京：生活‧讀書‧新知三聯書店，2016 年），頁 70～73。

歸屬重要指標。成長於特定地域範圍內的「熟人社會」，個體會內化群體的價值觀念和行為模式，藉此得到社會的認同。這個地域內特有的自然條件，以及類似的風土人情、語言使用、觀念習俗等文化傳統，共同構成一套「我們」共同的符號體系，對每一個小「我」產生情感的召喚。離鄉越境，是從已熟悉的時空環境進入另一陌生的情境，驅使其重新學習適應不同的自然、社會規則，在原先的基礎上產生了文化的「迭加」，他們會「有一種觀念或經驗對照著另一種觀念或經驗，因而使得兩者有時以新穎、不可預測的方式出現；從這種並置中，得到更好、甚至更普遍的有關如何思考的看法」，〔註100〕他們可以在對新生活的適應中發現驚奇，獲得創作中更豐富的素材；超越當下的現實利害關係，能將任何事情不視為理所當然，形成更寬廣的景象；能不只看到現狀，更能發現前因。

　　大部分浙東作家的文學創作成熟都是在離開故土浙東後，很多人首先來到離浙東最近交通最便利機會也最多的都市上海，上海是他們成才的搖籃和成功之地。現代寧波籍作家中僅有兩位，即王任叔和柔石是在寧波開始文學活動的，其餘都是在上海走上文學道路的。正是在上海，他們接受新思想、新觀念、新知識，選擇以文學作為自己的事業，基於不同的個性、信仰，有不同的創作方法和流派，有寫實的「鄉土文學」作家，有現代的「新感覺派聖手」，有革命詩人，有通俗文學家等。

　　在浙東現代作家的經歷中，上海是距離最近的國際化大都市，北京是第一代浙東現代知識分子最初登上並活躍於文壇的城市。蔡元培被任命為教育總長時，在許壽裳推介下，先是魯迅進入教育部，隨部遷入北京；後蔡元培任北京大學校長時，周作人被推介到北大，新文學運動中浙東作家先後離開杭州、紹興來到北京。在北京工作生活中又多浙東籍知識分子的交往，北京是浙東作家在新文學史上亮相的舞臺。魯迅除了18年在故鄉生活外，居住得最久的是北京，從1912年到1926年的15年時間中他開始以文藝為戰鬥的生活方式，有了自覺的自我批評，思想上有了「科學的文藝論」的武裝，從進化論進入了階級論的進步〔註101〕，北京時期的作品在其創作中佔了半數多。周作人將北京當做自己的故鄉，即使淪陷後依然如此。但在20年代末文學中心南移到上海後，上海便成為左翼作家和海派作家文學活動的中心地，直到其

〔註100〕〔美〕愛德華・W・薩義德著，單德興譯：《知識分子論》，頁70～71。
〔註101〕孫伏園：〈魯迅先生與北京〉，孫伏園、孫福熙著：《孫氏兄弟談魯迅》，頁51。

淪陷，重慶、桂林等都市成為知識分子集中之地，這是浙東現代作家大致的
都市流動路線。

離開故鄉的浙東作家既具有典型的越文化性格特徵，也接受了異鄉文化
特別是上海現代都市文化的薰陶，兩種文化觀念的迭加使其具有超越的視野，
能以批判的眼光審視。浙東作家從來不切斷故鄉的精神臍帶，身在異鄉的他
們總是保持與故鄉的聯繫。不少作家如徐訏、王魯彥、殷夫曾數次回鄉創作。
即如出生成長於上海的邵洵美，也以姚江邵氏自居，關心家鄉的教育事業，
出資在家鄉辦小學。更主要的是，他們的作品中有著鮮明的浙東地方色彩。
王魯彥〈黃金〉〈童年的悲哀〉〈菊英的出嫁〉等作，引起文壇對浙東風土人情
和農民的關注。30 年代初期，他又以故鄉鎮海小市鎮的生活為基礎，寫成了
農民反抗主題的長篇小說《憤怒的鄉村》。柔石〈二月〉中的芙蓉鎮是常見的
浙東小鎮，有其工作生活的影子；〈為奴隸的母親〉對浙東落後的「典妻」制
度的抨擊。王任叔《莽秀才造反記》對 20 世紀初江南農村的風景人情習俗的
描寫頗具寧波特色，小說開頭關於寧波東門口、濠河頭熱鬧場景的介紹，尤
其令寧波讀者感到親切。

但如只有浙東鄉土風情，作品顯然只能是地方文化的教科書，浙東現代
作家的成就在其能立足浙東卻能超越浙東，這應歸功於遊歷、遷徙的經歷，
他們多跨越了不同的文化區域，對社會的觀察具有跨文化書寫特徵。楊義以
地理的流動可以實現多文化的視野，他斷定：

> 空間的流動往往可以使流動的主體眼前展開兩個或者兩個以上的
> 文化區域和文化視野，這種「雙世界的視景」是很重要的。有了兩
> 個世界的對比，可以接納、選擇、批判的東西就多了。開拓出一種
> 新的精神境界和思想深度，就空間流動的一加一是大於二的，是超
> 越二的，進入一種新的思想層面的。〔註 102〕

地理上的轉移尤其是跨越不同的文化區域，在作家面前往往可以展開更豐富
的對比、選擇，其對社會的文化的思考和批判也會因此而加深。

許多浙東作家離開故鄉如同魯迅走異地異路那樣，既有客觀原因，也是
自主選擇的結果。魯迅不願意走正路，應試、做幕僚或經商，「想尋求新的知
識，尋找新的出路，」〔註 103〕選擇去更開放的南京。在這裡，魯迅看了嚴復

〔註 102〕楊義：〈中國文學與人文地理〉，《人民日報》2010 年 4 月 2 日第 24 版。
〔註 103〕吳中傑：《魯迅傳》（上海：復旦大學出版社，2008 年），頁 22。

翻譯的《天演論》，瞭解了「物競天擇，適者生存」的理論和許多西哲。又在學堂裏設立的閱報處看了《時務報》、《譯學彙編》之類，林紓（1852～1924）翻譯的小說，賴耶爾（Charles Lyell, 1797～1875）的《地學淺說》甚至手抄一遍，「這些新書報雖然大抵是改良派的東西，但因為介紹了不少西方資產階級社會思想，卻給魯迅打開了新的眼界。」〔註104〕在西學的吸收中，1902年，魯迅得到江南督練公所選拔留學生的機會，爭取到了日本公費留學的機會。在日本，魯迅對同屬東亞儒家文化圈的日本做了深入觀察，學習吸收了明治維新後被介紹到日本的各種歐美社會理論和思潮，改變了其立志學醫的初衷，開始了此後終生思考的國民性改造問題。這是魯迅在回國後參與辛亥革命，到北京參加了新文化運動並成為運動的先驅的重要思想驅動力。綜合了異域文化，當他於1919年12月返回故鄉時，他在〈故鄉〉〈在酒樓上〉和〈祝福〉中關於故鄉的看法，已經完全迥異於離開故鄉時的周樹人了。楊義說此時的魯迅：

> 他帶有南京、東京、北京，中土、東洋、西洋文化這麼巨大繁雜的思想文化框架，反觀他蕭索、荒涼的故鄉，就不可能不充滿著何為故鄉、人生何從的疑慮，充滿著痛苦的人生意義的追尋。……敘事者在悲涼中陷於絕望，但還要反抗絕望，去尋找希望。離鄉，就是離開月下少年、豆腐西施、滄桑閏土這些支離破碎的故鄉圖像。〔註105〕

像魯迅這般對故鄉又愛又恨的複雜情感，是大多數離開故鄉後的作家反觀故鄉的一致表達，在他們的記憶中故鄉的美好與溫暖，與眼前現實中破舊髒亂腐朽的故鄉難以重合。這是在跨越了不同的文化區域後，作家的視野豐富了，校正了原先看待社會、文化現象的思考方式，對故鄉的批判會勝於眷戀的情感。

　　對作家們來說，越是到文化差異大的地方，所經歷的「文化震驚」就越大，其要作的心理調整越大。從越文化區進入到吳文化區，語言相似，生活習慣、思維方式都極為相近，對其文化觀念的改造較小；而進入北方燕趙之地，浙東作家們要從吃住行這些日常生活細節適應，其觀念的調整就會相應加大，離開中國進入異質文化圈的作家自然更明顯。徐訏在巴黎的求學經歷

〔註104〕吳中傑：《魯迅畫傳》（上海：復旦大學出版社，2005年），頁19～20。
〔註105〕楊義：〈文學地理學的淵源與視境〉，《文學評論》2012年第4期，頁73～83。

無疑為其系列小說中濃厚的異域文化色彩提供了必要的經驗，也是這種融合了西方神秘主義的題材和對人性的探討使其作品別具一格。樓適夷在其小說集《第三時期》中回憶從上海到東京後，對於異域的觀察，寫到了大量現代都市的印象，夜市、驛站、繁忙的列車，看到到站後，擁擠的乘客，對這一忙碌的現代都市的觀照，正是來到異文化區才有的思考，作家發現在大都市上海同樣存在這十字街頭車馬的凌亂步伐，電車站便的擁擠和喧鬧，但「使我體味到生活是到了這樣迫切的階段的，是到來東京後的事」〔註106〕。這種反觀還在其後的〈銀躑躅〉中一再出現，當其看到深川區的煙突和下面活動的黑影，銀座淺草巷口站著蒼白的姑娘，富川町的野宿人，令其不由想起上海街頭北四川路橋邊中國公園、新開河貨棧前、菜場房子、弄堂口過街下的苦力和癟三；而流連於銀座的夜市中時，則與上海的內山書店和舊書店進行了對照。作家還寫到離開故鄉農村到現代都市東京後，面對所有的都市社會的場景，才覺得在寧靜鄉村的自己是自然的偉大的，而在都市被裹挾進了宏大的機器中，只是喧鬧社會中渺小的一份子。其實樓適夷到日本是因其中共黨員身份暴露後被安排到東京去避難的，一共短暫逗留了 8 個月時間，與長期生活在異國的留學生相比，這種轉變的經驗還並不突出。他對故土的自覺認知是在離開故土後產生的，是在異文化的燭照下，以「他者」的眼光來看自身的。也許當其從母文化中抽離，對母文化的觀察才獲得了更全面客觀清醒的認識。同樣的經驗還可以在所有離開浙東進入異文化區域的作家筆下發現，無論是對於異域的觀察抑或是對自己母文化的反觀，都是結合了兩種文化的經驗，既有文化的融合，更多的是文化的對照。

　　即使沒有出國留學的經歷，離開浙東進入其他地域也會有相似的體驗。王魯彥在家鄉度過了童年，小學未畢業就到了上海當學徒，後在北京大學旁聽期間走上了文學道路，成為文學研究會的成員，抗戰始在福建永安，後到長沙、武漢、桂林等地從事文化工作。其筆下關於福建的風景都與故鄉聯繫起來，與被販賣到福州的寧波男孩親近，是鄉音的聯結作用。許傑離開其天臺後，一路經過上海、福建永安、桂林、廣州等地。隨著其自身的遷徙，其對社會的觀察寫作題材擴大了，思考的深度也加深了。許欽文離開故鄉紹興，在北京得到了魯迅的指導後，其寫作開始得到認可。袁可嘉離開浙東先後進入上海、重慶，進入西南聯大又接受了西方文藝的滋養，正是在大學

〔註106〕適夷：《第三時期·都市的脈搏》（上海：湖風書局，1932 年），頁 118～119。

時期開始了其結合現實主義與現代主義的詩歌創作，其詩作中關於浙東的書寫已非單純的生我養我的故土，其中充溢著對希望的渴望，也膠著著憎惡與諷刺。最為複雜的是徐訏，他的求學歷程從寧波鄉村小學到中學又到北京、上海的中學，直到北京大學，中間多次轉學，輾轉於多個文化區域，他從大學時代開始創作，但其成名作是巴黎留學歸來後接連推出其系列暢銷書的，無論是〈鬼戀〉還是〈風蕭蕭〉，都融合了浙東的神秘主義和西哲的人生思考。

2. 現代都市空間體驗

19 世紀中葉以後浙東沿海地帶特別是寧波、溫州等城市工商業的發展，城市化進程吸引了更多的鄉村知識分子，對現代性的想像也使都市／鄉村成為繁華／落後的對應關係。到 20 世紀初，代表了「智識階級」的學生、記者、作家等人大部分在都市接受新式教育，也多在都市中謀生。〔註107〕

在現實生活中，當現代知識分子進入都市之後，適應都市的不同社會結構，其人際網絡關係由親親為主的宗法制下親屬關係轉變為職業人際關係，「五四」以後城市知識分子「歷史感單薄，空間感敏銳」，其等級和自我認同歸屬感的空間關係主要有三種基本類型。〔註108〕城市近代公共空間以一定組織為群體，「有基於共識基礎上的共同目標；各群體或團體有競爭也有互補，存在著創新的機制」，〔註109〕對於文化的創新、傳播、交流，改變大多數人的觀念和產生新的觀念起了重要的作用，也為近現代知識分子活動的重要舞臺。

浙東作家大多成年後離開浙東，留學後定居於上海或北京等大都市。大部分作家尤其是以魯迅為代表的左翼作家以上海為主要的活動空間；而以周作人為首的自由派文人先是堅持留在北京，淪陷前後大多南下或在重慶，或在桂林或在昆明，抗戰勝利後返回上海或北京。從活動空間看，上海和北京兩座都市為浙東作家創作的主要空間。京滬代表了兩種風格的地域文化，研

〔註107〕梁心：〈現代中國的「都市眼光」：20 世紀早期城鄉關係的認知與想像〉，《中華文史論叢》2014 年第 2 期，頁 332～396。

〔註108〕他認為主要的三種空間關係為：一是以學校出身實現自我認同、相互認可的空間關係；二是抽象的書寫符號所構成的意識形態空間網絡；第三是不同的都市文化空間結構。許紀霖：《都市空間視野中的知識分子》，《啟蒙如何起死回生：現代中國知識分子的思想困境》，頁 111～113。

〔註109〕耿雲志（1938～）：《近代中國文化轉型研究導論：文化轉型》（成都：四川人民出版社，2008 年），頁 165。

究海派文學的徐道明以城牆為例對照過兩個城市的差異。他說上海人在經過幾年的討論後拆除了城牆，隨著交通的發展，帶動了商業的繁榮和文化消費市場的形成；而北京「有著『外城』『內城』和『皇城』的輝煌，也養育了大批真誠的『城牆保衛者』。」〔註 110〕國民政府南遷後，北平作為「古都」，高等學府最集中，也是具有學者意識的文人教授最集中的城市。上海文化上的包容性特徵構成了其特殊的文化母體，既能催生大量來自西方的各種消費性場所，也有傳統中國的公共空間，更給傳媒的發展提供了有利的市場。公共空間的生成，對作家的創作意味著自由創作的想像空間，也是重要的市場保證。浙東現代作家進入現代都市，主要在以學校、傳媒和社團為主的網絡空間內活動。

現代教育空間是大多數浙東作家們最先進入感受最直接的現代都市空間。經 1904 的「癸卯學制」和 1912 年的「壬子癸丑」學制的變革，20 世紀的現代學校，讓知識分子開始有了真正屬於自己的獨立職業空間。〔註 111〕1903～1909 年間新式學堂由 121 所增至 1990 所，增長 15 倍多；在校人數由3826 人增至 77530 人，增長了 19 倍多；至 1911 年，新式學堂增至 2500 多所，包括普通教育、專科教育、職業教育、成人教育在內的近代教育體系，在學制、教育內容、教學方式和教學管理等方面上也普遍實現了由傳統向近代的轉變。其在浙江的分布除了高等教育集中於杭州外，中等教育的分布較為均衡，各府都先後開辦了省立中學和師範學校，與各類民辦學校、教會學校形成了較為完整的教學機構。

浙江兩級師範學堂（1913 年改名為浙江省立第一師範學校）是浙東作家重要的培育地，沈鈞儒（1875～1963）、經亨頤（1877～1938）先後為校長。魯迅、朱希祖、李叔同（1880～1942）、夏丏尊、劉大白、陳望道等曾在該校任教，其中劉大白、夏丏尊和陳望道被稱為「浙東三叛徒」。該校注重感化啟發，反對保守與壓制，因材施教，課程設置全面發展，被譽為浙江新文化運動中心。在劉大白的指導下，「湖畔詩社」嘗試新詩創作，並先後出版詩集《湖畔》《春的歌集》，在文壇特別是新詩史上留下了自己的痕跡。經亨頤在浙一師事件後被聘為春暉中學和省立四中（今寧波中學）校長，他同樣堅持開明辦學，禮聘夏丏尊、朱自清、豐子愷、俞平伯（1900～1990）到省立四中兼課，他們

〔註 110〕許道明：《海派文學論》（上海：復旦大學出版社 1999 年），頁 33。
〔註 111〕許紀霖：《中國知識分子十論·現代中國的知識分子社會》，頁 95。

每週來寧波一次，受到了四中學生的熱烈歡迎，被稱之為「火車先生」，他請陳望道、沈雁冰等演講；朱自清、俞平伯在寧波寫下了一些重要作品，兩人輪流編輯出版發行的《我們》雜誌，這個同人雜誌收錄了這些作家的新作。朱自清等還指導學生寫作、辦社團，以四中師生為主的有「飛蛾社」「衛社」「雪花社」「火曜社」；出社刊《飛蛾》《惺惺》《春潮》《火曜》《嗷聲》《大風》等。以四中部分師生為主力的創作者在寧波聚集，因之而成立了文學研究會寧波分會。經亨頤在春暉中學「反對舊勢力，建立新學風」，招收女生；組織協治會，實行民主管理，文理兼顧，美育、體育，學制設置上先試行三三制，又為二二二制。經亨頤反對死讀書，倡導「與時俱進」，「增進德智體三育」；在其主持下，春暉中學集中了一批名師，朱自清、豐子愷、夏丏尊、劉大白、王任叔等在白馬湖畔執教，其教學聲譽得到公認，有「北南開，南春暉」之說。此外，溫州的省立十中、金華的省立七中同樣是浙南、浙中地區重要的新文學孕育地，幾乎出身溫處地區的現代作家都在這兩所學校接受中學教育。

浙東這些學校開明的氛圍，良好的師生互動，都為作家的創作交遊活動提供了重要的活動空間，這幾所學校走出了湖畔詩人、許傑、王任叔、魏金枝等許多浙東現代作家，也成為「白馬湖作家群」、文學研究會寧波分會、湖畔詩社等社團的重要基地。與此相應，浙東作家小說中出現了各種類型的現代學校，王任叔〈明日〉以20年代以寧波為原型的N城為中心，顯示出該地及下屬各縣已經創辦了各種現代學校，層次齊全。其他作家的作品中也都明確，城鎮早在民前已有現代教育機構，而鄉村在民後先後也創辦了各類新式學校。第一代鄉土作家如許欽文在〈鼻涕阿二〉中顯示紹興鄉下的松村，一度辦起了夜校。魏金枝在其小說中同樣寫到各類鄉村學校。其後作家的作品中出現現代學校就不足為奇了。

當這些作家離開浙東先後赴外地，京滬兩地的大學又成為他們交往的重要依託空間。北京大學在蔡元培主持下，採取「兼容並蓄」的政策，禮聘了各地人才，使之成為新文化運動的中心。其中，被稱為一錢（錢玄同）、二周（周樹人、周作人）、三沈（沈士遠、沈尹默、沈兼士）、五馬（馬裕藻、馬衡、馬鑒、馬准、馬廉），都是北京大學文科教授，是浙籍同鄉，又浙東作家過半。在這個圈子中，他們聲氣互通，引為同調。共同發起以徵集民謠為初始的民俗運動，對於民俗資料的保存、相關學科的研究都開了先聲。成為可以突破倫理中心主義的，以《新青年》為陣地的向舊思想、舊文學發難的主要作者

群，〔註112〕推動新文化運動的進行。其後的問題小說、鄉土文學熱都與他們
的推動不無關係。在文學中心於 20 年代末南遷後，周作人等繼續留在北方高
校，為 30 年代文壇的人文主義思潮的重鎮。上海的立達學園則集中了白馬湖
作家群。

都市現代公共輿論空間是作家之為作家的根本，他們的創作活動大多
依賴於這一空間內的文化生產製作、流通、消費，現代社會的公共輿論領域
主要由報刊、書籍等構成。晚清的邸報到近代報紙是媒體的主要形式，科舉
制被取消後，現代知識分子一部分轉而加入了媒體生產傳播的行列，成為
早期的媒體出版人、編輯，而作家、教授等則是媒體的供稿者。參與公共輿
論的知識精英多透過媒體影響大眾，全國性大報與地方小報，其作者與讀
者之間存在關聯性，形成一個以上海和北京為中心，以大城市為中介，最後
遍布全國城鄉的知識分子公眾網絡。而啟蒙者與被啟蒙者都處於相對的位
置。〔註113〕其實操作使用輿論媒體形成近代公共空間在浙江保路運動中已
有端倪，〔註114〕此後各種社會運動都積極利用報刊以發布信息、對外溝通、
取得聲援，充分發揮報刊對大眾的輿論引導作用。文風鼎盛的紹興創辦報
刊推動公共輿論空間建設方面是較成規模，其影響也遍及省內外。早在 1903
年就已有同盟會會員王子餘創辦《紹興白話報》，致力於推廣白話文，宣傳
民主革命，內容豐富，還刊發秋瑾《大通學堂第二次招生廣告》《中國婦人
會章程》等文，秋瑾被捕後，該報發表述評新聞痛斥清政府殺戮無辜。後秋
瑾就義，王子餘逃亡，該報停刊。1908 年王子餘與他人合辦的《紹興公報》
是為前者的續刊，劉大白擔任編務。該日報以「開啟民智，提倡自治」為宗
旨，副刊《文苑》還刊登《越中文獻輯存書》《越中三不朽圖贊》等 112 幀，

〔註112〕據對《新青年》作者群接受西學情況的統計，浙東作家中最年長的蔡元培是
　　　　於 1898 年 30 歲時在紹興中西學堂，稍年幼的周作人 1901 年 17 歲在南京
　　　　江南水師學堂接受新式教育，是容易突破儒家的倫理中心主義的年齡。金觀
　　　　濤、劉青峰：《開放中的變遷：再論中國社會超穩定結構》，頁 214。
〔註113〕許紀霖：《中國知識分子十論‧現代中國的知識分子社會》，頁 101～102。
〔註114〕瑪麗‧蘭金（Mary Rankin，又譯舟玫爍，1934～2020）說比較典型的案例是
　　　　在保路運動中，浙江的精英和上海新聞界引證國家的新法典，通過媒體闡述
　　　　自己的立場，影響公共輿論，精英的響應態度與 18 世紀的歐洲中產階級相
　　　　類似。〔美〕瑪麗‧蘭金：〈中國公共領域觀察〉，〔美〕黃宗智主編，楊念
　　　　群等譯：《中國研究的範式問題討論》（北京：社會科學文獻出版社，2003 年），
　　　　頁 213。

於保存地方文獻發揚地方精神發揮了作用。〔註115〕「越社」在1912年1月3日創辦《越鐸日報》，魯迅為名譽總編，他為該報命名為「報為遒鐸，亦為警鐘。」辦報之意就在於「紓自由之言論，盡個人之天權，促共和之進行，尺政治之得失，發社會之蒙覆，振勇毅之精神」，要對民智未開，如故的官威以社會監督，開設有「稽山鏡水」「自由言論」等欄目，刊登各類批判文章，當時紹興「新民謠」的「光復後十晦氣歌」，其中有「紹興多報館，民賊晦氣」。〔註116〕當年八月，王金發派人搗毀報館恰證明輿論監督不可小覷的力量。可見，民初報刊已聚集了現代作家、記者等現代知識分子隊伍，初步形成了城市重要的公共輿論空間。報刊在危機處理中還有不少案例，在1940年日軍對浙東寧波、衢州發動細菌戰中，寧波《時事公報》等在輿論的發起推動上顯示出現代媒體具有的傳播力，正是在確認鼠疫後縣長第一時間通過報刊公開疫情，通報事情的嚴重性，兩天後發文告知市民如何科學應對，一旦有人有相關症狀或有家庭感染疫病，他們應往何處去，並且指出了一些捕鼠和滅鼠的方法等，在疫情處理中這份報紙起到了不可低估的作用。〔註117〕寧波透過報刊等媒介，充分發動各方力量，處理應對高效快速，一個月就基本控制了疫情，而衢州的疫情因延宕造成死亡人數多且外溢到義烏等地。

　　實際上，現代媒體逐漸成為重要的公共輿論媒介是隨著傳教士的進入開始的，寧波是境內首開風氣之先的城市。瑪高溫在行醫以外還，還創辦了境內出版的第一份近代中文報刊《中外新報》，這份1854年〔註118〕刊行於寧波

〔註115〕童波：〈百年風雲一紙書！近現代歷史上的紹興報紙鉤沉〉，《越牛新聞》2019年11月20日07：42 http://www.shaoxing.com.cn/p/2774309.html。

〔註116〕朱小毛：〈魯迅創辦《越鐸日報》〉，「人民政協網」2022年01月13日11：01http://www.rmzxb.com.cn/c/2022～01～13/3026713.shtml。

〔註117〕王祖同：《抗日戰爭時期寧波鼠疫紀實》，《寧波文史資料》第2輯，頁181～185。

〔註118〕根據范約翰所編的《中文報刊目錄》，《中外新報》於1854年5月創刊於寧波，半月刊，瑪高溫主編，1861年停刊。《中國報學史》介紹《中外新報》為半月刊，於1854年發刊於寧波，每期四頁，所載為新聞、宗教、科學與文學。1856年改為月刊，始由瑪高溫主持。後彼赴日本，乃歸應思理（Elias B.Inslee，1822～1871）主持。至一八六〇年停刊。陳玉申《晚清報業史》則稱，《中外新報》於1854年5月發刊於寧波，至1861年停刊。《寧波報刊錄》稱，《中外新報》創辦於1858年12月19日，出至十一期而中止，性質略同於《國聞週報》。關於《中外新報》的停刊說法也主要分兩種：1860年

的中文報紙，僅比《遐邇貫珍》晚了九個月，比上海最早的中文報刊《六合叢談》早了兩年七個月。該報內容包括宗教宣傳、科學、文學、新聞等，篇幅最大、占比最多的新聞類，有寧波新聞、周邊地區新聞、中國其他城市新聞和世界新聞，給寧波人以世界性視野。其發行至上海等地外，還銷往北京、香港等。該報是國外瞭解世界和中國的窗口，日本官方把其翻刻成《官版中外新報》，〔註119〕美國、英國等國翻譯並傳回國內。傳教士還創辦出版了《六國趣談》《甬報》《德商甬報》《寧波日報》等。此外，傳教士也翻譯了西方的著名童話和寓言。丁韙良曾翻譯《伊索寓言》的部分篇目。美國長老會初創於澳門1845年遷至寧波的華花聖經書房，〔註120〕在搬遷到上海前的15年中，〔註121〕出版確切可考者有書籍132種，共出書一百三十多萬（1330686）冊，總計印刷近五千二百萬（51755428）頁。其印刷數量僅次於上海，遠高於廣州、福州、廈門等地，使寧波成為當時外國教會印刷出版中文書刊的一個中心。〔註122〕西學和西方文化的傳播此時客觀上形成了以浙東寧波地區為中心，並向四方輻射的效應。

　　傳教士辦報刊帶動了各地有識之士自創報刊，如寧波府女子學堂的校董李霞城（1867～1932）與王東匡、蔡琴蓀、董翔遂（其他人生平不詳）等人創辦了《四明日報》。1910年5月25日發行的《四明日報》刊登《國民常識》《中外各國國勢要覽》和《百科詞典》等書的廣告，這些書都是傳播西方資產階級新思想和新知識的書籍。當時上海的《時務報》，也在寧波發行。浙撫廖壽豐曾稱《時務報》「議論切要，採擇謹嚴，於一切舟車製造之源流，兵農

或1861年。卓南生認為是1854～1861年，見卓南生：〈寧波最早近代中文報刊《中外新報》原件之發掘與考究〉，《國際新聞界》2007年第9期，頁64～69。

〔註119〕日本把《中外新報》經過刪改後翻刻成《官方中外新報》，方漢奇（1926～）認為像這種「一批在甲國出版的報紙，經過編輯加工，被乙國拿去再版發行，這在世界新聞史上是十分罕見的。」見方漢奇：〈東瀛訪報記〉，《方漢奇文集》（汕頭：汕頭大學出版社，2003年），頁529。

〔註120〕對於書房的名稱及遷址等問題，田力做過詳細探討。田力：《美國長老教會在寧波的活動》（浙江大學歷史學博士學位論文，2012年），頁91～124。

〔註121〕書院1860年遷到上海後更名為「美華書館」，取代了原上海墨海書館的領頭地位。美華書館的寧波鄞縣籍工人鮑咸恩和鮑咸昌兄弟，和夏瑞芳、高鳳池發起創立了商務印書館。

〔註122〕謝振聲：〈近代寧波傳教第一人——瑪高溫〉，《中共寧波市委黨校學報》2010年第2期，頁125。

工商之政要，旁搜博紀，尤足以廣見聞而資治理」。〔註 123〕國人自辦刊物多次組織專門討論婦女解放等各類社會熱點問題。

　　大學為現代知識分子所提供的是知識生產的生存空間，媒體是知識傳播的主要途徑，而社團則是其組織化和社會文化實踐的重要憑藉。新文學社團在中國現代文學史中 1921 年形成熱潮，到 1925 年不下百餘個。〔註 124〕各個社團各有自己的特點和主張，希圖在新文學發展中發揮自己的影響。其中影響最大的無疑是文學研究會和創造社。文學研究會寧波分會是當時影響較大的社團，而湖畔詩社則是以少年清新的情詩著稱。不見諸於文學史卻值得一提的有抗戰時期活躍於溫州的永嘉抗戰後援宣傳隊，該隊戲劇組以董辛名為組長，不僅演出了大量劇目，他還擔任了 1939 年的前哨劇團溫州公署的副團長和導演，前哨劇團幾乎吸引了當時溫州所有的進步青年，馬驊、林斤瀾、唐湜等都參與了該活動，溫州的學生劇團在他的指導下進步很快，琦君在演《雷雨》中的蘩漪時接受過他的指導。他的導演接地氣，能巧妙結合溫州的本土文化，還自己創作了不少劇本。

　　受「君子群而不黨」觀念的影響，現代知識分子並不僅僅通過社團，也有不少由刊物或出版物為中心，形成鬆散的同人集合。比較典型的是「白馬湖作家群」。他們創辦學園、書店、雜誌，在現代文學頗具自身風格。刊物也是同人活動的宣傳媒介，現代文學史上重要社團無不與刊物有良好互動關係，或者自辦刊物。湖畔詩社的聲名鵲起也在《湖畔》出版後，其他如浙一師學生創辦的進步刊物《浙江新潮》、省立四中學生辦的《四中之半月》、啟明女中的《大風》都是學生創作發表的試金石。杭州淪陷後，寧波的《寧波文藝》存在時間不久，但吸聚了包括茅盾、老舍（1899～1966）、許傑、王任叔、鄭振鐸、孫福熙、楊蔭深、袁牧之、李健吾（1906～1982）、王魯彥等一批知名作家為特約撰稿人；紹興則有《民間》《越王魂》一批鼓動文藝抗戰的期刊；金華的《大路週刊》《東線文藝》《青年半月刊》等期刊，一度成為抗戰中東南文藝中心。周作人創《駱駝草》試圖為文學的多元化發展打開思路；樓適夷與郭靜唐（1903～1952）創辦《餘姚評論》，抗戰爆發後郭又辦《浙東日報》。邵荃麟主持的《東南戰線》《大眾文藝叢刊》等是為左翼作家的陣地；蘇青的

〔註 123〕徐和雍等：《浙江近代史》（杭州：浙江人民出版社，1982 年），頁 179。
〔註 124〕茅盾：〈現代小說導論〉，《中國新文學大系導論集》（上海：上海書店出版社，1982 年），頁 88。

《天地》則是孤島時期的一個評論舞臺。浙東不少作家同時又是成功的編輯，即使創作產量頗豐的徐訏在上海時也與陶亢德（1908～1983）一起辦《人間世》《天地人》等雜誌。各地自辦媒體、刊物熱可以在小說中找到印證，王任叔小說〈明日〉以刊物《明天》的存亡開始，中間隨著時局的變化，知識分子在革命的洪流中，各人思想變動起落，為自身的活動又先後組織社團主辦刊物，小說中出現了各種共計 16 個報刊冊子名稱。

都市公共空間還有特殊的電影院，現代電影作為產業最發達的當然是在上海，上海也形成了海派文化所特有的「都會語境」，作為一種新興的視聽媒介，與報刊、書籍一起構成了上海的文化母體，李歐梵認為上海的電影在都市的現代性建構中產生了重要作用，不僅是電影及其相關產品，並對文學敘事及受眾欣賞口味都具有明顯的影響。〔註 125〕海派文化也是現代工業化、商業化和都市化的產物。〔註 126〕浙東作家後來寓居上海的或多或少都受到這種海派文化的影響，但電影院這一現代公共空間不止在上海，寧波是較早有電影院的都市。寧波人張石川（1890～1953）於 1916 年獨立開辦了幻仙公司，是國內最早的電影公司。1910 年 9 月法國人埃布爾萊在寧波辦西洋景片店，同年寧波商人王敬文向清政府會稽道尹申請備案，要求在江北何家弄開設影戲館，這是最早見於《四明日報》關於設電影院的文字記載。接下來兩個月中，寧波連續有四個場地開始放映電影。紹興於 1914 年開始，溫州於 1922 年開設電影院。電影也是商品經濟流通的重要媒介，還被用於募捐、賑災、宣傳等活動。〔註 127〕到 30 年代，寧波、溫州等地的電影業發展很快，兩地電影院增加，1931 年寧波民光大戲院有座位 1014 個；1932 年袁牧之到寧波放映有聲電影，與黃耐霜（1912～1967）聯袂表演《啼笑因緣》，成為藝術界的一大盛事。與電影放映活動相關的，有各類電影介紹、評論，報紙廣告中電影廣告刊登在主要版面。30 年代寧波《時事公報》《寧波商報》經常刊登主演的劇照，突出賣點。紹興的《越鐸日報》、寧波《時事公報》經常有電影評論文章。溫州文學青年組織的動盪文學社，在《溫州民國日報》上編輯《舞臺

〔註 125〕〔美〕李歐梵著，毛尖譯：《上海摩登——一種新都市文化在中國 1930～1945》，頁 93～125。

〔註 126〕盤劍：《選擇、互動與整合——海派文化語境中的電影及其與文學的關係》（杭州：浙江大學出版社，2006 年），頁 31。

〔註 127〕竹潛民（1945～）主編：《浙江電影史》（杭州：杭州出版社，2011 年），頁 77～81。

和銀幕》，發文批判上映的低級庸俗的內容。〔註128〕

　　此外，茶館、酒樓也是知識分子主要的聚集空間。不同於家的私密性，茶館、酒樓以及都市的咖啡館、舞廳是都市交集往來的公共空間，其內部既有一定的分隔又可自由出入，為半公開交往提供了實際需求。作家們在茶館、酒樓舉行各類文學活動、討論，其創作也經常以此為重要人物活動空間。魯迅的系列作品中都出現了茶館、酒樓這一公共空間，「咸亨酒店」聚集了各種人等；阿Q在酒店賒帳，發跡後得意地給現錢；〈長明燈〉吉光屯裏商討怎麼制服瘋子有個茶館主人兼工人的灰五嬸，〈藥〉中華家開的是茶館，〈在酒樓上〉我和舊友的相遇等；孫席珍〈鳳仙姑娘〉中資本家與財務在茶館密謀，茶館成為鄉鎮居民包括知識分子廁身其中交流的公共空間。即使在偏遠的濱海，酒肆也是聚落的重要公告空間，樓適夷的〈鹽場〉是在浙東濱海鹽場，如此偏僻的小村落也有「方寡婦酒店」提供高粱燒。

　　隨著現代城市中市民階層的壯大，符合市民各種活動所需的公共場所應運而生，最典型的當數上海的各種以世界為名的娛樂場所。楊蔭深的《哭與笑》中提到的民眾娛樂所有安樂世界、新新世界、月華世界等，在這些世界中有彈子房、詩謎社、新劇場、揚州班、四明班、群芳會唱、雙簧演出、魔術表演、國技表演、大京班等等，符合各類市民的娛樂所需。新感覺派以這些現代都市的象徵符號表現都市生活；左翼作家則將這些作為對資產階級奢靡生活的批判對象。大都市上海如此，浙東許多城市也相差無幾。王任叔的都市系列中〈皮包和煙斗〉寫商人、文人、政客、官吏四位一體的黃劍影以民眾運動發跡，這一形象與張天翼筆下的華威先生有異曲同工之妙。

二、以魯迅為中心的人際交往

　　浙東作家的人際往來互動對其文學創作活動影響顯著，在時間空間上主要在浙一師師生，這一群體後來逐步形成鄉土作家、湖畔詩派及白馬湖作家群；北京的新文化運動時期以魯迅周作人為中心的北大師生包括旁聽生；在上海以魯迅為中心的左聯浙東作家群體；40年代上海孤島時期王任叔、唐弢、周木齋等倡導的浙東「雜文風」作家，以柯靈所主持的刊物如《淺草》、《草原》為核心，產生聚攏效應的作者群體。〔註129〕當然更多的是互有交流但當

〔註128〕竹潛民主編：《浙江電影史》，頁142～147。
〔註129〕柯靈所編的這兩份雜誌有已經成名的王任叔、唐弢、樓適夷、陳伯吹、豐子

時沒有結社或可以成為團體的個體,如「孤島」時期通俗作家等。

浙東作家隊伍龐大,魯迅在其中具有旗手的意義,特別是他 1927 年在上海定居以後,可謂在文化界樹立了一面大旗。不少的浙東青年作家追隨魯迅,在他的指點和影響下,創作日漸走向成熟,這些個性十足的年輕作家與魯迅保持了良好的互動關係。以寧波作家為例,應修人與魯迅的交往開始於 1927 年 4 月 8 日邀請魯迅到黃埔軍校演講,題目是〈革命時代的文學〉;同年 11 月 2 日馬彥祥邀請魯迅到復旦大學演講,題為〈革命文學〉;魯彥被魯迅稱為「吾家彥弟」。魯迅不僅幫助提攜後起之秀,〔註 130〕也樂於同年輕人討論交流。1933 年 8 月 1 日他同陳企霞探討連環畫問題,指出「連環畫是極緊要的」;〔註 131〕1935 年 12 月 5 日同徐訏探討地方戲問題,對地方戲被禁止之事表示了氣憤。〔註 132〕與袁牧之討論阿 Q 的肖像、語言表達、發生環境等問題,〔註 133〕這兩封信件成為閱讀理解該小說的重要補充資料。

魯迅在上海時接觸最多的浙東青年作家之一是柔石。柔石在省立一師畢業後,先後在杭州、慈谿、鎮海、寧海等地任教,其文學活動是在寧波開始的,可是其自費出版的小說集《瘋人》並沒有得到預期的收穫。他曾在北京大學旁聽過魯迅的課,1928 年因受寧海農民暴動失敗牽連而逃亡上海,與魯迅結識。在魯迅的指導下,才逐漸形成自己的風格。魯迅對柔石寫作上指導,生活上也加以關照。魯迅和許廣平由景雲里 23 號移居 18 號,柔石遷入魯迅原住所。次年初由魯迅推薦,一度接編《語絲》週刊,得每月 40 元編輯費,他在日記中寫下了自己遇知音的感受。〔註 134〕《奔流》是魯迅、郁達夫編輯

愷、王統照等作家的新作,也聚集了一批青年作者群體,主要有何為、劉以鬯(1918~2018)、沈寂(1924~2016)、徐開壘、董鼎山、沈毓剛等,何為有過比較全面的回憶。這一說法與董鼎山的回憶可以互相印證。何為:〈從《淺草》到《草原》——記「孤島」時期的上海兩個文藝副刊〉,《孤島內外》(福州:海峽文藝出版社,1992 年),頁 112~124。董鼎山:〈永念柯靈老師〉,《懷舊與瑣記》,頁 169~172。

〔註 130〕李歐梵指出魯迅的孤獨時說,在上海被年輕一代推為導師,提攜年輕人,但又為自己與年輕人關係所苦,確是事實。李歐梵:《文學界的出現》,許紀霖編:《20 世紀中國知識分子史論》,頁 338。

〔註 131〕魯迅:《魯迅日記》,《魯迅全集》,卷 15,頁 93。

〔註 132〕魯迅:《魯迅日記》,《魯迅全集》,卷 15,頁 257。

〔註 133〕魯迅:《答〈戲〉週刊編者信》,《魯迅全集》,卷 6,頁 144~148。

〔註 134〕余連祥:《魯迅畫傳》(南昌:江西人民出版社,2009 年),頁 160。

的文藝月刊，也是魯迅花費精力最多的刊物，〔註135〕柔石是主要撰稿人之一。柔石也參與了朝花社的創辦。柔石犧牲後，魯迅悲憤交加，專門寫文懷念。

魯迅同寧波青年作家的交流中，與鄞縣崔真吾過從最密，其日記中有關崔真吾的記載多達 101 條。崔入讀廈門大學，適值魯迅在校任教；在復旦大學附屬中學任教時，與魯迅同住景雲里，期間生活中交往密切，一起從事朝花社的出版編輯活動，魯迅還幫助校訂他的譯作。離開上海後，崔真吾與魯迅書信往來不斷，至魯迅去世前兩天。樓適夷 1928 年加入太陽社，並結識魯迅。他與魯迅的交往最為關注的是 1932 年 6 月，他陪同正在上海養病的陳賡拜訪魯迅，是魯迅研究中被關注事件的見證人。在其被捕入獄後，通過堂弟樓煒春將消息報告魯迅。魯迅曾設法，未成。魯迅還介紹樓適夷在獄中所譯的《在人間》給黃源，刊登在《中學生》雜誌上，這給樓適夷很大的鼓舞，惜當其於 1936 年底經營救出獄時，魯迅已經逝世。〔註136〕

魯迅對其他作家的影響在紹興作家中以許欽文、孫氏兄弟為典型。許欽文在魯迅的書信、日記中出現了 250 多次，是與其一生關係密切的學生。許欽文在北京攻讀時，寫作上接受魯迅的指導後進步很快。許欽文說通過孫伏園轉告意見時多讚美之詞，但與魯迅熟識後當面指教差不多全是不滿意的批評。魯迅在給《新文學大系・小說二集》做序時將許欽文列為鄉土文學作家典型，且其〈幸福的家庭〉題記中明確「模擬許欽文」。在 1932 年 3 月 2 日在給許壽裳信中提及「欽文之事，在一星期前，聞雖眷屬亦不准接見，而死者之姊，且控其謀財害命，殊可笑，但近來不聞新消息，恐尚未獲自由耳。」〔註137〕顯見其對許欽文關心之深，許欽文兩次入獄都蒙魯迅援手營救，許欽文在回憶自己從文經歷時首先就表達了對魯迅的感激。〔註138〕他在《魯迅日

〔註135〕許廣平在《魯迅回憶錄・為革命文化事業而奮鬥》中說：「魯迅初到上海，以編《奔流》花的力量最多，每月一期，從編輯、校對，以至自己翻譯，寫編校後記，介紹插圖或親自跑製版所，及與投稿者通訊聯繫，代索稿費，退稿等等的事務工作，都由他一人親力親為。」1929 年年底，《奔流》出至第二卷第五期後停刊。余連祥：《魯迅畫傳》，頁 159。

〔註136〕竹潛民：〈現代寧波籍作家成才的特點和規律〉，《寧波大學學報（人文科學版）》2001 年第 2 期，頁 53～58。

〔註137〕許壽裳：〈亡友魯迅印象記〉，《魯迅傳》，頁 82。

〔註138〕許欽文說「生我者父母，教我者魯迅先生也，從牢獄中救我出虎口者亦魯迅先生也。魯迅先生對我的恩情永遠說不盡」。許欽文：〈賣文六十年有感──代序〉，《許欽文小說集》（杭州，浙江文藝出版社，1984 年），頁 14。

記中的我》一書回顧了魯迅對自己的幫助影響。

孫氏兄弟為魯迅兄弟的弟子，孫伏園在山會初級師範學校就讀時，其文章曾得到任校長的魯迅的鼓勵。當孫伏園在北大讀書時，魯迅也在北大主講《中國小說史》，孫伏園再度成為魯迅的學生，師生的關係就更進一步。孫伏園在留學前以魯迅學生出現，在現代文壇以副刊編輯著稱，其編輯的《晨報副鑴》是最早以副刊見諸報紙的。自孫伏園在周作人推薦下接手該刊後，曾於 1922 年先後推出「馬克思紀念專輯」「俄國革命紀念專輯」，開了介紹馬克思主義和俄國革命之風氣。新文化運動初期，幾乎所有作家都在《晨報副刊》上發表過文章，介紹過世界知名作家，使該刊成為新文學的園地和溝通的窗口，〔註 139〕也成就了其反封建文化、建設新文學的鬥士的稱譽。之後，孫伏園又編輯過《語絲》《京報副刊》等。1927 年，孫伏園將毛澤東的〈湖南農民運動考察報告〉發表於其主編的《中央日報》副刊上。他還在《中央日報》副刊上連載了女作家謝冰瑩的成名作〈女兵自傳〉，被文學界譽為「編輯能手」。在「武漢政府」時代，孫伏園聯絡當年在武漢的文化人林語堂（1895～1976）、沈雁冰、蔣光慈、顧仲起（1903～1029）等，在《中央日報》副刊上辦「上游」文藝週刊，藉以表明他們這些文化人到武漢後都有置身於革命「上游」的亢奮。〔註 140〕孫福熙到北京就學、工讀都得到魯迅的幫助，他在魯迅支持下出版的遊記《山野掇拾》，送給魯迅的書的題詞中表達了對這一勉勵之意的感謝。後來兄弟倆先後到法國留學後，便有所疏遠，1929 年以後的魯迅日記中孫氏兄弟減少乃至消失。

魯迅一生論敵頗多，他從參與新文化運動伊始，在大問題上同章士釗的甲寅派、英美派、梁實秋、京派、第三種人等公開爭論，也「執滯於小事」，同徐志摩、陳西瀅（1896～1970）等展開了罵戰。他創辦《莽原》，就是希望在新知識階級內部展開批判，「由罵而生出罵以上的事情來」，「撕去舊社會的假面」，「創造這中國歷史上未曾有過的第三樣時代」。〔註 141〕讓基於這種「罵之為戰」的思想革命要求，魯迅逐漸形成了雜文的自覺，從小說等一般的文學創作完全轉向了雜文。這一文體革命的社會影響，在年輕人當中普遍流傳，

〔註 139〕商金林（1949～）：《孫伏園散文選集·序》（天津：百花文藝出版社，1991年），頁 2。

〔註 140〕商金林：《孫伏園散文選集·序》，頁 3。

〔註 141〕魯迅：〈燈下漫筆〉，《莽原》週刊第 2、5 期，1925 年 5 月 1、22 日。

使魯迅成為「今日之魯迅」〔註142〕。這種罵戰分出了觀念的新舊，造成了陣營的分化，魯迅在批判過程中成為思想界盟主，革命家的諍友，他與徐志摩之間私人論戰最終發展為革命與反革命的政治對立。〔註143〕這也是理解魯迅身後以王任叔為首的浙東作家起而捍衛「魯迅風雜文」的關鍵所在。

　　最具浙東個性的魯迅愛憎分明，同魯迅發生磨擦和齟齬的浙東作家不少，徐懋庸當是最令魯迅反感並公開回擊的同鄉後輩，徐直接規勸魯迅注意身邊的人物，在兩個口號之爭中認為自己站在中共的立場上反對魯迅，在魯迅發表公開答覆的信後，更以公開信向魯迅辯駁；魯迅諷刺嘲弄過的浙東作家就更多，他曾諷刺穆時英為「中國第一流作家」；邵洵美因娶了清末大官僚、富翁盛宣懷孫女為妻，被魯迅多次諷刺為當贅婿換來的等。邵洵美曾對雜文發表不同看法，魯迅也予以嚴厲還擊。魯迅與林語堂成陌路後，將徐訏和陶亢德作為林的門人順帶貶抑了。〔註144〕但徐訏不以為意，他評價魯迅在「能夠慷慨助青年的作家和教育界人士」中為最，後來在駁斥蘇雪林的文章中也同樣強調了他與魯迅非師生非好友關係，不相信其為聖人，只敬佩其天才的一面，正因此，魯迅必然有個性缺點。說魯迅不是自己偶像，也不贊同其思想，「但他是我所敬佩的作家」〔註145〕。其不為尊者諱的態度，不計較魯迅的遷怒，執言公允，是難能可貴的。〔註146〕

　　以上列舉了魯迅同青年作家的交往及無微不至的關懷，其意義不言而喻，顯易而見的是浙東青年作家從魯迅那裡學到了許多東西，與魯迅的交往中他們在創作上得到了提高，他們的成熟也離不開魯迅的扶植。魯迅在跟這些青年們交往中，發現，青年中也有賣友求榮的，也有吮吸鮮血的，也逐漸拋開進化論的觀點，他對人性、中國社會的洞見也更為深刻，甚至可以說，與這些年輕人的交流，也讓魯迅更成熟。

〔註142〕語堂：〈論插語絲的文體——穩健、罵人及費厄潑賴〉，《語絲》第57期，1925年12月14日。

〔註143〕邱煥星：〈魯迅與徐志摩：新知識階級的後五四分裂〉，《中國現代文學研究叢刊》2021年第10期，頁164。

〔註144〕魯迅在1934年8月13日致曹聚仁的信中提到「林門的顏曾，不及夫子遠甚遠甚」。魯迅：〈340813致曹聚仁〉，《魯迅全集》，卷12，頁506。

〔註145〕徐訏：〈魯迅先生的墨寶與良言〉，《場邊文學》（上海：上海印書館，1971年），頁。

〔註146〕袁良駿（1936～2016）：〈徐訏緣何為魯迅鳴不平〉，《魯迅研究月刊》2006年第10期，頁94～95。

第三節　山海精神的發揚

浙東多山，還有漫長的海岸線和諸多島嶼，依山面海的沿海地區存在人多地少的突出矛盾，資源的短缺，海洋的威力，使浙東人從小就感受到強大的競爭壓力。這種特殊的地理人文環境造就了其在文化的生成方面「需要有種向內求生存的憂患意識、向外開放的接納心態和開拓進取的運行機制」〔註147〕，其社會文化具有極大的流動性和包容性。生長其中的浙東現代作家們勇於離開原鄉外出，其精神氣質兼備山的厚重與海的廣博。

一、山的堅實

1.「臺州式的硬氣」

浙江多山，其山脈群峰主要集中於浙東。西南山地主要山峰均在海拔 1000 米以上，中部多 500 米以下丘陵。仙霞嶺是浙東諸山之祖，主幹從西南伸向東北，又分為括蒼山和天臺山脈，括蒼山向東延伸為雁蕩山，向北延伸為會稽山、四明山。緣山地丘陵而居的住民無論其日常出行、飲食起居、交通交流都與山脈息息相關，高山的阻隔成為其生活中必須面對並克服的主要壓力和動力，也造就其性格中剛強堅毅的一面，魯迅用「臺州式的硬氣」描述「左聯」五烈士之一柔石，這也是浙東人的共性氣質。

硬氣首先是因為浙東自然條件艱苦。臺州、溫州、處州、金華、義烏等地都地處高山盆地，各地地形複雜多樣，面對惡劣的自然條件、頻繁的天災人禍等。此種艱苦的山地環境中孕育出浙東住民的「硬氣」，面對社會不公時，常表現出凌然不屈。王任叔給寧海人的傲骨作了速寫：堅實的身材，紫銅色的皮膚，兩臂雙腿爬滿樹根似的青筋，臉上樹根似的皺紋，高突的顴骨，隆準的鼻子，永遠掛著苦笑的薄嘴唇。〔註148〕在稍顯富裕的寧紹平原地帶也不例外，其飲食以臭、鹹為特色的食材和料理，紹興比其他地域的都多乾食、腐食和蒸食，其實正是環境所限。〔註149〕乾菜、腐臭食品「別處的人多不愛吃，而在紹興作為貧富人必不可省的雨雪糧。」〔註150〕

艱難的環境下，百姓生存艱難。成年的村民在漁汛來臨時，要與獅子般

〔註147〕竹潛民主編：《浙江電影史》，頁 27。
〔註148〕王任叔：《蓉秀才造反記》（北京：人民文學出版社，1984 年），頁 9。
〔註149〕孫伏園：〈紹興東西〉，商金林主編：《孫伏園散文選集》，頁 171～173。
〔註150〕孫伏園：〈紹興風味──兼論地方色彩與地方精神〉，《浙江青年》第 1 卷第 3 期（1935 年 1 月），頁 121。

的海浪搏鬥；回到岸上，拿起鋤頭犁耙，與土地戰鬥，「生活是那樣不平常，沒有意外的打擊，沒有生與死的分明搏鬥，就顯不出生活的偉大意義。」〔註151〕艱難的生活環境恰恰成為浙東人的煉金石，讓其能直面困苦，向苦難求生存。浙東民風具有了古樸淳厚、勤勞儉樸、刻苦好學、熱情好客的特點。〔註152〕浙東人能在任何環境下都能以頑強的生命力生存發展下去，並善於在細小的事物中發現發展的機遇。「士生其間，往往多鐘山海碩大之氣」〔註153〕，王應麟（1223～1296）在其〈儒學大成殿記〉中也說地雖瘠，但「挹秀涵清俊人魁士含章挺出」。〔註154〕周作人看到外人遊越地譏笑土人食臭，他說「紹興中等以下人家大都能安貧賤，敝衣惡食，終歲勤勞，其所食者除米外，唯菜與鹽，蓋亦自然之勢耳。」他認為「人常咬得菜根則百事可做。……咬了菜根是否百事可做，我不能確說，但是我覺得這是頗有意義的，第一可以食貧，第二可以習苦，而實在卻也有清淡的滋味。」〔註155〕浙東文人透過清淡看到紹興人的食貧甘苦，恰恰是其具有平民化的文化傳統與平民化的文化性格，這便是「硬氣」在浙東文人身上的表現。

　　這種硬氣賦予了浙東人「賊骨鐵硬」的個性，使其具備投身事業的決絕之心，並能為之奮鬥到底。明末以來浙東各地反清義軍最為強烈，且都有文人參與，直至抵抗失敗，浙東文人多以遺民自居，黃宗羲到張岱無不如此。蔡元培在東京組織光復會時，徐錫麟（1873～1907）、秋瑾（1875～1907）等是其中重要的會員。蔡元培在「講義風波」中被學生的過激言行所迫，拍案而起要以決鬥來終結事件，後在大會上說為維護個人人格之尊嚴，〔註156〕這也可以說是文人的硬氣。

　　現代寧波籍作家至少有15位先後參加了革命文藝隊伍，或是進步文化陣營的成員，他們為理想不惜犧牲生命。慈城的應修人在上海錢莊做「賬房」時，開始接觸進步書刊和文藝作品。1922年3月與浙江一師的學生汪靜之（1902

〔註151〕王任叔：《蔣秀才造反記》，頁8。

〔註152〕浙江民俗學會編：《浙江風俗簡志》（杭州：浙江人民出版社，1986年），頁408。

〔註153〕王震：〈岱山書院記〉，〔清〕沈翼機撰：《浙江通志》（四庫全書本），卷99，頁24。

〔註154〕王應麟：〈儒學大成殿記〉，〔清〕沈翼機撰：《浙江通志》，卷99，頁23。

〔註155〕周作人：〈莧菜梗〉，《周作人自編集・看雲集》，頁33～36。

〔註156〕錢理群：〈北京大學教授的不同選擇——以魯迅與胡適為中心〉，許紀霖編：《20世紀中國知識分子史論》，頁290～296。

～1996）、潘漠華、馮雪峰等一起組成湖畔詩社，選編出版了《湖畔》詩集，得到了郭沫若、郁達夫、葉聖陶的好評，朱自清還寫了〈讀《湖畔》詩集〉予以肯定。1925 年「五卅」運動後，應修人參加革命活動，到黃埔軍校工作，1927 年被派往莫斯科學習，其間創作了詩〈海參崴的海〉，劇本〈佃農〉〈在莫斯科〉等。1930 年回上海參加「左聯」，寫有童話〈旗子的故事〉〈三個寶塔〉等。鄞縣朱鏡我在日本留學期間開始接觸馬克思主義，專攻社會科學。1927 年同創造社馮乃超一起回國，加入創造社，發表〈藝術家當面的任務——檢討〈檢討馬克思主義的階級藝術論〉〉等重要文章，提倡無產階級革命文學。1932 年夏天他介紹正在上海養病的陳賡將軍約見了魯迅先生。1941 年「皖南事變」突圍時壯烈犧牲。象山的殷夫出生於中產階級家庭，在其詩作〈別了，哥哥〉中，殷夫表明為了革命，他不惜同對自己關懷備至的哥哥決裂，這一代表了 20 年代末至 30 年代初最高水平的政治抒情詩，也是殷夫對革命不懈追求的自我抒懷。巴金評陸蠡時說其死「唯一的罪名就是他口供強硬」〔註 157〕，其個性如同其自己創作名篇〈竹刀〉中的青年，竹刀入臂依舊面不改色。

即使到 1949 年後遭受各種運動鬥爭時，浙東作家多表現出「硬氣」的一面。陳企霞在被批鬥時還高喊絕不低頭；溫州被稱為「王老虎」的王季思是非典型的文人，其人出身武俠世家，為人俠義衝天更是硬氣。浙東女性也具有這種個性，吳似鴻將這種硬氣推向了極端，其一生行事率性，個性桀驁，在蔣光赤遇害後，先後與不同男性同居並育有子女，居無定所，工作沒有著落，但其性不改，南國社時的任性少女到中年後變成口無遮攔，終於回歸故土，成為遠近聞名的「撒婆」〔註 158〕。當然，硬氣不是只是一味的死硬，它還是世俗的直率，用胡蘭成形容蘇青的話說是沒有禁忌的。

> 蘇青是寧波人。寧波人是熱辣的，很少腐敗的氣氛，但也很少偏激到走向革命。……寧波人可是有一種自信的滿足。……他們無論走到哪裏，在上海或在國外，一直有著一種羅曼蒂克的氣氛。但寧波人是更現實的，因而他們的羅曼蒂克也只是野心；是散文，不是詩的。19 世紀末葉以來的寧波人，是猶之乎早先到美洲去開闢的歐洲人。〔註 159〕

〔註 157〕鄭績：《浙江現代文壇點將錄》，頁 235。

〔註 158〕紹興話用以形容有點呆、傻、瘋的土話。鄭績：《浙江現代文壇點將錄》，頁 431～435。

〔註 159〕胡蘭成：《中國文學史話》（上海：社會科學院出版社，2004 年），頁 175～180。

胡蘭成可謂知人識文，他對於寧波女作家蘇青的評價十分精準，對其出生的寧波地方的看法與見解儘管不全面，卻形象而獨到。

2. 浙東文人的「師爺氣」

「師爺氣」被蘇雪林用來評價魯迅時當然意帶貶抑，但如抽去其感情色彩，這一因紹興文人從事遍布全國的師爺職業而出現的說法，其所蘊含的銳利、深刻的眼光，尖刻、犀利、老辣的文筆，清醒、冷靜、縝密的思維，見微知著、「察見淵魚」的洞察能力，「滿口胡柴」的脾氣，自有其特點和價值的。

幕僚或師爺因與讀書為近，其實是未能取得功名的傳統文人多會從事的職業，但在浙東尤其是紹興能蔚然成風，成為越諺所稱的「刑名、錢穀、酒，會稽之美」，甚至有「無紹不成衙」的說法，還是與該地的地理文化有關。章學誠說：「吾鄉山水清遠，其人明銳而疏達，地僻，人工不修，土之所出，不足食土之人，秀民不得業，則往往治文書律令，託官府為幕客，蓋天性然也。」〔註160〕而蔣夢麟將其上溯到南渡時：

> 刑名講刑法，錢穀講民法，統稱紹興師爺。宋南渡時把中央的圖書律令，搬到了紹興。前清末造，我們在紹興的大宅子門前常見有「南渡世家」匾額，大概與宋室南渡有關係。……因為熟諳法令律例，故知追求事實，辨別是非；亦善於歪曲事實，使是非混淆。因此養成了一種尖銳鋒利的目光，精密深刻的頭腦，舞文弄墨的習慣。〔註161〕

說明師爺要求相當的洞察力，嚴密的邏輯性和老辣犀利的文筆，與紹興地方的滋養不無關係。劉大白後來從政，得自於其為人縝密，天生幕才刀筆。〔註162〕章學誠、李慈銘雖無幕僚經歷，其行事個性頗類徐渭（1521～1593），學識淵博恃才自傲，卻仕途不暢，敢不避權貴當面議論，各自在經史之學中有所成就。魯迅祖父周福清（周介孚）個性狷介，言行不拘，不易交接。到周氏兄弟時，周作人自嘲浙東人氣質沒有脫去，受越中風土影響，成就了不可拔除的「浙東性」，說這一稱呼後的語義即是世人通稱的「師爺氣」，「他那法家的苛刻的態度，並不限於職業，卻瀰漫鄉間，彷彿成為一種潮流，清朝的章

〔註160〕章學誠：〈汪泰岩家傳〉，《章學誠遺書》（北京：文物出版社，1985年），頁170。

〔註161〕蔣夢麟：〈新潮〉，《西潮》，頁111～112。

〔註162〕鄭績：《浙江現代文壇點將錄》，頁85。

實齋、李越縵即是這派的代表，他們都有一種罵人的脾氣。」〔註163〕「好罵人」應是周作人說「浙東性」的主要內涵之一，學術點的說法即是為人為文犀利冷靜。曹聚仁分析魯迅出身的這個自耕農社會和其士紳階層的家庭環境時，認為東漢王充的《論衡》「無視孔、孟、墨、道各家的思想權威，一一剝去他們的外衣」，其「尖銳的戰鬥風格，也可以說是開出後來紹興師爺的先河」，〔註164〕魯迅身上的矛盾性、對世事的洞察力都與其這種身世環境有關。學者分析其理性冷靜一定程度上還受到兵家思想的影響，〔註165〕在其開拓下，「雜文」這一收放自如、題材不限的文體，被運用於論戰中，成為投向論敵的「投槍和匕首」，發揮了強大的輿論戰鬥力。即如周作人，性情寬厚，美文平和，但在「五四」新文化運動時期也表現出踔厲張揚的一面，其文儘管餘情不足，但在向舊思想舊道德革命的時候「理圓」是最需講究的。到語絲社時期，其同人也以浙東周氏兄弟、孫伏園、章川島等為主。其所編《語絲》週刊作為現代文學史上最早以散文創作為主的刊物，主要刊登雜感、短評、小品等。語絲社作家倡導文明批評和社會批評，主張任性而談，無所顧忌，顯得潑刺幽默，諷刺性強，逐漸形成頗具特色的「語絲體」。魯迅為代表的尖銳潑辣和周作人、林語堂代表的小品風格不同，魯迅於此期與徐志摩、陳源等人論戰，文筆犀利不留情面，已經開啟到上海後雜文論戰創作的傾向，周作人在陳源的「叫局事件」，魯迅與高長虹（1898～1954）的論戰中都明確表態，其文相當激烈，足以顯示其一貫說的「浙東性」。

　　與周氏兄弟往來密切的浙東作家均表現出相近的精神氣質，紹興作家尤備這一個性。與魯迅後來交惡的徐懋庸，才高小學歷，卻能從「知識界的乞丐」，憑著自己的努力與勤奮在上海文壇能掙得聲名，成為「左聯」的宣傳部長。但其個性坦率性子執拗，言語少有顧慮，與魯迅在「兩個口號」之爭中毫不避諱，公開辯駁，其雜文雙利潑辣〔註166〕。王任叔在政治的漩渦中沉浮，始終未改其浙東文人的個性，文章直接利落毫不避諱。他發起捍衛「魯迅風」雜文，希冀繼承魯迅雜文的尖銳犀利與精密細膩，匯聚大批浙東作家，唐弢、柯靈、周木齋等等都是其中較為突出的。

〔註163〕周作人：《雨天的書·自序二》，《周作人自編集》，頁3。
〔註164〕曹聚仁：《魯迅評傳》（上海：復旦大學出版社，2006年），頁9。
〔註165〕王曉初：〈浙東學術、師爺氣與魯迅——從「越文化」觀察魯迅思維與文風的形成〉，《現代文學研究叢刊》2010年第6期，頁86～95。
〔註166〕鄭績：《浙江現代文壇點將錄》，頁379～384。

在「魯迅風」雜文爭論中，同鄉徐訏持有不同見解，這位也有浙東人的強脾氣，其為人直爽、坦率，好爭論，但心無芥蒂。他在爭論中與同鄉王任叔的論戰、在蘇雪林的指責中為魯迅辯誣，到香港後不盲目跟風「反共」文學，生前為文悼念唐君毅引發筆戰，諸多事件無一不顯示出這個浙東人倔強直率的一面，其下筆舒緩、理性，但堅持自見，而事後往往毫不介意。他坦言自己是個憨直的人，「說的都是我自己的真感實覺，如果我的真感實覺是錯的，有人指出我，我是會感激的。我是看不起昧著良心，口是心非，人云亦云，討好於世俗而說假話的人。」他認為自己作為一個民主主義者，主張百家爭鳴，反對某種學派定於一尊，指出其本質完全是專橫與獨裁。〔註 167〕

二、沿海風習

1. 沿海地帶的開放性

浙東的寧紹地區跨錢塘江與北部的杭嘉湖連成浙北平原，地理上環杭州灣，氣候溫潤，水網密布，耕作水稻，養蠶繰絲，生產講究精細；長三角南宋以降文風淵藪，這一帶區域文化呈現「柔、細、雅」的吳越文化共同特徵。〔註 168〕舟山等沿海地區則形成了面海的海洋文化，他們有開闊的視野，願意闖蕩世界，拼搏中重協作，面對異文化有包容的胸襟，但有時也不免守舊。南部的臺州、溫州同為面海，氣候溫暖，區域廣闊，因背倚浙南山脈，與浙北的聯絡被阻隔，與福建省毗鄰，為移民之鄉，其文化糅合了閩越特點。浙東丘陵山地間江河交錯，交通出行、經商貿易往往都離不開河流水系，又都濱海，江河湖海水是浙東的生活環境和生活資源，也鑄就了其「土性」之上的開放性，形成一種獨特的氣質，故能在新與舊、中與西的種種夾縫中游刃有餘，頑強而機智地存活。

「水」是浙東作家最常見的生活意象，浙東作家塑造了未莊、魯鎮、松村、陳家村等典型浙東水鄉的小鎮、村落，他們將人物活動、故事開展置於水鄉，人物的悲歡離合就在水上岸邊上演。祥林嫂是在河邊淘米時被婆家拉走賣給了賀老六；「我」是在河邊移墳，挖了小弟的屍骨再埋的。阿長賊骨頭是在河邊逃走的；許欽文的媳婦望著河對岸的墳發瘋死掉，「鼻涕阿二」丈夫

〔註 167〕吳義勤、王素霞：《我心彷徨——徐訏傳》，頁 237。
〔註 168〕董楚平：〈吳越文化概述〉，《杭州師範大學學報》2000 年第 2 期，頁 10～13。

掉河裏溺死的。關於水族世界的想像，迎神賽會，包括「河水鬼」「海水鬼」，都構成了浙東民間文學的寶庫，成為作家汲取營養的重要源頭。水正如周作人所指出的那樣「古人稱越人斷髮文身，與蛟友鬥，與蛙龜處，現在不是那樣了，但其與水族的情分還是很不錯的。」〔註169〕浙東作家筆下的人物就有了對水世界的親近和習以為常。

與水有關的意象深深影響了浙東作家，在浙東作家筆下，碶、閘是家鄉所在；魚蝦蟹水中生物是日常飲食的必需；橋不僅是水鄉特殊的路，也是向另一條道路的過渡；埠頭、渡口不再只是汲水之處，而是向著更廣闊的遠方未知世界的出發點，接著航船可以達到遠方想像的彼岸。船於浙東人是親切的，是日常出行的基本交通工具，也是身份的象徵符號。從手搖船到機器船見證著社會的轉變。周作人介紹寧紹的船有多種，埠船是白天開行者，夜裏航行的為航船。普通船隻船篷為竹編，漆成黑色撐在船舷，是為烏篷船；埠船則為白篷，戲班用「班船」〔註170〕。寧紹平原一帶嫁女以四大船、八大船的嫁妝來誇耀，魯彥筆下的財主家娶媳婦要從河裏運一船船的嫁妝來，兩家人的生意是在船上競爭的。周作人的故鄉素材系列美文直接取材於水鄉，〈烏篷船〉是最典型的水鄉交通工具，在船上作者去上墳祭祖，聽雨看戲。魯迅筆下的「我」幼時坐船去聽社戲，坐船回到故鄉再度離開；未莊的趙老太爺用船把細軟運走；蘇青、琦君幼時是坐船走訪親戚、離開故鄉的。也有了在航船上發生的各種故事，張岱在《夜航船》中提到「兩腳書櫥」的故事是姚江上的掌故。王任叔筆下中古的商埠寧波城裏有半條街魚行的街道，充斥著魚販子的叫賣聲，在城裏行走要經過新、老江橋，機構中還有海關衙門。

水是生活的必須，也是可以利用的條件，水鄉居民的審美都與水有關，由水而生的草木次之，禽蟲又次之。「水」既是詩意氛圍的條件，也是作家抒情的主要對象。這其中有對於故鄉的親近和懷念，也有對故鄉水的恐懼。水既指溫婉的溪水河水，也指江南的雨水，以及洶湧的海水。浙東作家客居異鄉時總能從雨中想到故鄉，在北京的孫氏兄弟看到天空堆著雲，卻不下雨的景象時，想到的是浙東的諺語，「夏雨隔灰堆，秋雨隔牛背」，覺得此時的北京城充滿著江南風味〔註171〕；唐弢的處女作〈故鄉的雨〉中借寫雨透露的悠

〔註169〕周作人：《亦報隨筆・吃魚》《周作人自編集・知堂集外文》，頁50。
〔註170〕周作人：〈夜航船〉，《知堂回想錄》，頁91。
〔註171〕孫伏園：〈長安道上〉，孫伏園、孫福熙著：《孫氏兄弟談魯迅》，頁80。

悠思鄉之情：「少時留居家鄉，當春雨像鵝毛一般落著的時候，登樓一望，遠處的山色被一片煙雨籠住，疏零的村落若有若無，雨中的原野新鮮而又幽靜，使人不易忘懷！」應修人的代表作〈妹妹你是水〉同樣以水為喻，女性的溫婉愛情的清新透過這鎮日潺潺流動的清澈溪水得到了形象的抒發。周作人說對於雨經常感到困惑，但「臥在烏篷船裏，靜聽打篷的雨聲，加上欸乃的櫓聲以及『靠塘來，靠下去』的呼聲，卻是一種夢似的詩境。」〔註172〕這種詩境在魯彥、唐弢、蘇青等浙東作家筆下不絕如縷地出現，「苦雨」被轉換成了水鄉人熟悉親切的詩意。

但浙東作家筆下的水激蕩有力度，也只有浙東水鄉人熟悉其力量。王任叔《莽秀才造反記》中寧海人對浙西內河的印象，認為這些水缺乏家鄉水的氣魄。被胡適稱為「新詩中的第一首傑作」〔註173〕的〈小河〉即表達了出自「東南水鄉」之人，對於「水」的熟悉，有對水的喜愛，也不乏「憂懼」之情。在小河裏「微笑」著流動的「水」「發出快活的聲音」，滋潤兩岸一片錦繡時，也可能隨時衝出堤堰「亂轉」，爆發出驚人的破壞力，從錦繡上碾壓過去。就如詩人自己所說的「對於水很有情分，可是也十分知道水的厲害，〈小河〉的題材即由此而出。」〔註174〕水的破壞力在濱海人尤為瞭解。徐訏的小說總是與大海有緣，他們漂洋過海試圖跨越文化界限的阻隔，其對人生命運的哲理性思考及其表現的可嘉勇氣都是發人深思的，〈彼岸〉中鋤老可謂是海的化身，他做過漁夫、舵手、燈塔看守，他最愛海又最恨海，對於海的種種情感糾纏只有濱海之人熟習海的力量洞悉海的性格之人才能寫得出，也只有緣海而居之人才能富於這種複雜的海的精神。袁可嘉詩歌中對於海、島、帆點、舢板的冥思。同是九葉詩派的唐湜開始創作時用海的世界展開了想像的翅膀。許傑筆下的漁民在與海水的搏鬥中求生，也是在海浪中與日本鬼子對抗戰鬥的，驚濤駭浪賦予了浙東作家筆下浙東人以巨大的力量。被搬上銀幕的《漁光曲》中小貓兄妹就在海浪中拼搏。即使不是出生於浙東的陳夢家，也時時以「海」「海港」「小船」「海島」等為抒情意象。

水的靈動剔透也是浙東作家氣質的譬喻。錢理群認為周作人的溫柔寬厚

〔註172〕周作人：〈苦雨〉，《周作人自編集·雨天的書》，頁 5。

〔註173〕胡適：《中國新文學文庫·建設理論集》（上海：良友圖書印刷公司，1935 年），頁 295。

〔註174〕周作人：〈小河與新村〉，《周作人自編集·知堂回想錄》，頁 380。

的氣質正是水的氣質。與周作人相近的是徐訏,他對於前輩的認同不只是同鄉情,更敬佩其文風的舒緩從容,平淡沖和是因其豐厚的學識修養,但他也指出周作人的文章缺乏神秘性。而他自己的文字明晰澄澈,玲瓏剔透,同樣是水的靈動。水的靈動表現的更近似於女性,在浙東有限的女作家身上更為明顯。琦君寫雨的情思,寫坐著航船離開故鄉,此後就沒有再回到故鄉,其筆端細膩動人。蘇青也似水,可是奔騰的水,其流暢一瀉無餘。

2. 敢為人先的「浙江潮」

浙東瀕海又賦予其與內陸相比,在經濟、文化上更富於冒險、創新精神。蔣百里(1882～1938)在給《浙江潮》的發刊詞中說:

> 抑吾聞之,地理與人物,有直接之關係在焉。近於山者其人質而強,近於水者其人文以弱。地理之移人蓋如是其甚也。可愛哉!浙江潮,可愛哉,浙江潮。挾其萬馬奔騰排山倒海之氣力,以日月激刺於吾鄉國民之腦,以口其雄心,以養其氣魄。二十世紀之大風潮中,或亦有起陸龍蛇挾其氣魄以奔入於世界者乎?〔註175〕

氣勢磅礴,抓住了時代轉變之際,浙江人的氣魄,更盼浙江青年如浙江潮般勇往直前,敢為人先。

應該說,浙東先人已經以行動為敢為人先確立了標杆。在經濟上,明清以來的寧波、溫州(青田)人,不願株守本鄉,外出經商。19世紀後越來越多的寧波人匯聚上海,再走向海外,經營的行業也以新興行業為主,如進出口貿易、輪船航運、金融業等,風險較大。但他們敢於冒險,善於審時度勢,「寧波幫」成為現代最富創造力和影響力的商幫。這也印證了孫中山對「寧波風氣之開,在各省之先」的評價。今天享譽國內外的義烏小商品市場,與義烏「敲糖幫」的「雞毛換糖」的傳統密不可分,被稱為溫州模式的「小狗經濟」也有同樣的浙東特色。

在文化上,浙東作家更富冒險創新精神。他們敢於走前人未走之路,能想人之未想發人之未發,在現代文學史上風采各異。撇開周氏兄弟在現代文學史上所起的引領作用,寧波籍作家在各文類都有自己的探索、貢獻。小說方面,魯彥、王任叔等的創作推動形成了現代文學的第一個鄉土小說熱潮,樓適夷的普羅文學,現代派聖手穆時英,徐訏創作《風蕭蕭》而洛陽紙貴,

---

〔註175〕〈發刊詞〉,《浙江潮》1903年第1期,頁1。

「孤島」和淪陷時上海與張愛玲合稱「張蘇」的蘇青；詩歌方面，應修人的「湖畔派」情詩和袁可嘉的現代派詩都有一定地位；散文方面，王任叔 1923 年的〈情詩〉開了現代散文詩的濫觴，他和唐弢還可稱為雜文大家。戲劇文學方面，袁牧之的劇本〈一個女人和一條狗〉為代表，他還專門探討戲劇舞臺化妝表演方面的經驗，他和應雲衛在電影編劇上的成績等，都在現代和當代文學史上都有其特殊的貢獻。

小結

　　浙東地區是最早接受西學建立起近現代教育體系的地區，在時代的劇變中，浙東現代作家敢於選擇前人沒有走過的道路，從農村進入都市，離開故鄉來到異鄉，與其漂泊的經歷一同增加的是閱歷和文化視野的開闊。當其帶著已經校調過的文化觀念再來審視，故鄉已非記憶中的原鄉。魯迅等浙東作家創作中，「回鄉往往穿插了離鄉的副旋律」，放逐與「回歸（空間、實踐與文化的回歸）往往糅合為一，提供回歸者一個歸宿，並在重新體認這回歸的過程中，尋找將來的可能性。」〔註 176〕魯迅小說「敘事者在講他人的故事的同時，也在講述自己故事，兩者相互滲透、影響，構成了一個複調。」〔註 177〕〈故鄉〉中人在現在，外鄉，「回歸的故鄉既屬於現在，也屬於過去；既屬於現實的世界，也屬於幻想的世界。」〔註 178〕這一「出走－歸來－出走」的模式是浙東作家自身經歷的反映，也是漂泊的浙東現代作家在而不屬於故鄉的心境外現，他們在努力追尋精神的歸宿，可離開了原鄉的現代知識分子，再也回不去故鄉。另外還藉重看／被看的場景再現，「魯迅把舊式文人在轉型社會中，如何自視、自處的問題，一一加以揭示於外。」〔註 179〕當他們將目光轉向前人所不屑的民間，在思考國民性問題探求社會改革的出路時，是以開闊了的視野反觀原鄉浙東民間社會，在其「變」與「常」之間，切中了問題的關鍵的。

〔註 176〕周英雄：〈身份之認同——從魯迅兩個小說推論〉，陳清僑主編：《身份認同與公共文化》（香港：牛津大學出版社，1997 年），頁 317、320。

〔註 177〕錢理群、王得後：〈近年來魯迅小說研究的新趨向〉，《中國現代文學研究叢刊》1991 年第 3 期，頁 24。

〔註 178〕周英雄：〈身份之認同——從魯迅兩個小說推論〉，陳清僑主編：《身份認同與公共文化》，頁 320。

〔註 179〕周英雄：〈身份之認同——從魯迅兩個小說推論〉，陳清僑主編：《身份認同與公共文化》，頁 319。

第四章　浙東民間社會結構轉變的
　　　　文學創寫

　　社會結構是社會諸要素的關係及其構成方式，〔註1〕具體表現為社會地位、生活方式、價值觀念人們聚集或有相同的經濟利益。社會結構的差別會引起不同的道德觀念，決定人的行為規範、信念，形成不同的行為模式。地處沿海的浙東鄉土社會，是最早從靜態的「鄉土中國」開始向近現代社會轉型的地區〔註2〕，其生活方式、經濟組織、社會秩序乃至政治系統發生了根本性改變。〔註3〕正是在社會結構的轉變中，觀念、行為、情感等多方面發生了轉變的傳統士人成為了現代知識分子。置身其中的浙東現代作家，對民間社

〔註1〕中外各家對社會結構的界定說法各異，基本都強調社會要素的組合構成，王康：《社會學詞典》（濟南：山東人民出版社，1988 年），頁 248；社會發展課題組：〈當代中國社會結構的變遷〉，《管理世界》1991 年第 1 期；馮爾康：《馮爾康文集：社會史理論與研究法》（天津：天津人民出版社，2019 年），頁 124。〔美〕維克多‧特納（Victor Turner）著，黃劍波、柳博贇譯：《儀式過程：結構與反結構》（*The Ritual Process Structure and Anti-Structure*）（北京：中國人民大學出版社，2006 年），頁 126～127。

〔註2〕費孝指出其以鄉土觀念為基礎的人倫秩序具有穩定性，其人倫秩序、道德觀念、風土人情雖經歷了社會的變遷，但基本保持了一致，他用「靜態」一詞用以說明中國農村這一社會結構變化極其緩慢，這一論斷也成為有關中國人社會特性的公論。費孝通：《鄉土中國》，頁 6～80。

〔註3〕金耀基（1935～）在其〈中國現代化與文明轉型〉中將中國現代化與文明轉型概括出三個主旋律，第一即為從農業社會到工業社會，將其作為中國現代化和文明轉型的基礎。其餘為從專制到共和、從經學到科學。金耀基：〈中國現代化與文明轉型〉，《中國文明的現代轉型》（廣州：廣東人民出版社、南方出版傳媒，2016 年），頁 1～19。

會結構轉變的感受是全方位的，他們思考的方式、立場、身份登記和自我的認同隨之變化，「文學便也隨了這個大時代的變動而發生變動」。〔註4〕

第一節　文學中的浙東民間社會結構之變

在傳統的中國社會結構中，由政治結構、經濟結構和文化結構（或者意識形態結構）互相耦合，形成一個形態穩定的組織系統，該系統在中國兩千年的中央集權社會中維持了基本不變的「超穩定系統」（Ultrastable system），它的巨大的穩定性，使在遭遇內部各種危機之時，能通過內部的週期性震盪的調節機制得以實現，〔註5〕從而實現其「大一統」的局面。在外力的促動下，經濟結構導致「一體化」結構鬆動並快速解體。〔註6〕浙東現代作家關於浙東城鄉的經濟、社會轉變的觀察，是以這一結構的解體到重建為基本框架的。

一、經濟之變觸發社會結構轉變

鴉片戰爭後寧波、杭州、溫州等地先後開放，各通商口岸西方經濟勢力的進入。內外源互相交合的結果是，該地區逐漸出現了新的經濟形態，「一體化」社會結構率先在浙東地區開始解散，人們的生活方式及相應的觀念等都產生了轉變。

1. 浙東經濟的近代轉變

寧紹地區自唐宋以來一直是經濟較發達、人口最為密集的地區，溫臺地區市鎮密集，規模也較大，〔註7〕金、衢、處地區市鎮發展相對落後，也出現

〔註4〕鄭振鐸：〈鴉片戰爭後的中國文學〉，《世界文庫月報》1937年第4、5期，頁2。

〔註5〕金觀濤、劉青峰：《興盛與危機：論中國社會超穩定結構（增訂本）》，頁11～14。

〔註6〕馮爾康（1934～）認為社會結構的變動是經濟結構、經濟制度、分工與職業諸因素聯合作用的結果，強調經濟結構的關鍵作用。馮爾康：《馮爾康文集：古代宗族與社會結構史》（天津：天津人民出版社，2019年），頁28～29。「一體化」是金觀濤、劉青峰從社會組織方式角度提出的，即讓政治和文化兩個系統達成耦合，統一的信仰和國家學說是通過意識形態來組織，官僚機構是政治結構中的組織力量，儒生組成官僚機構，就將政治與文化的組織能力結合起來，實現一體化結構。金觀濤、劉青峰：《興盛與危機：論中國社會超穩定結構（增訂本）》，頁31。

〔註7〕寧紹地區清嘉慶二十五年（1820年）有770萬人，人口密度達561人／平方公里。市鎮數量在明中後期有91個（鎮7個，市84個），至清代增加至130

了知名的「龍游商幫」。〔註8〕但傳統社會一體化的強控制和郡縣城市，卻對資本主義因素設置了重重障礙，使該地區晚明時已出現的資本主義萌芽始終得不到發展。

鴉片戰爭以後的浙東地區社會經濟開始了緩慢的轉變，可以考察的有幾方面的指徵。其一是商業經濟在被迫開放後，隨著貿易限制的取消，其逐利的本性顯露出來，開始進入各領域。寧波開埠後約 50 年間，年貿易總額從 1844 年的 50 萬元增長到 1890 年 1712.3 萬元，增長了 30 餘倍。對外貿易的較快發展，使寧波傳統商業進一步裂變，向現代商業轉變。近代資本主義商業首先由西方洋行引進，洋行以寧波為駐點，逐漸確立起其經營網絡。到 1859 年，《香港指南》記載駐紮寧波的洋行有得利洋行（W.R.Adamson & Co.）、寶文洋行（James Bowman & Co.）等 11 家大洋行，另有多家分行入駐寧波，西方商人常駐的近 50 人，〔註9〕1864 年有洋行 24 家，到 1890 年有 28 家，這些洋行經營鴉片、棉織業，還發展貿易、船運、碼頭倉庫、保險、貿易加工等領域。寧波第一批中國買辦商人出現，人數不斷增加，買辦商人利用手中積累的財富投資設立獨立於洋行的商業機構，從事商業。並帶動原有南北貨商號的經營方向的改變，開始經營洋布、五洋雜貨等，形成了新興的百貨商業和綢布業，還參與新興的五金、玻璃、顏料、鐘錶等行業的投資，「寧波幫」的商人群體中如董鼎山、董樂山兄弟的董氏家族，〔註10〕先在上海成立「天一」影業公司、最後發展為香港影視王國的邵氏兄弟家族，都是經營顏料、染料等行業的。紹興的近現代工商經濟也有較大的發展，其與杭州、上海的交通，由運河的疏濬、鐵路的通車而變得快捷，促進了當地與外埠的物流，紹興的土特產、半成品等可以更快地通過杭州、上海轉銷，如紹興的紹興酒、

個（鎮 15 個，市 115 個）。清代有市鎮 201 個，是同期浙江市鎮分布最為密集的地區，平均每 71.3 平方公里有 1 個市鎮，陳國燦：《浙江城鎮發展史》（杭州：杭州出版社，2008 年），頁 248、249。

〔註8〕陳國燦：《浙江城鎮發展史》，頁 250～256。

〔註9〕廖樂柏（Robert Nield）著，李筱譯：《中國通商口岸——貿易與最早的條約港》（*The China Coast: Trade and the First Treaty Port*）（上海：東方出版中心，2010 年），頁 211、212。

〔註10〕據回憶其祖父董順來原是屠夫出身，替德國顏料商看管倉庫，該德商於「一戰」爆發時回國，將顏料給了祖父，由此開始發跡，到父親董振甫一代成為寧波幫的代表人物。董鼎山：〈從祖父建觀音閣談起——八八回憶之七〉，《憶舊與瑣記：鼎山回憶錄》（天津：百花文藝出版社，2012 年），頁 36～37。

茶葉等；而外埠尤其是西方的洋貨也更快更低廉地被輸入。

其二是手工業的變動。「從傳統的自然經濟結構過渡到以機器大工業為基礎的商品經濟體系，是一個漸進的過程。在這個過程中，手工業的演進是其基本形式。」〔註11〕寧波對外貿易增長，促進絲茶等手工業商品的片面發展，手工工場擴散開來。頗具地域特色的行業如魚鹽、木作、藥材等具有不可取代性，在交通發展的帶動下，發展為相當規模。寧式家具因其昂貴的木材、講究的工藝受到上層社會的追捧，成為地區品牌。中藥材業僅藥行街就有 50餘家藥行，職工達 500 人以上，寧波成為當時全國中藥轉運中心。茶葉加工場大量雇傭工人，據 1871～1872 年浙海關貿易報告記載「寧波現有茶葉烘烤、分揀人員每行約 355 人左右，男女工共約計 9450 人。」〔註12〕但此時資本的非智慧性流通功能，更多是加深了對中國手工業的剝削。外國棉紡織品的輸入，極大地衝擊了中國手工棉紡織業生產銷售市場，阻塞了家庭手工業向原始工業轉化的渠道。在口岸城市，開始有服用洋布者。由此，「江浙之棉布，不復暢銷，商人多不販運。而閩產之土布土棉，遂亦困之壅滯不能出口」。寧波港棉布的進口，使銷往本地的南京土布價格由每匹 6 元降至 3 元 5 角。許多布機因之停而廢織，上海附近也是同樣的情形。〔註13〕棉紡織業只是手工百業受到衝擊的縮影，第二次鴉片戰爭後，西方資本利用其建立在機器工業基礎上的優勢，大力傾銷其廉價工業品，嚴重衝擊了傳統手工業。所謂「洋布，洋紗、洋花邊、洋襪、洋巾入中國，而女紅失業，洋油、洋燭、洋電燈入中國，而東南數省之柏樹棄為不材，洋鐵、洋針、洋釘入中國，而業冶者多無事投閒，此其大者。尚有小者，不勝枚舉。」〔註14〕傳統手工業如棉紡織業是農業和家庭的結合，生產方式落後，又面臨惡劣的經濟環境，難以承受外來廉價品的傾軋。傾銷結果使傳統男耕女織的農村手工業形態發生變化，紡、織分離，耕、織分開，寧波入口的洋標布加染後，大量為買不起其他昂貴衣料的人用來做長衫和外衣，洋標布主要銷往相對貧瘠和人口稀少的地區，如

〔註11〕彭澤益（1916～1994）主編：《中國社會經濟變遷》（北京：中國財政經濟出版社，1990 年），頁 98。

〔註12〕中華人民共和國杭州海關譯編，徐蔚葳主編：《近代浙江通商口岸經濟社會概況——浙海關甌海關杭州關貿易報告集成》（杭州：浙江人民出版社，2002年），頁 142。

〔註13〕彭澤益主編：《中國社會經濟變遷》，頁 101～107。

〔註14〕鄭觀應（1842～1921）：《盛世危言・紡織》，轉引自彭澤益主編：《中國社會經濟變遷》，頁 108。

衢州、餘姚、金華等地。〔註15〕通商口岸及周邊市鎮的手工棉紡織業萎縮，「巡行百里，不聞機聲，耕夫織婦，周身洋貨」成為常態〔註16〕。社會的消費結構和家庭手工業的生產結構改變後，部分從農村解放出來的人口開始尋求新的生存機會，火柴、捲煙、油廠等新興手工業得到了一定的發展機會，也催生了一批近代工商企業。

其三是在外來經濟的刺激和壓力下，自上而下的抑商政策轉為扶植政策，於以工業為核心的工商經濟發展創造了較有利的環境。20世紀初清廷確立「通商惠工」的基本國策，1903年制定了中國第一部《商法》，大力扶持民族實業，民間投資踴躍。〔註17〕浙江1904年設立農工商礦局，採取諸多有益措施，並精簡申請創辦企業的審批手續，對遇有阻力者給予幫助。〔註18〕這些措施下，浙江的民族資本主義經濟在原先的「三通」〔註19〕「三絲」〔註20〕基礎上有了較快速的發展，20世紀初有90個近代工業企業分布於26個城市，遍布多個領域；到1911年，全省創辦122家工廠，多為輕工業，主要集中於杭、寧、溫3個通商口岸，寧波和溫州各有24家和8家企業。〔註21〕寧波的紗廠、榨油廠雇傭工人多，規模大，如寧波和豐紗廠有工人1785人，資本額達839200元，每月生產紗千餘包。近代會館公所等工商團體、商會組織，到現代同業協會等組織開始形成。寧紹會館遍布浙東及各主要交通關口，利用自身的經驗優勢進行商業貿易。1905年成立以錢業為核心的寧波商務總會及下轄各縣分會成立後，同業公會也得到了更多機會，1912年寧波城區有魯班殿、藥皇殿、錢業公所、木材同業公所等19個。行業協會、同業組織在交流信息、提供保障、促進協作等方面有其明顯優勢，是有利於浙東地區的商貿發展的。

〔註15〕彭澤益主編：《中國社會經濟變遷》，頁112～113。

〔註16〕蔡芷卿、馬里民：《鄞縣通志・博物志》，頁81。

〔註17〕民間資本湧入各業，1905～1910年間，國內新設廠礦萬元以上的資本就有209家，總資本約7525萬元。胡成：〈「遷延」的代價〉，《學者的本分》（北京：社會科學文獻出版社，2017年），頁75～82。

〔註18〕《浙江官報》1910年第26期上公文顯示，奉化士紳王禹襄欲辦銀山崗礦務，遭迷信村民反對，勸業道敕令知縣開導化解。同年第18期該官報上也載1909年慈谿華僑吳作謨創辦寧紹輪船公司，遭同業傾軋，巡撫、勸業道都盡力促成建船商總會，並後續出臺《保護辦法六條》，這些說明這類幫助並非個案。

〔註19〕指寧波的通久源紗廠、杭州的通益公紗廠和蕭山的通惠公紗廠。

〔註20〕是紹興的開源永繅絲廠、杭州的世經繅絲廠和蕭山的合義和繅絲廠三家絲廠。

〔註21〕金普森、陳剩勇主編，汪林茂著：《浙江通史・清代卷》，下冊，頁7～21。

其四是相關的經濟會計制度變化。明清以來的商業活動中已產生了基於中國傳統的「夥計制度」,這一全新而普遍的制度規模和組織大,商賈和「夥計」儼然是老闆和雇員的關係,且「夥計」「掌計」大都為親族子弟,這種利用傳統文化資源,將「舊的宗族關係轉化為新的商業組合」,在清末民初的新型資本家依舊沿襲下來。﹝註22﹞這是對韋伯(Max Weber, 1864~1920)關於中國經濟發展受限是因「同胞關係」而受阻的反證。﹝註23﹞且可以與西方複式簿記相抗衡的商業算術,民初時在寧波發展出了新型的會計制度:過帳制度,即「憑計薄日書所出入之數,夜持簿向錢肆匯錄之,次日互對」。﹝註24﹞從現有史料看,浙江乃至全國最早的漁業公所誕生於雍正二年(1724年)鄞縣成立的南蒲公所,到1912年浙江有年代記載的漁業公所有43家,定海分布最多,漁業是最早實現全行業過帳制度的行業。﹝註25﹞在寧波錢莊最集中的江廈街,首創這種資金收支不必使用現金,而通過錢莊匯轉,統一清算的過帳制度,這一現代銀行業最早、最全面的結算清算制度,使寧波錢莊成為全市經濟金融的樞紐,以及全國金融市場的「過帳碼頭」「多單碼頭」和「信用碼頭」。﹝註26﹞錢莊過帳制度使得城市內外的錢莊聯結為網絡,工商企業可以通過開戶方式進入其中,提高支付效率,節省費用,能滿足以對外貿易為主的新經濟模式對金融的需求。寧波錢莊經過帳制度的改革,推動其自身的近代轉型,並為寧波幫的發展提供足夠的金融應用,為領導全國金融提供制度保障。﹝註27﹞江廈街的金融活動之盛,美國浸禮會傳教士瑪高溫在其〈中國的行會〉一文中有詳細記載,他描述了稱之為「寧波的華爾街」(江廈街)上貨幣市場投機交易操控股票的繁鬧景象,在大量過度投機催生無序競爭的悲劇後,行業協會發布規程加以約束,以期「以公正和真誠的行動,振興本

﹝註22﹞余英時:《士與中國文化》,頁487~489。

﹝註23﹞馬克斯・韋伯認為中國發展資本主義五個先決條件中市場自由,是從根本上與任何類型的同胞關係格格不入的。﹝德﹞馬克斯・韋伯:《經濟・社會・宗教》(上海:上海社會科學院出版社,1997年),頁118~155。

﹝註24﹞清光緒《鄞縣志》卷2,轉引自金普森、陳剩勇主編,汪林茂著:《浙江通史・清代卷》,下冊,頁34。

﹝註25﹞胡新建:《寧波商會組織發展變遷史研究》(杭州:浙江大學出版社,2016年),頁22~23。

﹝註26﹞湯中山:〈中國銀行業最早的結算清算制度:寧波錢莊業的過帳制度〉,《中國銀行業》2017年第2期,頁113~115。

﹝註27﹞陳銓亞:《中國本土商業銀行的截面:寧波錢莊》(杭州:浙江大學出版社,2010年),頁65。

埠之商業」。〔註28〕現代銀行業也是最早由寧波、紹興人仿西方銀行組織設立。〔註29〕此後，杭州、紹興等地也實行了類似的「劃洋」制度，這促使了錢業的近代金融轉變，它又與近代錢業資本向工礦、交通、銀行的結合、轉化密切相關，是浙江資本主義經濟近代化的表現，也是經濟發展的產物。

2. 浙東現代工商業經濟的發展

浙東經濟在近代初步轉變後，獲得了較快的發展，主要表現在幾個方面。其一為商業資本推動了農業資本主義、工業資本主義的原始發展。資本進入生產領域，〔註30〕開始以追求利潤為其最終且唯一的目的，打破了以往「只把使用以及使用價值當成一切生產活動之目的的生產關係」對商業資本的制約。〔註31〕在政策和外來經濟的刺激下，浙東各類近現代工業開始逐漸興起，以工業為主導的新型實業在「一戰」前後普遍獲得了發展的時機。1917～1927年，寧波藥業有藥行64家，從業人員1400人，營業額最高年份可達銀元950萬元。〔註32〕紹興城區1911年有商店1719家，計74個行業，到1936年，城區商業有103個行業，計4887家，資本總額940.1萬元，年營業額達4828.8萬元。〔註33〕主要行業「三缸」（酒缸、染缸、醬缸）外銷也廣受歡迎，紹興酒坊林立，超過2000家，年產量超5000萬斤，除供應本地區外，外銷各地，省外以上海為主，還遠銷日本。錫箔業使紹興有「錫半城」之稱。周圍市鎮近代工業得到了相當發展，臺州海門鎮碾米廠、鐵工廠、花廠、木廠、織布廠等工業較多，紹興的各市鎮除了碾米廠外，還有絲廠、電氣公司。〔註34〕相應的近代商業公會、同業協會等組織也得到了發展。1931年寧波改組成立

〔註28〕瑪高溫：〈中國的行會〉，該文原載 China Review, Vol.XII, 1883，轉引自彭澤益：《中國工商行會史料集》（北京：中華書局，1995年），頁24～27。

〔註29〕蕭一山：《清代通史》，頁1595。

〔註30〕卜凱的調查顯示，沿海地帶近十年來，因交通發展，農業得到一定的發展，不少富餘資本用意買地，以資積累聲望。〔美〕卜凱：《中國土地利用》，頁241。這與小說家的觀察是一致的，邵荃麟寫典型市鎮地主傳家秘籍：家產一股買田產，一股各碼頭開店拼股，還有一股留現錢盤利息。邵荃麟：〈吉甫公〉，《現代文藝》1940年第1卷第3期，頁108。

〔註31〕〔法〕米歇爾・于松（Michel Husson）著，潘革平譯：《資本主義十講》（Le Capitalisme En 10 Lecons）（北京：社會科學文獻出版社，2013年），頁5。

〔註32〕陳國燦：《浙江城鎮發展史》，頁356。

〔註33〕陳德傑：〈紹興老酒〉，《浙江青年》1935年第1卷第8期，頁187、188、頁357。

〔註34〕陳德傑：〈紹興老酒〉，《浙江青年》1935年第1卷第8期，頁372～378。

的同業公會有 70 個，會員 2731 家；1946 年，有 86 個；1949 年，市區有 8 個工業同業協會，會員 259 戶，51 個商業同業公會，會員 2305 戶。藉由組織內外協調組織行動，無疑促進商業發展和商人地位的提高，培養商人的結社和自治意識，在另一方面推動中國近現代社會的民主法治、文化生活等的進步。〔註 35〕

　　商業資本進入農村，或者直接與農民，或者是以合作社辦銀行的方式，給農民以資金的支持，通過獲得議價權與農民們簽訂協議預先發放農業生產所需資金，控制了農民的所得，浙東農民的農產品、手工業品、漁產品、林產品及經濟作物的市場就被商業資本所掌控。其結果必然是已經喪失了對其農產品提價權的農民們愈加貧困，失地的農民越來越多，自耕農急劇減少。近現代農村土地多租賃，失地農民增加，佃農比重上升。〔註 36〕在 1927 年的鄞縣，自耕農與地主、佃農、雇農比例達到 1：2：7：10。每百人中，雇農占 50%，佃農占 35%，地主占 10%，自耕農只占 5%。〔註 37〕資本進入和稅負過重合力作用下，鄉村承擔最主要賦稅自耕農階層基本消失，經濟結構的改變帶動了社會結構的改變。〔註 38〕在城鎮，出現了進城地主、買辦、商人、官僚等，他們將資金投入到新興的交通、貿易、工礦、五金、金融等行業，吸引了城鄉大量的失地、失業人員，工廠手工業商人資本滲透入生產領域，進而轉化為產業資本；勞動轉變為自由出賣；並通過壓低生產成本來達到對更多利潤的追逐。

　　當然，工商企業的發展並非順利。世界性經濟危機對民族工商企業的傾軋造成大量企業瀕臨破產，企業主以壓低工人工資、原材料等手段應對，造成了勞資關係的持續緊張。茅盾的《子夜》是對這一時期中國社會各階層及

〔註 35〕胡新建：《寧波商會組織發展變遷史研究》，頁 70～76，53～54。
〔註 36〕與本文所指的浙東地區沒有具體數據，不過 20 世紀 30 年代全國超過 32% 的農戶沒有土地，靠租賃耕種，42% 的土地為租賃狀態，以南北差異及土地資源稀缺情形，浙東這一數據應當更為嚴重。〔美〕易勞逸，苑傑譯：《家族、土地與祖先》，頁 144。卜凱的 1930 年代調查指出全國自耕農占半數以上，佃農占 17%，而水稻區佃農占 1/4，自耕農少於 2/5，半自耕農超 1/3。〔美〕卜凱《中國土地利用》，頁 336。據北洋政府的農商部的統計資料，1917 年，全國 17 地的佃農占比為 36%，1921～1924 年，全國的 37 地這一比例達到 60%。數據變動可以作為鄉村經濟破產，政治惡化的表徵。張鏡予：〈中國農民經濟的困難和補救〉，《東方雜誌》1929 年第 26 卷，第 9 號，頁 13。
〔註 37〕楊蔭深：〈浙江鄞縣南區調查〉，《東方雜誌》第 24 卷，第 16 號，頁 134。
〔註 38〕徐傑舜、劉冰清：《鄉村人類學》（銀川：寧夏人民出版社，2012 年），頁 257。

其關係的觀察記錄。抗戰爆發初期，寧波不少行業趨於繁榮，船員、碼頭工人、倉庫工人都有了新的工作機會，商行、軍方供貨商和個體商販都湧入寧波尋求機會。〔註39〕至淪陷前後，寧紹地區的工商企業或南移或內遷，或者遭受嚴重破壞。溫州因其地理位置，抗戰期間工商業得以擴大。〔註40〕溫州、金華等地企業還吸收大批進城農民，抗戰前溫州有 2200 名運輸工人，到 1939 年末至少有 5335 名運輸工人。〔註41〕

　　其二是交通業成為經濟體系的主要組成部分，這是工商經濟發展的必然要求。浙東水網密布，水上交通運輸已有相當的基礎。寧波商人預見到運輸現代化的趨勢，於咸豐四年（1854 年）集資 7 萬兩白銀購買了中國第一艘現代化輪船寶順輪，配備大炮、彈藥，此舉早於上海 1886 年購輪船整整早了 30 年，寶順輪清掃了寧波港出入口及沿海肆虐的海盜船，保障了港口貨物運輸的快捷暢通，寧波港也由單純木帆船邁入輪船港的時代，浙東港口碼頭、埠頭等的停泊船隻原先以舢板、航船為主逐漸被機器船、輪船所取代。交通運輸的發展也可見於從事運輸企業的數量。民初，在浙東新註冊的輪船運輸企業有 25 家，其中寧波及下屬縣就有 16 家，開設由浙東各縣市往返的內外航線 27 條。〔註42〕寧波的中小輪船業發展至 1936 年，寧波城區輪船、汽船航運業增至 48 家，其中有 20 家經營外海航線。內江、內河商輪企業各為 13、15 家，輪船碼頭 20 餘座（包括鎮海 7 座）。〔註43〕

〔註39〕《浙江航運史》編委會：《浙江航運史》（人民交通出版社，1993 年）·436～437 頁。

〔註40〕該地棉紡廠從戰前的 9 家迅速增加到 33 家，織布機從戰前的 500 臺激增到 1939 年初的 7000 臺，工人數量從 1000 人增加到 3000 人。皮革工業從戰前的 10 餘家增加到超過 40 家，肥皂廠從 5 家增加到 13 家，還新增了兩家西式銀行、7 個分行，至少新建了 17 家地方銀行。〔美〕蕭邦奇（Robert Keith Schoppa，）著，易丙蘭譯：《苦海求生：抗戰時期的中國難民》（*In a Sea of Bitterness: Refugees during the Sino-Japanese War*），（太原：山西人民出版社，2016 年），頁 290。

〔註41〕〔美〕蕭邦奇著，易丙蘭譯：《苦海求生：抗戰時期的中國難民》，頁 289。

〔註42〕運輸的貨物吞吐量 1913 年為 77.71 萬噸，比 1875 年的 21.56 萬噸增長 2.6 倍。從 1875 年到 1913 年，貨運量增加 5～6 倍。客運量 1913 年為 164.94 萬人次，比 1880 年的 12.58 萬人次增加 10 餘倍。而 1934 年比 1914 年又增長 63%。數據主要來自《浙江通史·清代卷》（下）表 1～3「1900～1911 年浙江新辦輪船航運企業一覽表」的統計，金普森、陳剩勇主編，汪林茂著：《浙江通史·清代卷》，下冊，頁 21～24。

〔註43〕俞福海主編：《寧波市志》（北京：中華書局，1995 年），卷 8，頁 695、696。

現代化的公路建設特別在南京國民政府時期得到建設，1927年寧波至奉化公路開始建設，1929年通車，長49公里；又先後建設寧波至下屬各縣區公路，長447公里。隨著公路網的建設，公私客運業務紛紛開通運營，形成以寧波為中心，發至四周鄰縣客運網。到1949年，市、屬縣客運量142萬人次，周轉量2562萬人公里。〔註44〕鐵路方面，滬杭甬鐵路曹娥至寧波段1914年通車營業。鐵路除了以寧波為中心站的蕭甬線及其支線外，1916年虞洽卿（1867～1945）出資興建伏龍山至三北輪埠公司碼頭長4公里的鐵路；1931年樂寶振出資建鄞縣寶幢至鎮海璎珞河頭輕便鐵路。鐵路客貨兼營，主要以糧食、茶葉、棉花、水產為主，流向鐵路沿線的市鎮鄉村。〔註45〕1937年建成的杭甬鐵路又打通了杭州與寧波的陸上運輸；中西部和南部交通20世紀初有了新的發展，1929年起由杭江鐵路延築至萍株鐵路的浙贛線樞紐在金華，聯通了浙江與江西、湖南的交通網絡。

抗戰爆發浙西淪陷後，浙江的運輸依據浙東先是寧波為主要港口，利用輪船經沈家門、石浦繼續發展與上海間的貿易，帶動了這些港口的商業。1946年石浦商號，已從1940年的139家發展超過400家，尚不包括漁業在內。〔註46〕寧波被佔領後，溫州為最主要的轉運港口。抗戰爆發前夕，溫州有7家船運公司，1941～1944年新增了6家。開闢了3條新的輪船航線，另外還新增了4艘拖船。〔註47〕對外運輸，本地及從內河運來的貨物轉運到上海再銷往國際市場，商品以桐油和茶葉為主。1938年，溫州的桐油出口量幾乎是戰前銷量最高時的三倍。茶葉起初從寧、紹、臺各縣集中到餘姚縣經寧波轉運到上海，後經溫州轉運；金、衢、嚴各縣的茶葉先到金華運往溫州再轉往上海。〔註48〕

通訊聯絡也逐漸現代化。列強在寧波開埠後先後開辦郵政，民間「信客」業興起，大清郵政後改為中華郵政，形成浙東郵局、民信局、客郵、信客業並存的局面，開辦有市內電話、無線電報、長途電話、農村電話業務，電報電話可以直達上海、杭州等11個市縣。〔註49〕唐弢到上海後進入郵局

〔註44〕俞福海主編：《寧波市志》，卷10，頁820。
〔註45〕俞福海主編：《寧波市志》，卷10，頁830、839。
〔註46〕《象山縣志》編委會：《象山縣志》（杭州：浙江人民出版社，1988年），頁144、181、305。
〔註47〕〔美〕蕭邦奇著，易丙蘭譯：《苦海求生：抗戰時期的中國難民》，頁289。
〔註48〕〔美〕蕭邦奇著，易丙蘭譯：《苦海求生：抗戰時期的中國難民》，頁289。
〔註49〕俞福海主編：《寧波市志》，卷10，頁854。

工作，王任叔、吳似鴻小說中都提及信客送信息的形式，這是當時民間信客業的發展。

其三是城市化加速。由於商業港口的積累效應，近現代人口遷移特別是遷入商業港口城市成為趨勢。1855 年寧波有人口為 15497 人，1912 年鄞縣城廂 141617 人，1928 年寧波建市城區人口約 212397 人。城市化過程中，市鎮得到進一步發展，人口城鎮化加強。〔註50〕杭州灣南部的庵東鎮人口達到 1.5 萬人，人稱「小上海」。〔註51〕但寧波對周邊的吸聚效應還是明顯不足，其人力和資金向上海的大規模轉移十分集中。上海 1843 年開埠，到 1850 年對外貿易開始全面超越寧波，快速發展的現代工業使上海迅速城市化，繼而成為當時中國市場化機制最為成熟的地方。〔註52〕1933 年上海擁有現代工廠 1200 家，工業總值達到 11 億元以上，超過了當時全國總產值的一半，成為當時當之無愧的工業中心。〔註53〕工業和商業也表現出了相對的完整性，上海商業共計 150 多個行業。消費市場和消費方式的完善使得上海的消費種類增多、消費需求擴張、消費成本上升，物慾與奢靡之風充斥了上海的角落。上海的強勁發展動力吸引了包括寧波的大量投資。當時寧波到上海的陸路水路都已開通，海輪可以直達上海碼頭。蜂擁到上海的寧波人，與原先在上海的寧波商人相結合，逐漸滲透到上海工商業的各個領域。下層老百姓到上海謀生，或是做工，或是「學生意」，亦有為數不少的寧波人充任海員、水手。一些人由此一步步地積累起巨額資產，進入上層社會。寧波人進入上海，改變了上海這座移民城市的人口結構，19 世紀後期寧波人已在總數上超過廣東人，成為上海外來居民中最大的移民群體。在上海的投資中，寧波並不十分突出，

〔註50〕俞福海主編：《寧波市志》，卷 4，頁 286、282、283。

〔註51〕〔美〕蕭邦奇著，易丙蘭譯：《苦海求生：抗戰時期的中國難民》，頁 291。

〔註52〕1933 年經濟統計研究所《中國工業調查報告》提供了 17 省 4 市共 146 個縣市的內資工業數據（共 2435 家使用機器動力且雇工 30 人以上的工廠，不包括礦業、兵工廠和造幣廠。無東北淪陷區資料，亦未調查當時工業落後的雲南、貴州、甘肅、寧夏、青海和新疆）。將工業年產值超過百萬元的城市分為從特級到六級共七個等級。上海為唯一的特級城市（7.27 億元，占當時內資工業年總產值 15.69 億元近半）。浙東的鄞縣為第四級、紹興、餘姚為第五級，奉化、蕭山為第六級，其總量遠超其他地區，但上海的虹吸效應依舊顯著。張寧：〈中國近代工業布局的演變〉，《光明日報》2017 年 12 月 4 日。

〔註53〕〔美〕羅茲·墨菲（Rhoads Murphey, 1919～2012），上海社會科學院研究所編譯：《上海——現代中國的鑰匙》（*Shanghai, Key to Modern China*），（上海：上海人民出版社，1986 年），頁 200。

突出的同鄉地域觀念使得寧波人在上海以團結著稱,「江浙財團」中「寧波幫」逐漸成為了中堅力量。〔註54〕

3. 鄉土社會的轉化

中國社會的一體化結構是在相對孤立的歷史條件下形成的,它在長期的運行中能以內部的系統協調和修復機制維持封建社會的基本固定模式,但面對外來衝擊時,它要麼阻斷現代化,「一旦由政府全力推行現代化事業,代價則是傳統一體化整合方式的解體,社會面臨日益嚴峻的內部整合危機。」〔註55〕19世紀中葉對外開放,近代工業文明最先開始衝擊沿海地帶時,浙東地方經濟被迫捲入近代化,當一體化結構內部的一個子系統發生變異時,其餘的兩個系統便不再能穩固地維持原狀。中國社會最廣大最基礎的鄉土社會開始裂變,維繫一體化的意識形態遭受質疑,權威不再。

鄉土社會的轉化主要是農村社會結構的重組,表現為原有「四民」分層被打破,出現新的階層,以家族為主要構成單位的宗法制社會解體,個人家庭、社會角色的分化,相關社會、家庭、人際等方面的制度和觀念轉變。傳統小農生產方式下,鄉土中國的基層社會最主要群體為農民和地主。〔註56〕平民地主和自耕農是國家賦稅的主要承擔者,都是四民中的「農」。租賃耕作的和受雇於人的兩類農民與地主構成契約、依附關係。禮俗社會是「匱乏經濟」

〔註54〕上海的寧波幫是以個人與省籍為紐帶的基礎的商界領袖人物集團。其主要力量來自錢莊,1875年後發展到買辦、工業、近代銀行業等,經過20年發展寧波幫成為上海經濟的重要力量。其後的25年,上海的經濟和人口快速增長,吸引了來自全國各地新資本家。私人交誼和親緣紐帶的重要性,又讓以占得先機的寧波幫具備了強大的凝聚力,於是以老的寧波幫為核心,逐步吸收非本籍人結合在其私人關係網內,形成一個較大的浙江財團,控制著上海商界。上海大部分的錢莊、大多數的棉布和棉紗廠、大多數的報關行、主要的航運公司和設在上海的多數煤礦公司。它還指揮著前面所說的大多數企業家團體,包括總商會、上海銀行公會和錢業公會。〔美〕帕克斯‧M‧小科布爾(P.M.Coble.Jr)著;蔡靜儀譯,《江浙財閥與國民政府1927~1937年》(The Shanghai Capitalists and the NationalistGovernment),(天津:南開大學出版社,1987年),頁8~9。

〔註55〕金觀濤、劉青峰:《開放中的變遷:再論中國社會超穩定結構》(北京:法律出版社,2011年),頁18。

〔註56〕按戶籍制度區分,農民和地主都有許多種類,農民包括平民身份的自耕農、半自耕農、富裕農民,租賃耕作有平民佃農和佃僕,受雇於人的農業傭工和農業奴隸,以及平民地主和小土地出租者,特權地主有貴族地主、官僚地主和縉紳地主。馮爾康:《馮爾康文集:古代宗族與社會結構史》,頁237~239。

（economy of sarcity），〔註57〕人們被固定在有限的土地資源中，物質生活條件低下、生產技術停頓。市鎮、城鎮是鄉村交換獲取生產、生活資料的中心，其生產關係是鄉村的延伸。浙東工商經濟的發展轉變觸動了社會結構的重新組合、分層，農村的家庭結構、社會角色隨之變化。在工商業化的衝擊下，資本介入浙東農村，導致土地大量被兼併，機械化工具在農村出現運用，耕作方式發生變化，自然農業遭衝擊，寧波出現了特殊的「大佃農」，這6000多戶占總戶數的0.89%，是特有階層，通商後，分化為離土經商的商人和繼續經營農業的農民。但農村大規模的資本主義農業生產沒有出現，加之苛捐雜稅、高利貸等，農民大量破產，人地矛盾愈發嚴重，農村無法自給。1911年，會稽縣產糧21749.11萬斤，此外仍需大量進口糧食。紹興地區的糧食難以自給，甚至豐年也需要金、衢、嚴等處採運接濟。〔註58〕農業不再長期依賴於男性勞力，多餘的農業勞動力勢必要大量向工商行業轉化，民初時期以自耕農、半自耕農和游民組成為主的浙東農村人口結構逐步改變。〔註59〕農村經濟的破產，城市化的發展，吸引大量鄉村人口流入城鎮，被迫離開農村的農民，成為城市產業工人或流民。

　　鄉紳階層的分化是鄉土社會最明顯的轉變。原先在鄉村自治中發揮主導作用的鄉紳，部分在城市化浪潮中進城，留在鄉村的鄉紳隊伍弱化，被迫轉型。士紳在傳統社會結構中，處於統治者階層的下層和民的上層，具有極大流動性。明清以後的地方社會中，縣以下的層級管理主要是由士大夫為主的社會精英主導，其權威性更多來自於民間小傳統。〔註60〕「士紳社會」與城鄉基層民間有著密切聯繫，「鑲嵌在鄉村的家族宗法關係和城市的地域、鄰里關係之中，通過鄉約、鄉學、社倉、賑災、調解以及舉辦各種公共事業，在鄉

〔註57〕費孝通將中國傳統社會處境確定為「匱乏經濟」，以與工業處境的「豐裕經濟」相對照，主要依經濟結構的本質，此一經濟類型生活程度低，沒有發展機會，物質基礎被限制，人也被固定圈在一地。費孝通：〈中國社會變遷中的文化癥結〉，《鄉土中國・鄉土重建》，頁4～6，108～112。
〔註58〕葉崗、陳民鎮、王海雷：《越文化發展論》（北京：中華書局，2015年），頁281。
〔註59〕據《浙江通志》數據顯示，與浙西多富農、地主以及雇農的兩極化結構不同，浙江22%的半自耕農和12%的自耕農主要在經濟較發達的浙東浙北，8%的游民多在金華、處州、臺州一帶。金普森、陳剩勇主編，金普森等著：《浙江通史・民國卷》，上冊，頁144～145。
〔註60〕費孝通著，惠海鳴譯：《中國士紳》（北京：中國社會科學出版社，2006年），頁14～19。

村的公共生活和私人生活中扮演了不可缺少的地方精英角色。」〔註61〕長期以來鄉紳階層是地方秩序的主要維持者，尤其對地方的公序良俗、治安防衛等負有重要責任，大到村鎮主要管理事務小到家庭鄰里糾紛都由鄉紳名流們決定。臺州溫州的狀況顯示在鄉村保甲為官方督治之形式，〔註62〕實際上鄉村組織仍以宗族為背景之自治單位，鄉紳在自治中有極大的發揮空間，在「村落結構」中起重要建構作用。〔註63〕不過其他地方的案例也說明，士紳成為晚清民間市鎮權力網絡的中心力量，地方民間的宗族取向為士紳取向所取代；且社會流動性強，工商業發達而造成觀念變化較大的地方，血緣關係或地緣集團之間的關係開始被利益集團之間的關係所削弱。〔註64〕同光之間從杭州到其他各府形成的一切事宜由紳士主導，紳、社、會又徵之於商、民，也說明士紳的權力由原先地方性教化為主的文化事務，滲透進入到經濟、政治和軍事領域中。這一現代轉型實際開始於晚清，大多掌握地方民團主要領導權的地方精英，在清政府的內外交困中承擔了更多的職能。〔註65〕但紳權的擴大只是短暫的階段，當取消科舉制杜絕了鄉紳家庭向上流動的道路，重商政策又帶來商人的挑戰和進城的吸引兩方面衝擊，城市化吸引了鄉間的人才和資金，被「損蝕沖洗的鄉土」經濟的凋敝〔註66〕，更沒法吸引、留住鄉村知識分子，鄉紳隊伍無以補充新的人員，其權威的削弱是必然的。〔註67〕

〔註61〕許紀霖：《家國天下：現代中國的個人國家與世界認同》（上海：上海人民出版社，2017 年），頁 390。

〔註62〕匪石：〈浙風篇〉，《浙江潮》1902 年第 4 期，頁 15～16。

〔註63〕李慶真以「村落規則結構」與「村落文化結構」來說明此一概念，認為在其中鄉紳發揮了文化知識和社會規範的傳遞者和教導者的角色，同時還以其權力、權威的力量對鄉村社會的地方性規範和習俗、禮儀起著強化和示範作用。李慶真：《社會變遷中的鄉村精英與鄉村社會》（杭州：浙江大學出版社，2017 年），頁 11。

〔註64〕趙世瑜、孫冰：〈市鎮權力關係與江南社會變遷——以明清以來的浙江湖州雙林鎮為例〉，趙世瑜編：《小歷史與大歷史：區域社會史的理念、方法與實踐》（北京：北京大學出版社，2017 年）頁 266～274。

〔註65〕〔美〕孔飛力（Philip Alden Kuhn, 1933～2016）：《中華帝國晚期的叛亂及其敵人：1796～1864 的軍事化與社會結構》（北京：中國社會科學出版社，1990 年），頁 566～602。

〔註66〕費孝通：〈損蝕沖洗下的鄉土〉，《鄉土中國》，頁 294～304。

〔註67〕馮爾康對鴉片戰爭與中國近代化的觀察中，認為這個削弱經歷了先提高後弱化的過程。馮爾康：《馮爾康文集：清史專題研究》（天津：天津人民出版社，2019 年），頁 169。

　　近現代的紳士城市化擴充了新式知識分子力量。19 世紀末期以來，商業發達地區精英群體日益強健，其民族意識崛起，社會角色改觀明顯。〔註 68〕最活躍的鄉紳或者將孩子送入城市接受現代教育，進入「知識分子社會」〔註 69〕；或者關心城市遷居後轉變角色。有功名的鄉紳數量在清末的 144 萬人，到 1909 年被現代知識分子超過，1912 年後者達 300 萬人，已是前者的兩倍，這「意味著中國社會精英階層分布重心的歷史性改變。」〔註 70〕現代知識分子處於上層國家權力和下層市民社會之間，身份和職業多元，多從事與自身專業知識相關事業或產業的生產、管理、研究等職業，他們通過對知識的生產和流通的控制，掌握權力的再生產，其中學校和傳媒是核心資源。〔註 71〕查爾斯・泰勒（Charles Taylor, 1931～）認為在社會的現代轉向前，個人化的認同即「我」所特有的，「我」在自身之內發現的認同，召喚著現代知識分子，要求自由、平等的制度，〔註 72〕必然催生獨立自主的文化人。轉型為現代教育機構的教員，文化產業的編輯、記者，獨立身份的作家，或者幾重身份兼而有之的現代知識分子，都有明確的獨立自主意識，對自我價值的追求在其職業選擇中是主要考慮因素，也是他們之所以「獨立」的根本原因。他們不乏傳統士大夫文人兼濟天下的社會責任感，容易轉化為向廣闊社會公共空間發言的行動，具備強烈啟蒙精神。也有的在社會轉型的動盪中表現出反叛精神和戰鬥性，甚至願意為自己的信仰追求獻出生命。城市裏自主的文化人需要有能夠獨立的生活保障。除了少數能以賣文謀生的作家如魯迅外，絕大多

〔註68〕蕭邦奇以經濟主要指標將浙江劃分為不同的社會生態區（Social Ecological Zones），提出了以縣域為基本數據統計的「四個浙江」的模式，其中核心內區域以錢塘江下游兩岸為主，包括杭嘉湖及寧紹、溫州等 20 個縣，即以傳統浙西和本文所指的浙東（不包括象山等瀕海縣）為主。〔美〕蕭邦奇著，徐立望、楊濤羽譯：《中國精英與政治變遷：20 世紀的浙江》（*Chinese Elites and Political Change: Zhejiang Province in the Early Twentieth Century*），（南京：江蘇人民出版社，2021 年），頁 5～7。

〔註69〕許紀霖的從傳統士紳到現代知識分子兩種社會類型，主要在於其主角身份和文化背景的差異，更在於內部建制的不同，這種建構是張灝稱為基礎建構的學校、傳媒和結社。張灝：《中國近代思想史的轉型時代》，《思想與時代》（上海：上海文藝出版社，2002 年），頁 37～42。

〔註70〕金觀濤、劉青峰：《開放中的變遷：再論中國社會超穩定結構》，頁 103～104。

〔註71〕許紀霖：《中國知識分子十論・現代中國的知識分子社會》，頁 91～93。

〔註72〕〔加〕查爾斯・泰勒：〈承認的政治〉，陳清僑主編：《身份認同與公共文化》，頁 5～13。

數作家實際從事多職業,多以教師、編輯、記者等身份工作,作家只能是其「副業」。

進入城市的士紳階層,另一部分轉為紳商。周建人回憶魯迅所寫的阿Q時代時說紹興城鎮住戶中小地主不少,且都兼營經商,開著各種商鋪。有的具名士風度,有的為地主,亦有沒有財產,依靠隨時張羅(包括賭博抽頭及收埠頭錢等等)度日的。〔註73〕已分離出來的紳商,在社會角色中依舊被劃入紳的行列。如各種材料都稱為「士紳」的寧波運輸業大亨張讓三,顯示在共同參與商業活動的同時,士紳精英與非士紳精英之間的差異逐漸變得模糊,許多士紳都坐擁商業利益,紳商之別趨於消失。〔註74〕紳與商的合流主要指紳向商的轉變,士人觀念的改變在晚清最後的狀元張謇從商後社會蔚為成風,私人公司歸士階層,在商務活動中士商結合一體,商會、商務局首領多由通官商之郵的紳士擔任。由紳而商的如寧波幫的領軍人物嚴信厚(1850～1919),曾長期任長蘆鹽務督銷等職,績優而升至候補道,後創辦源豐潤銀號及軋花廠、紗廠等實業,是上海灘工商界領袖。也有商向紳士地位攀援滲透,葉澄衷(1840～1899)、虞洽卿(1867～1945)等都通過各種途徑獲得等級身份。〔註75〕

紳商互滲是有脈絡可尋的,商人在都市、鄉鎮的公共事務管理中所發揮的作用是紳士階層所要倚重的,商人的社會地位上升,紳士由科舉進入官僚體系的通道被阻塞後,兩者由合做到合流便會自然發生。這一端倪在浙東工業文明進入的初期便已開始顯露,紳商在城市化和現代工商業的發展興起,參與各種地方管理事務,也確實適應了發展的需要。市民社會中行業性組織和地域性組織出現並逐漸向現代同業組織、協會等演進,城鎮的公共機構是紳商等發揮影響力的主要空間。如早期影響較大的地域性聯誼組織寧紹會館,這個組織可以提供給異鄉浙東人以暫寓或食物接濟等公益性幫助,他們與士人的互動本就比較密切。在都市,紳商參與公共事務已經獲得了一定的發言權,晚清商法公布,有合資商業形式出現後,這一權力開始突破行業協會、

〔註73〕 喬峰:〈略講關於魯迅的事情〉,魯迅博物館、魯迅研究室、《魯迅研究月刊》選編:《魯迅回憶錄》(北京:北京出版社,1999年),專著中冊,頁756。

〔註74〕 〔美〕蕭邦奇著,徐立望、楊濤羽譯:《中國精英與政治變遷:20世紀的浙江》,頁6。

〔註75〕 王先明(1957～):《近代紳士——一個封建階層的歷史命運》(天津:天津人們出版社,1997年),頁245、247、248。

公共基金的領域限制。一些不受政府控制的公共機構（如社倉、普濟堂、育嬰堂、敬節堂）和多功能的地方自育組織（如善堂等），〔註76〕在現代化中經過一定形式的變革成為城鄉新的公共空間，都市紳商在這些公共空間中有著重要的社會影響力。1940 年日軍在浙東發動細菌戰，城市的應對可以看到紳商的作用。日軍在寧波、衢州投放鼠疫病毒，造成兩個城市鼠疫疫情蔓延，在這場危機處理中，兩地紳商發揮了不同的作用，其結果也因此完全不同。寧波在疫情爆發後及時隔離、宣傳，採用有效措施控制，一個月後疫情就基本告結束。衢州疫情延宕推諉導致多方受影響，造成 2000 多人死亡，並外溢到義烏，後者 682 個感染者中 630 人死亡，死亡率高達 91.7%。疫情的處理凸顯三地不同的政治生態、地方文化，不過城市政治精英在社會治理中參與程度很大程度上決定了其結果。寧波主要為商人、記者、教師的城市政治精英，〔註77〕在處理這次危機中起了領導作用。他們主導發動動員、輿論宣傳、聯絡各方，積極採取各項措施，獎勵滅鼠集中隔離，最後多次與旅滬團體會商，達成將疫區全部焚毀的一致意見。〔註78〕另外比較有代表性的如在上海有舉足輕重影響的四明同鄉會，這些由來自寧波的金融資本家、買辦資本家等紳商組織的公共機構，在現代系列社會事件中扮演著重要的調節、救濟、干預的功能，進而影響社會經濟、文化等活動的產生與發展。

民間資本可以辦刊物、印刷機構、學校時，商人與文人密切合作，涉足更廣泛的社會教育、傳媒等領域，由此部分文人與商人結合而成為新的紳商，他們利用所控制的文化媒介，可以更廣泛地借助於控制輿論主張自己的觀點，採取有利於自己階層的行為，從而在社會管理中發揮影響力。在寧波，《四明日報》《時事公報》等通過影響社會輿論，推動社會運動，並影響政府決策。出版界最大的股份有限公司商務印書館有工場 7 所，5 所在上海，北京、香港各有 1 所，〔註79〕其以業界翹楚對印刷、輿論的影響甚大，也是現代文學的生產、傳播中繞不過去的一個機構，浙東人是早期主要參與者、管理者。

鄉村的勞力結構發生變化，直接反映在浙東家庭傳統男耕女織的作業方

〔註76〕〔美〕羅威廉，鄧正來、楊念群譯：〈晚清帝國的「市民社會」〉，〔美〕瑪麗‧蘭金：〈中國公共領域觀察〉，選自黃宗智主編：《中國問題研究的範式問題討論》，頁 178，頁 199～200。
〔註77〕〔美〕蕭邦奇著；易丙蘭譯：《苦海求生：抗戰時期的中國難民》，頁 300。
〔註78〕〔美〕蕭邦奇著；易丙蘭譯：《苦海求生：抗戰時期的中國難民》，頁 304。
〔註79〕蕭一山：《清代通史》，卷下，頁 1586。

式、角色分配的變化。寧波開埠後新興機械化生產的紡織業崛起，逐漸取代了傳統手工的織布業，或者改變了原先紡織銷售的分工。如緯成布局在鄞縣東南鄉陳埠頭桃花江月浦等處發展後，改變了該地原先自備布機織花布銷售的格局，有的由布局發料代織，以每機聽給工價，有的自購紗料織成，自行售賣。〔註80〕顯然，原先農村自織自賣的市場受到擠佔。寧波下屬各縣，如慈谿滸山鎮「1923年前後，土布產銷尚較旺，滸山鎮七家布莊的實際全年收購量在二十萬匹以上。1927年以後土布衰落，至1934年滸山布莊只存四家，全年收購量只十萬匹」。〔註81〕民初已有「習針黹，編草帽，間有刷黃金（錫箔上刷黃水）、織網巾，今以工廠迭興，亦有入廠而為工者」現象，〔註82〕傳統手工土布業市場日漸縮小，更多原本從事家庭手工業生產的婦女開始進入新興企業工作。〔註83〕

其次是浙東農村基本結構出現家族的解體趨勢。維持基層社會的主要代表紳權萎縮，鄉村核心家庭增多，由族—家轉變。歷史的後見之明證明：當傳統的一體化結構不能適應西方工業文明而解體，是通過意識形態更替建立一種可以對抗這種衝擊的新一體化結構，王朝維繫一體化以儒家思想為核心的意識形態必然被檢討、批判。20世紀士紳不得不發生轉變：讀書接受新教育要進城，辦工商企業也得進城，享受現代物質文明也要進城：「社會出現了前所未有的紳士城市化浪潮。」〔註84〕進城後的紳士後人不再回到鄉村，鄉紳逐漸減少，其在鄉村事務中的話語權也逐漸被削弱。士紳城市化對鄉村經營的衰落，還「意味著一體化上層組織和基層宗法組織的斷裂，」〔註85〕紳權作為上層組織在基層民間的延伸和執行者逐漸退出了鄉村事務，其對家族貢獻從1796～1849年的+1.00，到1875年前為0.81，此後到1911年間，則萎縮為-0.43。〔註86〕但另一方面，紳士城市化後轉而出現的經營地主卻提供了更多的商品糧，讓資本主義式的大土地經營者興起，在一定程度上，促使了

〔註80〕彭澤益編：《中國近代手工史料1840～1949》（第2卷）（北京：生活·讀書·新知書店，1957年），頁425。

〔註81〕包偉民（1956～）：《江南市鎮及其近代命運（1840～1949）》（北京：知識出版社，1998年），頁64。

〔註82〕俞福海主編：《寧波市志》，卷47，頁2815。

〔註83〕包偉民主編：《江南市鎮及近代命運（1840～1949）》，頁7。

〔註84〕金觀濤、劉青峰：《開放中的變遷：再論中國社會的超穩定結構》，頁102。

〔註85〕金觀濤、劉青峰：《開放中的變遷：再論中國社會的超穩定結構》，頁106。

〔註86〕金觀濤、劉青峰：《開放中的變遷：再論中國社會的超穩定結構》，頁107。

中國近代城市的發展。〔註87〕

　　其三是鄉村公共文化空間漸趨落寞破敗。鄉村民間傳統的公共文化空間有迎神賽會活動，城鎮有茶館、文藝表演場所等，活動多由鄉紳主持，是顯示紳權的主要舞臺。近現代鄉村公共活動空間依舊存在，但已難挽日趨破敗的頹勢。鄉村主要的公共空間，其物理空間主要有祠堂廟宇等，活動形態主要有迎神賽會、祭祀表演等。宗祠是宗法制社會中宗家血脈所繫，是宗族形象、地位的外現，建造、維護宗祠是宗族事務中首要之事。明《魯班經》載有祠宇的規格形制，包括山門、大所、明樓、茶亭、寢堂等，基本包括宗祠要承擔的社會功用。〔註88〕官方對祠堂功用建築設置都做了明確要求。〔註89〕浙江祠堂按這一形制建築為三進或四進，即大門、儀門、享堂、寢堂，有的附有庭園、戲臺。享堂為舉行祭祀儀式或宗族議事之所，其規模、材質、裝飾等方面為建築群中之最；寢堂為安放祖先神位或紀念對象之所，一般在建築的後部均設有神龕。宗祠是關於家族、宗族事務的討論包括歲祭主持等重大事務的場所，也是祭祀等的活動場所，年末歲尾、重要節日的族祭都要在此舉行。

　　除了在宗祠舉行的祭祀活動外，其他迎神賽會等也是主要的公共活動場合。祭祀活動分家祭、族祭、墓祭等幾種形式，大族往往重要時節通過祭祀活動以達到慎終追遠、凝聚族力的目的。紹興周氏從河南遷入後，在城裏已散枝開葉，分成三支多房，每年歲末族祭、清明墓祭時各房輪流主持。魯迅與閏土結識就是在年節合族祭祀，規模宏大，祭器雜多，當時輪到「新臺門」的這一支，人手不足，才叫閏土來幫忙。周作人記載中還有清明時節的墳祭，都是合族共同舉行，各房輪流。鄉村特別是同宗的聚落就更是如此。從明末張岱所載的越俗掃墓看就已經規模非常龐大，還配以樂器，熱鬧非常。〔註90〕范寅《越諺·風俗》記清明時節合族祭祀，「上墳市」的盛景，與周作人等關於清明上墳祭祀的記載是一致的，村鎮皆為如此，規模大小不等而已。王魯

〔註87〕金觀濤、劉青峰：《開放中的變遷：再論中國社會的超穩定結構》，頁109。

〔註88〕明代《魯班經》載：「凡造祠宇，為之家廟，前三門，次東西走馬廊，又次之大所，此之後明樓，茶亭，亭之後即寢堂。」〔明〕午榮編：《魯班經》（清乾隆間刻本），卷1，頁40。

〔註89〕《明史》中對各品級官員的祠堂的規制確定為：堂三間兩階三級，中外為兩門堂，設四龕，龕置一桌，高祖居西，以次而東藏主櫝中。兩壁立櫃，西藏遺書衣物，東藏祭器。〔清〕張廷玉等：《明史》（武英殿本），卷52，頁660。

〔註90〕〔明〕張岱：〈越俗掃墓〉，《陶庵夢憶》（上海：商務印書館，1939年）卷1，頁6。

彥在〈清明〉中也寫闔村去嘉溪祭祖墳，村裏敲鑼通知，集齊三艘船浩浩蕩蕩去祭祖。其他節俗的迎神賽會也是重要的活動交往空間。《鄞縣通志》記載了各村落間的節俗活動：元宵各坊鄉之民輪年為會，集眾祠里社祠，設醮誦經祈福，名雨水會。或擲筊神前，問年歲豐歉，禾稻、麥黍、瓜菜、果實收成分數。〔註91〕在農村破產、宗族解散之際，維持宗族經營的學田、產業已無必要，建築物和相關活動也缺乏繼續經營的必要和資金來源，其日趨破落是必然的。

　　上述諸多社會結構的改變，尤其是儒家意識形態對一體化社會支撐的動搖，催生的思想變革導向進入一個現代社會，辛亥革命在政治制度結束了一個封建王朝，社會現代國族觀念逐步形成。傳統鄉土社會開始解構，工業化和城市化中新技術、新經濟形態的出現，社會重新分層組合，新的階層產生，農村的自由勞動和資產者在市場享譽包含了「一個世界的歷史」。〔註92〕家庭關係改變，傳統信念和價值觀念被重新討論，人開始重新認識自我及社會，他走出了前現代社會以王朝的垂直等級秩序，需要差序格局來衡量自我，權力和從屬的關係個人化的社會，而是可以直接進入的橫向社會。人可以離心的觀點來看待社會，他是現代公共空間內的公民，市場經濟下所有經濟行動者都被看成在平等基礎上與他人建立合約關係等。〔註93〕關於個體的自我認知也被顛覆，孩子不是父母的附庸，女性不是商品，構成社會的細胞是個體並非家庭等，這些關於個體和家庭，人際關係的現代觀念五四前後在現代知識分子中產生、傳播開來。浙東現代作家們是最早感受到民間社會結構轉變的群體，是最早用文學的方式表現轉變的進程，帶來的衝撞及意義的群體。

二、文學中社會結構轉變的特點

　　鄭振鐸用經濟的破壞來總結這種民間社會結構轉變，他將破壞分為三個步驟，首先是吸收了農村窖藏的資本，其次是機制外貨對農民、市民小組織

〔註91〕丁世良、趙放、高揚：《中國地方志民俗資料彙編・華東卷》（北京：書目文獻出版社，1995年），卷6，頁763。

〔註92〕〔英〕德里克・塞耶（Derek Sayer, 1950～）：《資本主義與現代性》（*Capitalism and Modernity: An Excursus on Marx and Weber*, London: Routtledge, 1991），P12。

〔註93〕〔加〕查爾斯・泰勒著，林曼紅譯：《現代社會想像》（南京：譯林出版社，2014年），頁124～133。

的手工業制度衝擊，第三是新式的工廠。〔註94〕確實，浙東現代作家創作表現了不同時段、層面、地域、人物的變化，風格不同的文本共同書寫了一部關於浙東民間的社會變遷史，其社會結構的變化有著地域和代際差異。

1. 社會結構轉變的城鄉和地域差異

經濟結構為先發的社會結構轉型在浙東內部有地域差異，大致表現為呈現由城市到鄉村，從寧波向四周城鎮擴散的狀態。文學中的社會近現代化從城市起步，再帶動農村，在同一作家的作品中容易得出這一結論。王任叔筆下的城市如寧波，多以繁鬧的馬路、機械化的生產、忙碌的商業活動等現代化的場景出現，轉入農村時，則偏於古老村落因襲的傳統重擔，被驅使著轉變。其實，已經置身於都市的現代作家，借一次回鄉便可顯示城鄉社會結構轉變處於不同的進程中，魯迅、孫福熙、柯靈等的返鄉作品中都有類似的現象，以少人提及的吳似鴻〈返鄉〉為例，因其作中把最現代的都市上海與典型的偏僻農村並置，更能說明城鄉的步調先後。她從上海經杭州到紹興城鎮再到村落，一路詳細敘述了交通工具、周邊景觀的變化，顯示現代人一步步倒退回前現代狀態，躁動熙鬧的都市，交通便捷、人情冷淡、物價高漲，最後回到村落，自足、靜謐，似乎千年不變，但熟人社會的家長里短、流言蜚語隨之而來，令人難以安身的原鄉。

如比較更多作家作品，地域的差異就更明顯。王魯彥聚焦於其家鄉鎮海，這是寧波港入海口，歷次鴉片戰爭的戰場所在地，也是外來經濟勢力入侵的第一站。他的小說中，不僅是外出者，本地的生產資料出現了新的形態，現代化的生產工具進入了，現代資本發揮了更大的作用。作品中陳家橋、易家村、畢家碶等就是這樣面海地帶的村鎮，與外界聯繫緊密，小小村落中洋貨已經屢見不鮮，還出現了報紙、電話等現代媒介，村裏河道上的手搖船載貨物變成了機器船，軋米的從手工的變成了機器，手動的水車變成了水龍。〈橋上〉以同業競爭為線索敘述，雙方在殘酷低價拼鬥，以傳統礱穀舂米賣南貨的小老闆伊新叔，與擅長資本運作的資本家林吉康鬥法，當然財大氣粗的最後占盡上風，老老實實小本經營的只能以失敗破產告終。〈銀變〉中趙老闆憑著手裏的銀錢，開錢莊、放高利貸，對不能按時還錢的，勾結警察局拆屋、封門、送官，為所欲為。〈最後的勝利〉中桂生與阿真米行的較量，背後糾纏著

〔註94〕鄭振鐸：〈鴉片戰爭後的中國文學〉，《世界文庫月報》1937年第4、5期，頁7。

族與族的力量，但更是金錢的赤裸裸的比拼，哄抬房租，集體勢力的高下之爭，最終財力雄厚的桂生聯合兵痞把剛開米行的阿真趕出了地盤，資本的力量顯露無遺。王魯彥回憶自己的學校時也將十幾年的時間對照後，發現兒時已經成為了上古時代，1930年代的鄉村火車、輪船和飛機在家門口可以天天見到。〔註95〕

當王魯彥、王任叔等寧波作家作品中城鄉出現有機器生產的電廠、紗廠、碾米廠，機器動力的機帆船、火輪，大馬路、電車，資本介入農村、漁業，出現新的經濟形態、生產方式時，與他們同時期臺州的許傑，其後義烏的王西彥表現浙東鄉村的生產、組織、消費流通等，還是是以宗族組織、家庭生產、手作等傳統形態為主。王西彥的創作晚於王魯彥、許欽文等，他的小說數量多涉及面廣，固然也有作品寫到火車、火輪進入後，農村的變動跡象，也有要想改變的年輕人，但他筆下的村落、農民依舊是傳統的，有著頑固的對土地的情感，是「眷戀土地的人」。鄉村中主持家庭的還是〈父子〉中的永福伯父，〈刀俎上的人們〉中的榮樂爺等，以命和劫數來看待社會變化。永福伯、榮樂爺那樣農民們守著田地，家家戶戶自給自足，春種秋收辛勤勞作，外來的變化還沒有影響到村裏老人們的觀念，指望著土地的收成可以獲得生活所需。但是苛捐雜稅、戰爭摧毀了這種傳統，年輕人阿牛們開始想要用拳頭奪回自己應得的，卻被兵痞殺死了，村裏剩下老弱婦孺，為逃避被抓壯丁青年農民們不得不背井離鄉。浙東農村永福伯們比比皆是，對依賴於土地的農民們來說，不變的是歉年吃不飽，豐年依然吃不飽。《古屋》中還有孫家這樣依舊維持著合族共居的大家，尚能維持一大家開銷，孫尚憲還能維持家長的威信。比起以前，孫家已經敗落了，孫尚憲必須得量入為出了，他要操辦侄女的私奔、啞巴侄兒的家庭事宜等等，顯然不是小家庭的處理模式。當然作品講述農民失去了自己最依賴的土地、生產資料，就失去了生存基礎的悲劇故事，也揭露了資本主義原始罪惡，不單「是工資勞動、貨幣形式的劫掠和市場的冷酷無情的循環，而是舊的集體生活方式在已被掠奪和私人佔有的土地上所受到的根本取代，」〔註96〕但其反應出鄉村基本形態還是傳統古老的。

〔註95〕魯彥：〈我們的學校〉，《寂寞集》（北京：青年出版社，1995年），頁112。

〔註96〕〔美〕弗雷德里克‧傑姆遜（Frdric Jameson, 1934～）著，張京媛譯：〈處於跨國資本主義時代中的第三世界文學〉（「Third-World Literature in the Era of Multinational Capitalism」），《當代電影》1989年第6期，頁56。

2. 作家代際的差異

由作家的代際關係帶出的社會結構變化是有差別的。魯迅鄉土小說被認為是表現了那個傳統「老中國的兒女」，但在周氏兄弟的作品中還是可以發現新的生產方式和生產關係的發端，到王魯彥、許欽文這一代已經有所轉變，「有一些本色中國人的天經地義的人生觀念，曾是強烈的表現在魯迅鄉村生活描寫裏的，我們在王魯彥的作品裏就看見已經褪落了」，這一新興的變化在王魯彥筆下更明顯了，有了「外來工業文明的波動」，〔註97〕許欽文作品中也多了點綴於鄉間的工廠。王任叔以其故鄉奉化為主要原型的浙東鄉村生活觀察，顯示即使在偏僻的浙東山坳，都已經出現了西方傾銷的商品，擠壓著傳統手工業的生存空間。〈鄉長先生〉中牛頭村還是舊的三六九市集，可是大生先生的雜貨鋪子裏所賣的洋糖、洋油、洋布等門庭若市，因其比較土布、菜油的老價錢更便宜實惠。面對轉變，他借小說中人物阿召的口說村裏以前「吃的是田裏，穿的是地裏。自割稻自做米，自種棉花自織布。現在呢……哼……都是外國人壞種來了，來壞的。」〔註98〕這是從一個普通農民的立場，簡潔而中肯地歸納出自給自足的小農經濟被西方現代「壞種」打擊，被迫轉變的現實。〈衝突〉中的農村還出現了自辦學校，演洋戲的場面。其他如邵荃麟筆下的市鎮多工廠、冒著煙的煙囪等景象。蘇青將女性由浙東鄉下帶到了現代都市，袁可嘉、徐訏作品中都市意象更普遍，由此看到城鄉之間雖然有巨大的差距，但大體上該地區已由小農經濟向現代資本經濟轉變中。

3. 地域轉變的過程

同一地域的作家，從代際關係可以看到該地域社會轉變的過程。魯迅作品中的未莊、魯鎮等江南小村鎮，大多呈現舊的生產關係，鄉村大部分農民或為佃戶或為自耕農，臨時打短工的阿Q們，鎮上短衫勞力者都以出賣勞力從事各種職業，下地、舂米、搖船、搬運、幫傭以及專門的工匠等等；大小工商執業者是城鎮的主要經濟力量，包括手工業者，他們分屬各行業的生產、流通、交換等環節。城鄉有趙老太爺、魯四老爺、七老爺、四銘等不事勞力的知識階層，他們也有進入各行業成為管理者，或者專事行政機構的管理者。在這個傳統鄉村社會，人際關係按其生產關係區分，咸亨酒店這類公共場所

〔註97〕方璧（茅盾）：〈王魯彥論〉，《小說月報》第19卷第1號（1928年1月），頁168～169。

〔註98〕王任叔：《鄉長先生》（上海：良友圖書公司，1936年），頁37。

可以顯示其身份歸屬，下層短衫者只能臨櫃檯站著，只有長衫者才有進入大堂享用桌子的權利。

其後的作家筆下出現了不一樣的景觀。同樣以原鄉紹興為背景，許欽文的〈紅與白〉中汕村沒有確切的地理背景，從其地理位置、四季風物的描寫中，大致可以判斷是寧紹平原的村落，此時村中舂米、灌田都用上機器，工廠已經矗立起來，汽笛鳴響以示放工，應是工人數量及工廠規模較大之故。吳似鴻〈返鄉〉中回憶少時，姑娘們都在家裏挑花邊，她從明道學校考進紹興縣立女子師範學校，學校請陳望道從上海來講婦女與新文化。許欽文、孫席珍、魏金枝等小說中的職業經營更豐富，各行各業的管理者、工廠工人、公司職員、中小學教員、編輯等都出現在了小說中。另外這些紹興村鎮已不再是相對固守的地域，出現了越來越多的外出者，知識分子外出求學謀生，到外埠以經商、做職員、做苦力的雙喜們隊伍在增加。

孫席珍、魏金枝等還透過江南村鎮經濟的凋敝反映經濟的轉變。在孫席珍的〈順先生〉〈聾子外婆〉等作品中，借助於善良老中醫順先生的「不通世故」，不諳競爭之道，在現實中業務萎縮，日漸悽惶；以爽直、勤勞而又樂觀的聾子外婆居然不為環境和親人所容，來呈現現實之變。魏金枝也擅寫紹興農民貧困交加中傳統倫理的變化，〈焦大哥〉中焦大范三骨肉兄弟，但是一個成了財主，收租欺壓佃戶；一個出賣苦力而不得安定生活，終於覺悟到是政府讓窮人窮得活不下去，要準備成立「抗租同盟會」，為自己的命運抗爭。〈白旗手〉是從招兵的側面寫出農村的不景氣。這些作品告訴讀者經濟凋敝未必必然導向轉變，卻是思變、轉變的必然前提。

三、民間社會結構轉變之表現

浙東作家都敏銳地覺察到了原鄉的改變，在其作品中藉對鄉土社會的考察做了描寫，並從開始的顯性轉變，逐漸深入到改變帶來的社會心理、結構、觀念之變。在他們筆下，表現民間社會結構之變是多層面的，作品中出現了新的內容、新的人物等，來揭示其環境、內容、主題等方面的變化。

1. 現代化的城鄉

現代都市的景觀與傳統鄉村截然不同，進城的作家們以文學的方式再現了現代的都市環境。在浙東作家的觀察中，城鎮是最早感受到經濟之變的，可以直觀訴諸於城市環境。王任叔的城市系列作品主要是寫城市各色人物，

有苦悶彷徨的知識青年、不學無術鑽營關係的知識分子、工人甚至無賴等，其小說中的城市出現了新的景象。寧波開埠後劃出了江北岸為外國人居留地，在這片西方人勢力最早進入的地方，建築、交通及行人都與傳統有異，這裡聚集了各種高大西式建築，水陸交通中的火車、客輪、貨輪都從此進出，具現代化氣息的事物與城市中古老的街道、傳統的交通工具夾雜著出現，現代組織、人物、新興的活動也開始出現，進入了現代教育機構，接受現代教育的新式知識分子，產業工人以及罷工活動，構成一幅向現代轉變的城市景觀。〈煙斗和皮包〉中寧波城市街道還是以人力車為主，但往來的公共汽車、火輪、火車已經架構起城市間的交通，這是個保守但早已被捲入現代的寧波城：外國人聚集的江北岸洋房等西式建築林立，海關衙門每天忙碌，公館、別墅考究的布置，資本家出手闊綽，工廠裏還成立了工會組織，工人運動醞釀著，各類現代中小學、現代期刊開始大量出現。在〈遺恨〉〈衝突〉〈一個陌生的人〉〈明天〉〈流沙〉等小說中更將人物活動的主要場景放在城鎮的現代學校〔註99〕、工廠企業、公園中，人物有新式知識分子、靠寫小說為生的作家和產業工人；〈明天〉雖然不以工人為主要對象，但通過幾百人集中的紗廠男女工日常生活場景描寫，側面展示了現代工廠的生產情形。

紹興的近現代工商經濟也有較大的發展。紹興的現代工場在孫席珍的〈鳳仙姑娘〉有過描寫，小說中有許多像鳳仙姑娘一樣是從家庭出來進入工廠的，他們的家庭已經不再像原先那樣給人幫傭結成固定的人身依附關係，而是出賣自己的時間給工廠。小說也寫到了工人運動，在工會委員鳳仙姑娘身上，集中了勞資之間、撿茶女工內部以及家庭等各方面的矛盾。最令現代人稱奇的是紹興其他手工業受到影響，錫箔業卻大興，杭州城裏從事該職業的也多為越人，紹興地區的錫箔褙裱褶吸收了大量婦女參與，這一產業之興盛可以見諸於許多紹興作家的作品中。魯迅〈肥皂〉是在城鎮中發生的，該地有報館、有集社，四銘兒子絟兒進了中西折衷的學堂，英文口耳並重，說四銘是「惡毒婦」（old fool）的學生才十四五歲，學洋文在城鎮已經趨勢使然，但四太太和女兒秀兒的日常是糊紙錠的；柯靈〈越王臺畔之夜〉中說越州多善男信女，城裏有製造錫箔的作場，專門在錫箔上過生活的勞工，夜裏勞工們在作場勞作的聲音四周都可聽到；許欽文〈瘋婦〉、孫席珍〈銀姑日記〉等小說

〔註99〕許倬雲：《萬古江河：中國歷史文化的轉折與開展》（長沙：湖南人民出版社，2017年），頁489～495。

中都描述了從事該職業的婦女們日常生活工作場景。〈瘋婦〉還給出了其發展的經濟驅動力，泰定村這個二百戶人家規模的村落，原先村裏婦女都以紡紗做布為業，婦女有大致的分工。但「放紙船」來了後，年輕婦女開始褙錫箔了，因收入比做布高。雙喜媳婦每天糊錫箔的收入可以支配兩口人日常的生活開支。村裏做布的就只有手腕不夠利落的老太太。丈夫雙喜到上洋去給酒店櫃檯上當夥計，除了成親時休過假，四時八節時才能回家一趟。村裏幾戶中總有個像雙喜這樣出門在外的男性。周作人還將如何糊錫箔成銀錠寫成了散文〈肥皂〉。

社會結構的轉變最強烈的表現肯定在號稱「東方巴黎」的上海，浙東現代作家對這座城市的情感態度不一，不過城市景觀的描繪大同小異。洋式的樓房、花園、草坪、新式的運動場，馬路、街道，兩邊擺滿了琳琅滿目商品的陳列窗，夜晚街道邊五顏六色的霓虹燈；馬路上叮叮噹當的電車、火車，遮住天空的高大建築有各種「辦公房」「酒吧」「寫字間」「電影院」「咖啡廳」「舞廳」，也有低矮的居民樓，組成了繁華的現代大都市。在穆時英和許多左翼作家筆下急馳而過的各式車輛，大街上匆匆走過的人流和瘋狂旋轉的夜總會；工廠裏整日勞作仍不得溫飽的工人和遊行的工人隊伍，整夜播放進口片子的影劇院，各種印著摩登女郎的廣告、月份牌，刺激現代消費的減價廣告和陳列奢侈品的珠寶店，輕歌曼舞的歌舞廳與充滿異國情調的爵士樂等，這些意象及它們所隱示的行為構成了上海以娛樂消費為特徵的都市風情。〔註100〕城市的多元化直觀反映在建築和各色族群上，也從洋化馬路、西式消費、現代管理等方面顯示其半殖民地色彩。

推動這些具象變化的是城鄉生產、流通、消費諸領域經濟制度的變化。王魯彥、王任叔等作家的小說中正面或側面描述了城鄉大型的工廠，機器作業，現代管理，契約形式等等，具有資本主義形態的生產方式和經濟管理模式已在浙東產生並發生作用。王任叔的〈牛市〉以小見大，農民大哥福如種植經濟作物靛青為個體，其作物價格高低受制於世界形勢，大哥的禍福貧富

〔註100〕李歐梵指出現代都市生活的絕大多數設施在十九世紀中葉就開始傳入租界了：銀行於一八四八年傳入，西式街道一八五六年，煤氣燈一八六五年，電一八八二年，電話一八八一年，自來水一八八四年，汽車一九〇一年以及電車一九〇八年。到 30 年代，上海在物質文明上已經與國際同步。〔美〕李歐梵著，毛尖譯：《上海摩登──一種新都市文化在中國 1930～1945》（修訂版）（上海：三聯書店，2008 年），頁 7。

都被繫於市場，揭示了市場規則對經濟的干預，也說明即使是寧波較偏遠的鄉村，其經濟也已被裹挾進入到整個世界貿易體系中。〈革新者〉揭露轉變中官商勾結欺壓農民，觸及到商業資本的實質。小說中城市的銀行向農村合作社放款項，收買鄞地農民種植的鮮貝母，〔註101〕款項也變成農民的束縛，種植、買賣都要受到合作社的統一干預，這種以扶植農業為旗號的政策加速了紳商與官僚機構的結合，加重了對農民的剝削。《莽秀才造反記》及其以故鄉奉化大堰為題材的小說中，全面地將 19 世紀風暴後的寧波農村變遷做了掃描，就明確地指出了生產關係轉變帶來的資本剝削，農村新的生產資料出現，洋貨大量傾銷又衝擊著手工業，造成部分農產品的滯銷，農村經濟凋敝。小說一開篇就寫原先以漁獵為主的青年農民與城市的魚行、木行等形成契約或合作關係，這種合作關係可以在一定程度上保障漁民、樵夫的資金不受天災人禍的影響，可以專心從事生產。可是合作的基礎是將其收穫作為抵押才能取得預支的資金，反過來就成為壓榨漁民樵夫的工具，他們也就失去了對收穫的發言權，只能任憑城裏魚行、木行的欺壓。作家剝去經濟制度轉變的表面，讓讀者看到背後的帝國主義侵略，資本進入農村加重農民負擔，指出資本逐利剝削的本質。樓適夷的小說〈工場夜景〉和劇本〈活路〉描寫了日本紗廠的工人生活，他們住在僅可容身的狹小空間，白天將自己的時間完全出賣給工廠，工作的時間一刻也不能停歇，人身的自由完全掌控在工頭「那摩溫」手上，等到放工的汽笛響起後才能經過嚴格的搜身離開，借工人的忙碌換不來生存必需品，揭示出這一雇傭的深重剝削，發出了類似「包身工」的控訴。

2. 變化中的人際關係

鄉土社會最核心的「家」在轉變中。在浙東作家筆下的原鄉村鎮，即使是鄉紳之家，其基本形態也多分家而居，〈祝福〉中的魯四老爺家，〈阿Q正傳〉中的趙家，都是核心家庭，成家的兒子多為分居狀態。許欽文的〈「我看海棠花」〉中竹心跟其大伯伯家等一大家都合住一起的情形已不多見。鄉村也多如此，王任叔小說中山墺裏的鄉村，還擁有部分共同財產，如祖廟、祭田等，要負擔部分的共同開支，只在重要活動時共同聚集。〈衝突〉中崇喬叔已生活在城市，還照顧著在村落的部分訴訟官司，接受現代教育的喬翰、喬芍

〔註101〕鮮貝母是寧波鄞縣農村種植的傳統經濟作物，主要用於中藥業。

都離開村子到城市辦學校，族長的推選因而產生了變動。他〈侄兒〉中紹昌三兄弟成家後各自獨立生活，年老的紹昌媽就平均到各家被照顧，稱為「吃輪轉米飯」。〔註102〕王魯彥〈鼠牙〉中阿德哥和阿長嫂共享祖屋，兩家人的生產生活完全各自獨立分開。鄭振鐸《家庭的故事》寫大家族的故事，集中〈三姑與三姑丈〉中圍繞與兄長爭產，老實人受到縣裏的太爺、師爺、胥吏、訟師和幫閒的層層盤剝，最終破產寄居籬下；〈壓歲錢〉則是從分壓歲錢的變化中看到大家庭的日漸沒落，這些故事已經可以看到「大家庭制度不能永遠存在，遺產制度之覆滅，非人道的奴婢制度之快要消失。」〔註103〕

　　家之外的人際關係隨經濟制度也產生了變化。熟人社會以家為中心延伸出來的各種人際關係被打破重新分層，城鎮裏新的勞工階層出現。浙東左翼作家在後來的作品運用了新的社會理論，他們用階級分析的方法分析社會關係變化，檢視城鄉社會轉變，得出了新的結論。孫席珍〈鳳仙姑娘〉透過鳳仙可以讓廣大的勞工看到自身的命運；魏金枝〈焦大哥〉角度有點特別，是從屬於兩個階級的同胞兄弟對立切入，焦大哥的總結是即使是有血緣關係的兄弟范三，在榨取窮人前毫無手足之情，要置大哥於死地，得出在現實面前，這些窮人們只有自己團結起來反抗的結論。他〈白旗手〉中勤務兵幫老李招了十次兵依舊是勤務兵，朋友烏狗的婆娘被老李奪取都不管，他開始覺得農民不僅只是為了種田有飯吃，老馮提出的「除富安貧，自由平等」才是人人都好的世界；〔註104〕在天災和盤剝面前，他終於帶領「蟲豸們」行動起來造了官府的反，要「向另一種法律和社會的環境中去」。〔註105〕樓適夷〈鹽場〉實寫東海之濱的鹽民暴動，他將筆觸從鹽民生活、生產場景，轉到龍頭，再寫省裏來的年輕人祝先生怎樣發動暴動的，小說讓祝先生直接面對鹽民們發言，他告訴鹽民如此勞苦卻為什麼無法生存下去，是苛政的壓迫導致了貧困的生活。在其啟發下，鹽民們紛紛拿起武器揭竿而起，但在暴動到高潮時，領導革命的革命黨人陸常務接到省裏的指示，將領導權拱手相讓於土豪劣紳，最後導致革命的失敗。左翼作家以階層階級關係看待各種社會現象，尋找新的勞工困苦的經濟根源，揭示出社會各階層之間的關係轉變的實質。

〔註102〕王任叔：〈侄兒〉，《小說月報》1923年第14卷第12號，頁8。
〔註103〕孫席珍：〈鄭振鐸《家庭的故事》〉，《文學週報》1929年第8卷，頁233。
〔註104〕魏金枝：〈白旗手〉，《白旗手》（上海：現代書局，1933年），頁39。
〔註105〕魏金枝：〈白旗手〉，頁156。

3. 鄉村公共空間的變化

鄉村公共空間其主要依附於家族、土地、經營的聯繫，知識分子往往是這一空間內的主持者和主要參與者。聚族而居的村落，宗祠宗廟是舉辦活動的公共空間，祖廟內木牌神主和富商們未雨綢繆的棺林，是村落的最高權威，〔註106〕祠堂是聚族商議、做出決策、舉辦重要活動的公共場所，兼有祭祀、議事、娛樂的功能。鄉土社會祠堂是族人身份、經濟力量的象徵，只要經濟允許，通常合族聚力經營祠堂的建設。族人相信祖先的神力，不僅能照顧到生活、生意、仕途，還能關照到生育。王任叔〈族長〉中村落還不錯時，每年老祠堂裏舉辦的儀式、活動十分隆重；祖廟的子珠樹香火旺盛，有包「添一個男丁」的功用。〔註107〕族人的起落都離不開祖先的力量，順利是因為祖宗的保佑，不順則是對祖宗敬重不足，風水不佳。〈老石工〉中雕石龍的目的是該族認為族人經濟日下，是祖宗保佑不夠，需要重新造廟以保風水。〔註108〕〈牛市〉中年景不好，是廟門犯衝，要攔廟門蓄風水。〔註109〕有公共活動的廟產，族長為輩分最高者，村落有「做中央人」的法庭，承擔對村落事務的裁決判斷。村落之間如有紛爭，也在族長的引導下解決，解決方式多是械鬥、訴訟。許傑的〈慘霧〉，魯迅的〈離婚〉〈祝福〉，王魯彥的〈岔路〉，許欽文的〈鼻涕阿二〉，王西彥的〈尋夢者〉等小說中都可得到同樣的印象。〈慘霧〉中商議對環溪村霸佔沙灘時用何種方式保護自己村財產，還擊對手，都在祠堂裏進行。鄉村在瘟疫面前束手無策，普通醫療手段無法對抗時，唯一能想到的就是求助於神力。小說中的鄉民在祠堂、廟宇中帶著希望準備著，搽洗著，在這些公共空間中抬神轎巡遊。

但浙東現代作家也告訴讀者，千年來這種城市與鄉村以非人力自然法則連接著的狀態，在19世紀的風暴中被打破，城市的觸角伸向農村，逼使農村轉變。在鄉村經濟凋敝農民日漸破產的背景下，鄉村公共空間少人甚至無人管理的情形已不罕見。不少小說都將辦教育、決議等公共活動放在祠堂中。邵荃麟〈客人〉中從都市上海來的著名婦女運動領導者兼散文作家到戰地服務團，晚上在祠堂開會，小說從現代女性的角度細寫了陰森森的祠堂，古舊

〔註106〕戴光中：《巴人之路》（上海：華東師範大學出版社，1996年），頁3。
〔註107〕王任叔：〈族長〉，《春光》1934年第1卷第2期，頁221～222。
〔註108〕王任叔：〈老石工〉，《青年界》1937年第11卷第1期，頁126。
〔註109〕王任叔：〈牛市〉，《申報月刊》1934年第3卷第6期，頁99。

的屋子，石階前高大的柏樹，典型的傳統建築與被村裏孩子戲稱為「鬼婆子」洋派女子之間的反差，這並非小說討論的主旨，但這一錯置的場景如同標題所揭示的，確實提出了現代「客」如何安放、協調與民間傳統的問題。王任叔〈鄉間的來客〉把生下來的死胎用草包包後埋在祠堂後；〈衝突〉中西溪村辦團練等公共活動，也是通過廟眾、祠眾撥款，可是農村歉收時，款項就成了問題。〔註110〕他小說中經常出現鄉村士紳在宗祠內主持族內大事，為自己侵佔更多公共利益的情節。文盲占絕大多數的鄉土社會中，士紳掌握著對宗族事務主導的話語權和操作權，而浙東鄉村知識分子外流現象突出，留在鄉村的士紳就利用這些公共空間的議事機會肥己。這也是王任叔批判鄉土中國中宗法關係的一個視角。

宗祠以外，聚落的「土穀祠」「財神廟」「三聖殿」「水神廟」等也是廣泛存於各鄉村的公共空間，不過浙東現代作家總把這類公共空間給了無家可歸的流浪者。〈阿Q正傳〉中阿Q只能寄身於土穀祠；陳企霞〈獅嘴谷〉中阿生被剝奪了土地後，母子只好廁身於水神廟中。王任叔〈孤獨者〉中的老八父母去世兄弟分家後沒得任何財產，只能住在「三聖殿」「財神殿」裏；《雄貓頭的死》中住在祠堂裏膽小的雄貓頭被誤認為土匪後槍殺，直至過了幾天才被發現。在對於這些農村身無分文的光棍黨們，這類公共空間是唯一能給他們遮風避雨之所。

4. 鄉紳的分化

鄉村自治中，傳統士紳階層是主持者、執行者，加之天災人禍不斷，賑災濟困更是發揮鄉村領袖的作用的場合。儘管處於轉變中，但知識分子還是能回到鄉間，參加相關活動。潘訓〈人間〉中家裏開染坊的閏韜外出讀書，災難發生後回鄉間參與救災，與當地的鄉紳一起發揮了重要的調節作用。〔註111〕小說從現代知識分子的視角，敘述了他得知災難發生後，鄉紳們討論決定合作賑災，發動士紳參與落實的過程。儘管賑災討論決定等作為背景出現，「我」這個現代知識分子只是落實者，但要徒步翻山越嶺去調查，弄清楚受災情況，再行發放，這一艱辛的執行過程客觀上顯示出鄉紳積極主動參與地方具體事務。

鄉村知識分子在祠堂這一公共空間內組織的眾多祭祀、迎神賽會、決斷

〔註110〕王任叔：《衝突》（哈爾濱：黑龍江人民出版社，1983年）。
〔註111〕潘訓：〈人間〉，《小說月報》1923年第14卷，頁6。

等活動，既強化了鄉村民間社會的宗教信仰、地域認同，也滿足不同層次人們的經濟交流需求，具有教化的社會意義，也是維護鄉村的道德、倫理觀念的重要形式。近現代以來，這種以儒家倫理為核心的名教觀念遭受到了猛烈的攻擊。譚嗣同在《仁學》中已經痛責「名教」扼殺人性，〈狂人日記〉發表以後「名教吃人」成為五四知識分子啟蒙思想的核心觀念，鄉村知識分子隊伍在這一觀念上開始產生分化，但在變動緩慢的鄉村維護名教的力量依舊頗為強大。〔註112〕名教是同宗村落維繫宗族力量的意識形態，只要有異於名教，鄉村裏祠堂、廟宇變成為決定命運的公共場所。〈長明燈〉中吉光屯裏要吹滅神燈的「他」被作為瘋子關進村廟裏，〈孤獨者〉中魏連殳喪祖母要服喪的儀規是族人定的。許多年輕的生命在其壓制下委頓，柔石筆下執教於鄉村學校的教師在強大的保守勢力抵制下只好選擇離開，王魯彥筆下現代讀書人回到自己家中甚至被親叔叔出賣而犧牲。女性更容易成為其犧牲品，祥林嫂、春寶娘、鼻涕阿二、本德婆婆一代又一代的婦女們都被這種強大的傳統所吞噬。

　　浙東作家的文學世界中關於這些社戲、迎神賽會的描寫不勝枚舉，魯迅、周作人、王魯彥、王西彥等筆下人物的活動都以此為重要背景，他們既是故事推進的必要場景，也構成了地方特色的重要基調。但在浙東作家的現代作品中，更可以看到隨著各類現代教育的開展，鄉村知識分子的出走回歸，要求實現對傳統倫理的革命，要求「人」的基本權利，正成為一股新興的力量影響更多的年青人。王任叔的〈明日〉〈某夫人〉〈疲憊者〉，許欽文的〈鼻涕阿二〉等小說中都敘述了鄉村中組織開辦現代教育，首先離開鄉村的知識分子以直接發起活動，或者教導學生等各種方式對鄉村產生著影響。

第二節　浙東民間社會結構之變的文學轉向

　　魯迅等浙東現代作家開始向「下」看，以文學關注民間社會結構的變動和發展，思考中國社會諸問題，也開啟了文學的現代性轉向。最早以流派面貌出現的鄉土文學熱中，是來自浙東王魯彥、許欽文、許傑等的作品，將現

〔註112〕關於名教，陳寅恪推論為「以名為教，即以官長君臣之義為教，亦即入世求仕者所宜奉行者也。」余英時補充認為袁宏說法比較近魏晉後期的事實，即泛指整個人倫秩序，君臣、父子為全部秩序的基礎。陳寅恪：〈陶淵明思想與清議之關係〉，《陳寅恪現實論文集》（臺北：九思出版社，1977 年）增訂2 版，頁 1030。余英時：《士與中國文人》，頁 358～359。

代浙東鄉土社會展示給了各地的讀者。這些作品中的思鄉情感帶有了新的思想與內容，他們對於社會經濟中常與變的關注是普遍敏感的，其鄉土小說帶有明顯「時代的色彩」〔註113〕，他們大多敏銳地看到這片土地近代以來被痛苦地裹挾進入現代經濟進程，自身及其作品中的人物都感受到了社會的轉變，承受著劇變帶來的種種結果。從寧靜的前現代社會進入現代社會，作家們將現代社會人的感受訴諸於筆端，作品中的觀念、書寫的主題、技巧等等也進入現代的轉變。

一、文學中的觀念轉變

與有形社會經濟轉變、社會結構的重新分合聯結在一起的，是無形的關於現代社會的觀念轉變。隨著一體化社會的解散，維繫其穩定存在的意識形態認同危機出現並在甲午戰爭後加劇，這一危機的結果是王朝試圖以新政推動改革，最終加速了自身的解體。〔註114〕傳統的「家天下」「中國」觀念被現代國族觀念所替代，浙東現代作家在作品中首先對家族的合理性及維繫這一制度的倫常觀念發出了質疑，「從來如此，便是對的麼？」〔註115〕

1. 家族觀念的檢討

中國傳統社會從周開始確立分封制的政治結構和「親親」「尊尊」為核心的禮制，「家天下」的觀念被確立起來，逐步形成了中國人根深蒂固的家族觀念。家是個體生命的來源，也是終極；還是社會意識中行為和思想的最高準則。〔註116〕家國同構的儒家禮制，以「孝」「忠」為其核心，統攝於「仁」之下，由儒生承擔，向上進入官僚系統，支撐王權；向下進入基層民間，維持鄉村自治，形成「由下而上的政治軌道」。〔註117〕這樣大一統的中國社會組織結構，「雖然在形態、組織規模和政治經濟功能上歷經嬗變，但以等級制親族關係為社會核心組織這一深層結構卻是始終不變，」〔註118〕直到近代遭到外來衝擊。鄉土社會在浙東沿海地帶首先受到西方文化的衝擊，其中國與華夷

〔註113〕林非：〈論魯彥的散文〉，曾華鵬、蔣明玳主編：《中國文學史資料全編現代卷：王魯彥研究資料》（北京：知識產權出版社，2010年），卷23，頁206。

〔註114〕金觀濤、劉青峰：《開放中的變遷：再論中國社會超穩定結構》，頁182。

〔註115〕魯迅：〈狂人日記〉，《魯迅全集》，卷1，頁428。

〔註116〕徐劍藝：《中國人的鄉土情結》（上海：上海文化出版社，1993年），頁97。

〔註117〕費孝通：〈由下而上的政治軌道〉，《鄉土中國·鄉土重建》，頁152～155。

〔註118〕何新：《中國文化史新論》（哈爾濱：黑龍江人民出版社，1987年），頁86。

的文明認知被打破；王權統治結束，作為意識形態的儒家禮制及具體落實的家族觀念基礎出現崩解。

　　早在西方地理科學知識傳入，家國觀念即已遭質疑，但還侷限於極少數社會精英中。寧波正式開埠後，西方人越來越多地出現並定居在這個港口城市，他們所從事的貿易、傳教、教育、醫療等活動，以及他們自身的生活方式、行為觀念，傳達的人生而平等觀念，透過各種途徑傳播到城鄉，逐漸改造著人們的舊有認知。現實中，宗族、家族原先對個體所負有的恤孤濟貧等能力在此際大大削弱，家族經濟的崩潰，民後民法廢除宗祧制度，直接掃除了立嗣問題，從根本上動搖其法律基礎，「家族社會之組織，漸呈動搖不定之象，而卒至於崩潰矣。」〔註119〕

　　新思想、新觀念的衝擊下，弱化了的紳權已無力穩固飄搖的家族制。在新文化運動之前，現代知識分子開始向傳統紳士爭取話語權，維護紳權的禮教從其內核孝道被抨擊。「家庭革命」「祖宗革命」「綱紀革命」等口號在戊戌變法和辛亥革命時出現，「五四」時期陳獨秀等反叛傳統的紳士角色，以激烈的反傳統文化的情緒，主張推翻舊文化、舊思想，建設新思想新道德，更在根本上動搖了這一基礎。平等、平民主義與大眾參與的價值追求，構成了新文化運動的另一核心：民主。〔註120〕在五四時期，民主是主張平等，反對家長專制，主張個性自主，反對一切包辦，即要「明瞭自身除為家族之一分子外，仍為社會組織之一員，且保有不可侵犯之人格與人權。」〔註121〕在德先生和賽先生的指引下，「五四」知識分子深切地體認到了家族觀念的黑暗殘忍，是「吃人的」〔註122〕禮教維護了這一具體而微的社會基本形態。家族觀念不僅是民主、個人的對立面，還關係到整個社會的根本。在西方家庭改革的學說借鑒和啟迪下，五四前後的知識分子對中國辛亥革命之後種種政治腐敗、軍閥橫行現象反思，有的認為這些「不良的個人」是從不良的家庭中養育出來的，中國問題歸根結底是家庭家族問題。「中國的舊家庭實在可說是萬惡之原。……今後我們如果要謀中國的進步，只是從事政治的革命決不能達到目的，必須大家共同努力，從根本上向這腐敗的舊

〔註119〕蕭一山：《清代通史》，頁1456。
〔註120〕金觀濤、劉青峰：《開放中的變遷：再論中國社會超穩定結構》，頁198～200。
〔註121〕蕭一山：《清代通史》，頁1455，1456～1457。
〔註122〕吳虞：〈吃人與禮教〉，《新青年》1919年第6卷第6號，頁578～580。

家庭革命,才有效果可說。」〔註123〕潘光旦甚至將家族制度的改革列為優先於政治的改制。〔註124〕

顯然,新文化運動前後,關於家族觀念及制度的檢討已是現代知識分子群體的討論熱點,也引起了保守力量的反擊。但由文學表現以家族觀念為基本的社會反思卻是由魯迅所開啟的,他是最早最深切發現家族制度實質的現代作家,在《吶喊》中他對於家族制度及其核心觀念展開了強烈的批判,並提出了「吃人」的母題。此一主題為後來的小說及其後的浙東作家們所延續。為什麼是魯迅?作家個人境遇稟賦思想等因素外,浙東這個最早開始轉型的社會環境有著不容忽視的作用,它既是作家自身現代轉變的必要土壤,是這個民間社會孕育了浙東作家的反叛和革命精神;也是作家以思考社會的首要參照系,浙東民間社會的嬗變給文學創作以充足的信息,驅使作家在反思社會文化時首先正視所處的家庭、家族環境。魯迅在〈狂人日記〉中,塑造了一個完全對立於家族觀念和制度的「獨異個人」〔註125〕,他將「狂人」的癲狂世界與庸眾的正常世界並置,以迫害妄想症患者的症狀發展逐步清算家族制下名教體系。從現實空間中鄰居、大哥言談所透露的「吃人」,逐步深入到歷史中「吃人」的記載,與思想中的「吃與被吃」構成對應關係。以此邏輯推論,大哥為代表的家長吃了妹子的肉,甚至「我」無意中也吃過妹子的幾片肉,中國的社會歷史便是「人肉的盛筵」,成人世界無一幸免,這便是掩蓋在仁義道德下名教的罪惡,也是家族觀念實質。小說以寫實的手法塑造的狂人,出入於癲狂與正常的兩個世界,正是錯亂顛倒現實的透射,也以象徵的手法完成了對「吃人」主題的揭示。〔註126〕〈狂人日記〉沒有明確可考的浙東地域信息,從狼子村的吃人事件中所關聯的徐錫麟的犧牲,狂人還是以魯迅的

〔註123〕 瑟廬:〈家庭革新論〉,《婦女雜誌》1923 年第 9 卷第 9 號,頁 3。

〔註124〕 潘光旦:〈家制與政體〉,《潘光旦選集》(卷 1,北京:光明日報出版社,1999年),頁 196。

〔註125〕 李歐梵以「獨異個人」和「庸眾」為魯迅小說的兩類主要形象,由此構成的譜系是小說敘事脈絡中的內在內容,前者是具有理想主義的精神界戰士,後者成為不知名的殺人團的看客。李歐梵:〈鐵屋子的吶喊〉,《現代性的追求》(北京:生活·讀書·新知三聯書店,2000 年),頁 22~41。

〔註126〕 藤井省三分析該小說的主題是圍繞自我的思想實驗,是改變魯迅對文學的信仰之作。不僅是清末以來思想史、精神史的展開,也對源於近代歐洲自我的再檢討。〔日〕藤井省三:《魯迅比較研究》(上海:上海外語教育出版社,1997 年),頁 63~71。

浙東經驗為主的獨異個人。魯迅是清醒的，繼〈狂人日記〉之後，他在〈祝福〉〈孤獨者〉等篇章中繼續「吃人」主題，不遺餘力地揭露抨擊家族對於婦女、知識分子的迫害，只是各文的重點、技巧有所轉變。在後續篇章中，無論是其中的自然環境的描寫，還是文化景觀的介紹，都具備了明顯的浙東地方的特徵。在《吶喊》中魯迅正是以高度懷疑精神對傳統社會觀念文化反覆質疑，借狂人看出世上唯有孩子還未吃過肉，發出「救救孩子」的沉痛呼喚，亦形成了以幼者為本位的思想體系。從其在〈擬播布美術意見書〉〈第一次兒童藝術展覽會旨趣〉中兒童美育的重視，譯介上野陽一的三篇論文，籌辦兒童藝術展覽會；〈我的兄弟〉〈風箏〉中兒童視角的反思；〈隨感錄二十五〉〈四十九〉〈我們現在怎樣做父親〉關注兒童教育；在〈故鄉〉中的少年閏土的描繪，〈二十四孝圖〉中對老萊子的扭捏作態，郭巨的泯滅人性做法的熱諷，都寓含著守護幼者、將來的希望。這固然有進化論的影響，更是對以家族制為基本結構的長者本位的斷然否定。

　　浙東現代作家接續了這種幼本位的思考方式，在創作中出現了比較集中的少年題材。周作人在〈童話研究〉〈兒童的文學〉等文章中對兒童的讚美，對呂坤改動童謠兒歌的批評，對兒童的文學的提倡；〔註127〕；王魯彥〈童年的悲哀〉對兒童時期的懷念，〈小小的心〉中像紙一般潔白的阿品；許欽文〈步上老〉中的小阿發；潘訓〈鄉心〉中的少年木匠阿貴，都可以視作這一幼者本位下的思考。這個系列少年的共性形象是，留著壽星頭髮，項上戴著銀項圈，頭戴氈帽，靈敏、活潑，有廣泛的生活知識和生活技能，表現出蓬勃的朝氣。這些少年形象也可以在冰心、豐子愷的散文題材上看到，這個少年形象的圖譜系列，在主題上表現孩童天真爛漫，以童真無邪來對抗世俗成人世界的種種醜陋，其基礎是歌頌孩童赤子之心，及對未來的希望。這些少年也可以被視為是對梁啟超〈少年中國說〉強烈呼喚的響應，只是這些作家筆下的少年褪去了梁啟超的理想主義色彩，落到了現實的泥坑中，或者像阿品那樣被拐騙賣到異鄉，被當做奴隸使用；或者成年後勤勤懇懇卻背著沉重的生活的負擔，消失了少年時的朝氣和聰穎，重蹈其父輩的道路。魯迅在面對這一困境時，向社會疾呼「救救孩子」，也在〈我們現在怎樣做父親〉〈上海兒童〉〈故鄉〉〈過客〉等文中，探索自己這一代該怎樣「肩住黑暗的閘門」，放他們到幸福的世界去。

〔註127〕周作人：〈兒歌之研究〉，《歌謠》週刊，1923 年第 34 期，頁 7。

　　浙東現代作家的創作中，社會精英知識分子不僅有對家族制及其觀念的反思，更在為改變這一社會現狀的努力和犧牲。〈藥〉中夏瑜在牢中對紅眼睛阿義宣傳「大清的天下是我們大家的」，〈風波〉中剪辮子的行為，〈阿Q正傳〉中革命黨人，王任叔〈牛市〉中城裏的革命黨等等，都昭示浙東先賢積極傳播自由平等思想。然而，民間社會在長期社會教化中所接受的家天下觀念，並非一朝一夕就能改變的，他們往往從自身所處的家庭和家族來看社會事件，儘管已經被捲入現代社會轉型中，還不能明白改變的是什麼，出路在哪裏。他們將革命理解為造皇帝的反，只不過是像說書、彈詞中所說的改朝換代。對於沒法做穩奴隸的阿Q們，造反可以改變自身的現狀，無須動員，但對革命的理解停留在為滿足私欲，一旦被拒絕後，又回到「造反是要滿門抄斬的」。關於阿Q的出處，魯迅聲明「我是紹興人，所寫的背景又是紹興的居多，對於這決定，大概是誰都同意的。但是，我的一切小說中，指明著某處的卻少得很」，但他同意編劇將其明確為紹興。〔註128〕在阿Q這一出自浙東又有上海、北京等諸多因素〔註129〕的典型形象身上，其性格特徵的「精神優勝法」正是國民劣根性的象徵。也正因此，許多人在小說發表後疑神疑鬼，自以為魯迅又在罵自己。民間的阿Q們普遍所持的家國觀念，與精英知識分子家國觀念認知的錯位恰恰是當時社會的現狀，也是五四這一代浙東作家的啟蒙思想的出發點。

　　文學反思以家族制為核心的社會結構，還重點檢討了基層民間鄉紳所代表的正義權威。魯迅之後，王任叔在小說多直接揭露族長們依仗家族制度有恃無恐任意作為，或鯨吞祖產，或欺壓族人，或勾結土匪營私舞弊，種種損族自肥的醜惡行徑，而族中無法認清其嘴臉或無力改變，以此對家族制度進行諷刺。〈疲憊者〉中的運秧就是這樣一步步地失去了其田產的，〈鄉長先生〉中族裏識字的大生先生和馮文，後者成為鄉長後互相勾結，在抽壯丁訓練時不放過機會，要在壯丁身上抽5元的費用，被揭穿後受累挨打的是鄉警。陳企霞筆下的阿生也是同樣被剝奪了土地。邵荃麟筆下年過半百的增福公花一千八買年輕女人伺候。更有甚者，為了肥己，鄉紳可以出賣親情。王魯彥筆下叔叔為了霸佔親侄子的財產，竟然誣告告密將侄子送上絕路；戰爭期間鄉紳、紳商的逐

〔註128〕魯迅：〈答《戲》週刊編者信〉，《魯迅全集》，卷6，頁150。
〔註129〕魯迅補充說「在上海，從洋車夫和小車夫裏面，恐怕可以找出他的影子來的，不過沒有流氓樣，也不像瘋三樣。」對於車，「我用的是那時的北京的情形」，魯迅：〈答《戲》週刊編者信〉，《魯迅全集》，卷6，頁150。

利本性赤裸裸暴露出來，邵荃麟〈吉夕〉中的李福堂夫婦為了勾結日本人，處心積慮想把侄女嫁給日本隊長，更揭掉了以道德示人的鄉紳最後的遮羞布。

2.「人」的現代意識覺醒

家族解體，維持一體化的意識形態被批判，個體意識增強。人關於自我、與他人、與自然等關於「人」的觀念產生轉變。在對人倫觀念的反思中，主張張揚個性的人道主義思想開始被傳入，自我意識覺醒並在文學中被廣泛探討。

魯迅在《河南》上發表的〈文化偏至論〉中對「立人」的精神作了闡述。他主張社會改造「其首在立人，人立而凡事舉；若其道術，乃必尊個性而張精神」，「掊物質而張靈明，任個人而排眾數」，這樣才能「外之既不後於世界之思潮，內之仍弗失固有之血脈」，〔註130〕這是魯迅對東西方文化思考後，針對中國固有文化中個性之缺失的問題所提出的。他的所有創作都以這一立人思想為基本，對於如何立人，他在文學創作中以揭示病症，以期療愈為目的，逐步完善其國民性問題思考。魯迅的整體創作中表現出了思想家氣質，其關於「人」的問題討論是以浙東的生活經驗經歷為基礎，又結合了多地域文化的體驗觀察，是具有多視野的宏觀整體的思考，當然不宜只以一地的文化加以限制。

對於「人」的觀念的闡述，周作人的系列文章是五四期間最有影響力的。他在〈人的文學〉〈平民文學〉等文章中圍繞「人道主義為本」〔註131〕的思想展開分析。他從西方文藝復興運動中的人道主義精神，強調人的自然權利，和自由的精神，與中國文人的傳統相結合，張揚出其個性中「叛徒」的特質，在文風上表現為五四時期的浮躁凌厲的風格。1921年之後周作人「隱逸」的一面佔據上風，這就有了《自己的園地》《談龍集》《談虎集》等。惜這個最初號召人道主義，主張自由之精神的浙東作家，卻淪落為「附逆」。對此開脫者有之，解釋者有之，也有學者從其所主張的人道主義作剖析，認為正是其對於個人自由的理解上始終沒有對個體與社會的關係做出清晰的區分，「沒有認識到社會對個人自由的限制」，「對自由與正義的關係相應也存在著深刻誤解」，〔註132〕而導致的個人悲劇。

〔註130〕魯迅：〈文化偏至論〉，《魯迅全集》，卷1，頁44～63。

〔註131〕周作人：〈人的文學〉，《新青年》1918年第5卷第6號，頁575～583。

〔註132〕高玉：〈對「自由」的誤解與周作人的人生悲劇〉，《中國現當代文學文本細讀與作家批評論集》（臺北：威秀信息科技股份有限公司，2010年），頁97～111。

　　人的現代性體驗增強。社會的現代轉變，把人從熟人社會推向現代工業社會，人際關係走向疏離；在消費時代，人不再是作為情感活生生的個體，而是具有工具價值的人，可以用來生產、被消費，產生了人的異化。文學裏開始表現都市工業社會裏，農產品、工業商品的生產機械化、程式化，人成為出賣時間甚至肉體的商品。樓適夷筆下進出工廠的工人，完全只是生產在線的機器。文化產品也受其制約，雇傭關係、契約關係是都市人際關係網絡的主要形式，「世界變得複雜而生疏，個人感到自己的孤立」，〔註133〕作家與出版商，教員與學校，編輯與媒體等之間的緊張關係，也是都市社會中作家人際關係切身感知的折射。工業社會中人的陌生、無所依靠的孤獨感，很容易驅使作家們在精神上尋找向其原鄉回歸，魯彥〈一隻拖鞋〉中描述寧波鄉下的國良叔初次在上海的感受也是作家自己的，都市的洋房、點燈帶給人舒適的享受，代價是自尊的壓抑，親情的缺失，只想馬上回到鄉下去。以鄉愁鄉思為主題之一的鄉土小說成為現代小說的第一個熱潮興起，是離不開作家的工業文明體驗的。

　　「人」的觀念覺醒，關於「人」的社會性認識中出現了階級屬性。20年代末興起的革命文學中，朱鏡我是較早接觸無產階級文學理論的，回國作為後期創造社的重要成員，發表了〈藝術家當面的任務——檢討〈檢討馬克思主義的階級藝術論〉〉等重要文章；翻譯了恩格斯《社會主義從空想到科學的發展》，糾正了當時其他譯本上的一些錯誤。在左翼作家的提倡下，浙東同情左翼或左翼作家對社會現象的分析出現了新的動向，他們作品中出現了產業工人、農民的群像，這些群像以階級為區分，以革命活動的成敗引導讀者充分認識人的社會屬性。左翼文學關於社會現實特別是革命活動的述寫有其獨特的價值，浙東作家如王任叔、樓適夷、孫席珍等親自領導或參與革命活動，對革命的殘酷性有切身體會。他們的創作中結合了自身的革命活動經歷，無論是對人物還是各種細節問題都寫得十分真實，而這比當時文壇的左翼革命文學初期流行的革命+戀愛的模式化來說，顯然要高明許多。對上海這個現代都市的典範，左翼作家極力表現包藏著資本主義罪惡的都市繁華，展現這一個個光怪陸離的糜爛都市如何壓迫人，尤其是廣大的無產階級。樓適夷的〈獄卒老邦〉從獄卒的角度看都市中參加革命的青年英勇就義，並觸發了獄卒的

〔註133〕袁可嘉：《歐美現代派文學概論》（桂林：廣西師範大學出版社，2003年），頁34。

同情，發生了逃獄現象。殷夫紀念「五卅」慘案的詩歌〈血字〉作為政治抒情詩的代表，以迴旋複沓的韻律和奇特的想像，將「五卅」兩字描寫成用中國人民鮮血寫成的大字，躺倒在南京路上，形象而簡潔地表明了「五卅」的實質。徐雉的詩歌《路過上海某公園》是被拒絕入公園，體會到國人的屈辱，憤怒地發出「我們的國雖沒有滅亡／但我的確已嘗到了亡國後苦痛的滋味了！」〔註134〕揭示都市上海的半殖民地實質。對其他都市如寧波的書寫也不脫以對照來強化兩個極端的世界，一方面是大肚子兇神惡煞的資本家及其鷹爪，另一面是「黑手黑腳，像一條泥豬，掙扎在垃圾堆裏拾著破布、爛鐵、吃著腐爛的實物」的工人、苦力、流浪者，他們在都市的存在，就像土地上一顆顆的小瘡。〔註135〕國外的都市東京也存在極端不公問題，樓適夷的《第三時期》中對於有著 300 萬人口的東京的掃描是觸目驚心的。左翼作家對於現代都市以階級貧富對立來分析其畸形的糜爛，這些詩歌、小說共同構寫出都市中走上十字街頭的普羅運動的政治文化環境。

現代的「人」的觀念中還包含著人自身的各種需求，文學反映這些欲望也有著對人的充分世俗化的理解。文學可以怡情，本來就具有一定的遊戲功能，這是現代作家在現代都市能賣文為生的社會基礎。只是有些知識分子強化了現代消費社會的語境，作為文化核心的文學被享受消費的屬性，作為消費者的趣味和口味更應得到尊重。此觀念走向極致必然引導現代通俗文學興起並大行其道，浙東現代作家中蔡東藩的通俗演義，許嘯天的通俗雜誌，乃至蘇青小說的雅俗並存，都可視為其中的支流。

二、文學中的新形象

近現代浙東社會結構的轉變中，傳統四民被重組後進入新的社會階層。浙東現代作家自身作為新轉化的一類知識分子，切身感受到先於他地的浙東社會結構轉變，對自身處境的理解與反思形成了創作中的知識分子題材。農民題材從魯迅手上開創後，在綿延的鄉土小說中開始從麻木愚昧的農民，發現了農民的力量，出現了覺悟起來的農民。而脫離農村、家庭的女性是現代作品中出現的全新形象。

〔註134〕徐雉：〈路過上海某公園〉，《酸果》（上海：光華書局，1929 年），頁 107～108。

〔註135〕王任叔：《女工秋菊》（哈爾濱：北方文藝出版社，1986 年），頁 19。

1. 轉變中的鄉紳

鄉土中國的改變最主要的是鄉紳的變化，留在農村的依然有其影響，但被逐漸興起的其他精英集團所稀釋。〔註136〕鄉紳主導的鄉村自治秩序、賴以維繫的意識形態都受到衝擊，其觀念和生活方式要麼主動求變，要麼逐步被改造，要麼跟不上社會而遭淘汰。王任叔認為中國「地主性格的主要特徵是『權術』」，「迂闊、虛偽、神術而又繼之以殘酷，那正是地主性格的特徵。」〔註137〕在浙東經濟發展的刺激下，其筆下的地主不少轉型成為了紳商，這類接受過現代教育新興的紳商懂管理，善經營，對市場有著天然的敏感，能取得市場的先機，有相當的投資眼光，又有投機性，在經濟活動中總是能得心應手。〈災〉中的玉喜進過洋學堂，他不像別的地主總是把從土地上賺來的錢放在土地裏，而是開錢莊、開本行。為提高效率，他使用了現代管理手段，資金不夠，向別人湊集，由於他是大股，一切大權仍然操在他的手裏。〈血手〉中五雲相當有經營頭腦，很注意市場信息，注意抓準時機，其資產累積越來越豐厚。且不論作家對於人物的臧否，小說中對於這些經濟變動下，具時代氣息的人物如何運用現代管理手段，以加強經營適應環境的人物，及其現代的管理方式介紹，已經鋪陳出工業文明逐漸深入到寧波城鄉的各個角落的景象。孫席珍〈鳳仙姑娘〉茶廠老闆只是配角，但他與會計密謀時，也提及資本運作對於經營的重要性。

紳商在浙東有著深厚的社會基礎。明清成功商人的社會地位提高，明顯影響了人們的擇業，社會上從商人數大規模增加。在浙東，寧波人從事商業做買辦已成為民間的主要選擇，在明清小說中都不乏寧波商人的影子，現代就更蔚為風氣。王魯彥的〈許是不至於罷〉中財主王阿虞經商致富，開的店越來越多，新開的各種鋪面都有其股份，小說中有對其房子的氣派、考究的布置有詳細的描寫，為娶兒媳婦，其出動的人馬、嫁妝的船隊陣勢都極為排場。村里人們對其的評價附和之聲也水漲船高。〈阿長賊骨頭〉描寫鄉村中小有產者阿瑞嬸家裏陳設得很闊氣，她原只是二等的人家，阿瑞叔在附近已開有三爿店鋪了，家裏就開始闊氣起來了。〈黃金〉中的裕生木行的老闆陳雲廷三兒子結婚，所有人都以為同族而榮，對於史伯伯未知兒子伊明消息，且以為會窮困時立即處處表現出排斥來。在民間的觀念中，唱歌、拉胡琴等等都

〔註136〕 許紀霖：《中國知識分子十論·現代中國的知識分子社會》，頁109。
〔註137〕 王任叔：《窄門集·地主性格》（香港：海燕出版社，1940年），頁53～66。

是下等人做的職業。而作為洋行經理的就特別受人尊敬，「賺得很多的錢，今年買田，明年買屋，鄉里人都特別的尊敬他和母親。」〔註138〕所以《童年的悲哀》中父母寄希望於唯一的兒子，做個買辦，能再置辦產業。在王魯彥1930年代以後的小說中，這種重經濟的觀念表現已被現實的描寫所替代，其《野火》等作品中商人們阿如老闆等勾結官方為非作歹，欺壓百姓，官商成為民間所痛恨的對象了。

　　鄉紳固然還是維繫鄉村自治的主要力量，但已逐漸喪失其權威性。王任叔諸多小說中士紳的威信受到來自其自身內部紳商和鄉民們的挑戰。〈鄉長先生〉寫到曾經橫行鄉里的鄉長因為缺少與鄉長地位相稱的房屋地產，耍不了威風；而往日見風使舵的紳商卻不可一世起來，對照中顯示出資本的力量。〈為人在世〉中的商人旺金和政壇「汪精衛」相聯繫；〈姜尚公老爺列傳〉中素有賢名的姜尚公恰恰是造成諸多血案的幕後黑手，都用強烈的對照諷刺現實。馮文族長太公的權威正受到商人的挑戰，成功商人、假洋鬼子們開始走上領導主事的舞臺。另一方面，被貧困逼到角落的貧民也已經不再是原先聽天知命的農民，有了抗爭的意識。其作品中的駝背運秧、日祥闊嘴都不是傳統的農民，也有一批敢於鬥爭的農民，壽夫大炮痛打了鄉警，木仁老敢於揭露大先生的不可告人之處。老八、焦大哥甚至阿Q都覺得「造反」可以改變現狀，「我為什麼要一切都沒有呢？我在那兒注著字要一切都沒有呢？」他們發出了對命運的質疑。〔註139〕

　　鄉紳保留了傳統士人個性，帶有較多舊式文人的色彩，傳統村鎮紳士存在並發揮作用的社會環境將在較長時間內存在，浙東現代作品中這類鄉紳還很多。趙老太爺、假洋鬼子等是未莊傳統的士紳階層代表，他們經營田產，是村子裏威權公信的維護者，與地方的保甲、城裏的舉人老爺都有關係；市鎮也不例外，愛姑的離婚案糾葛不清，最終要找七老爺這樣的士紳來說和；遠在山裏的賀家墺也是如此，賀老六死後，族長可以收回房子，將祥林嫂趕出家門。奉化大堰村離寧波城區才不過幾十里路，王任叔所在的王家可以「一手操縱族內廟宇、祠宗的田地山頭等產業，而且像土皇帝一民接管了一切公正與道理，有權判決私人爭執，懲辦偷盜姦通，調解村落之間的

〔註138〕魯彥：〈童年的悲哀〉，《小說月報》第 20 卷第 11 號（1929 年 11 月），頁 1721。
〔註139〕魏金枝：〈焦大哥〉，《萌芽月刊》第 1 卷第 5 期（1930 年 5 月），頁 196。

糾紛、械鬥。」〔註140〕臺州地區直至抗戰時還是宗族管理，士紳操作著村落的一切，可以調解糾紛、決斷懲罰，還可以操持筆端，改動帳目，私吞廟產，村落在其管理下會充滿家族主義的溫情，但也容易成為「泯滅是非，安定社會秩序，平和私人仇恨的動力」〔註141〕。這就是「未莊」「松村」「易家村」「環溪村」等村鎮的社會結構，鄉紳在很大程度上左右著地方和人物的命運。

2. 現代獨立知識分子

浙東現代作家有大量作品以知識分子為題材，這些知識分子接受西方各種思潮，有了自覺的「人」的覺醒。作品中人物的主要活動場所為現代教育機構，包括各類類型層次的學校及管理機構，教師是現代知識分子最重要的身份之一，學校是教師們工作、生活的現實空間，也是其思想、情感投射的重要舞臺。

作品中的現代知識分子提出人要爭取做人的權利，不再成為被吃的人和吃人的人，從「狂人」發出的「救救孩子」做起，堅定地捍衛自己作為一個個體，不是誰的附屬，為了這個「人」的自主，現代知識分子汲取各種思潮，狂人說「真的人」說法中尼采的影子，周作人作品中討論新村主義，〈二月〉中的蕭澗秋書架上放著托爾斯泰的著作，其他知識分子崇拜資本主義。王西彥〈尋夢者〉中牆上掛過叔本華、尼采的成康農，〈古屋〉中信奉伊壁鳩魯主義的孫尚憲，〈假希臘人〉中崇尚希臘主義的賈自我等等。不管哪一時期，現代知識分子能自省，從〈一件小事〉看出自己的小，並敢於與壓迫人的社會抗爭，狂人看出寫滿仁義道德的都寫著吃人的本質，魏連殳去拔城隍爺的鬍子，「他」要滅了廟裏的長明燈，掀翻吃人的盛筵。但魯迅的深刻在於他看到了現代知識分子的軟弱，他們容易在時代的低壓下退縮。個人意識的覺醒在社會整體的蒙昧狀態前，涓生告訴子君愛已經消失，把子君推回原地獨自承受社會輿論和族人的責難，子君的悲劇是啟蒙者所能預見的。百足之蟲死而不僵，一體化社會還以強大的社會輿論壓制著先覺者，〈狂人日記〉中的狂人，〈酒樓上〉的呂緯甫，〈孤獨者〉中的魏連殳，〈長明燈〉中的「他」，〈舊時代之死〉中的朱勝瑀，以及范愛農這些先覺悟者產生無路可走的彷徨困惑，被當成了「瘋子」。從五四過來的知識分子都曾經或正在經歷動搖、毀滅，在大時代的動亂中苦悶，有的囿於現實精神走向委頓，柔石〈二月〉中的蕭澗秋，〈三姊妹〉中的章先生；

〔註140〕戴光中：《巴人之路》，頁3、4。
〔註141〕王任叔：《莽秀才造反記》，頁11。

王西彥筆下的成康農先為抗戰吶喊參加戰地游擊隊，在戰時見識到假公營私、襤褸的農民被送上前線，他質疑犧牲的價值，隱逸於古廟中尋找自我；他〈人的世界〉中的華重宜，〈神的失落〉中的馬立剛都在動盪的戰時局勢，腐敗陰暗的社會前，曾經有過的理想消退，正義感只能轉化為抱怨和低吟，〔註142〕難以找到真正自我。徐訏筆下的知識分子大多是邊緣化的，他們的遭際帶有一定傳奇色彩，這些作家、記者、藝術家的知識分子在戰爭時期輾轉流浪，多在美和愛的幻滅中迷茫流浪，卻不忘扣問生命此在的價值，尋找精神的出路。作家在這些知識分子身上注入了自身關於人生、愛情等的哲學性思考，他的疏離時代非主流創作導致了左右被批，但也正是其個性主義創作賦予其獨特的存在。大多數浙東作家的知識分子題材中都出現了徘徊於十字街頭的文人形象，這正是知識分子「人」的自我覺醒後發現無路可走的悲涼。

　　這些知識分子身份多為教員的獨立文化人，在各校兼課賺鐘點費養家糊口，即使這樣，還是僅能維持基本溫飽。尤其是上海的文化人，單身為節約與人合住亭子間，經常陷入有了上頓無下頓的窘境。這並非文學的誇張，確是作家從自身或聽聞的經歷有感而發。魯迅在〈端午節〉中對時北洋政府欠薪教員，致使方先生難以維持日常生活的尷尬；許欽文小說中不時跟朋友伸手的教員，都寫出了現代知識分子的不易。各地經濟情況不同，大學教授與中小學不在同一層次，其間收入差異很大。其時王任叔和柔石都寫過以單身寧波中小學教員的生活，他們在社會階層中似乎還能得到社會的尊重，收入狀況及生活境況尚可。1913 年教育部明文規定：中小學教師最高薪俸不超過 200 元，與中學同等級別的學校教師的薪俸不得超過 150 元。寧波的中小學教師收入一般（見表 4-1）。1920 年代的寧波小學教師，每月的薪資在 12～25 元之間，忽略拖欠情況，〔註143〕去除基本開支，其工資收入之低微，如在 1924

〔註142〕卞強：〈王西彥抗戰時期小說中的知識分子形象分析〉，《大眾文藝》2015 年第 6 期，頁 23～24。

〔註143〕如 1923 年鄞縣一份統計資料報導，教員待遇雖有聘約規約，但不少教員不能按月領到工資，拖欠工資時有發生，寧波市教育委員會編：《寧波市教育志》（杭州：浙江人民出版社，1994 年），頁 372～373；相關情況報紙也時有報導，《時事公報》1930 年 7 月 1 日第一版。1930 年婦女生活社召開的私立小學女教師座談會上，反映月薪從周 10 元到 50 元不等，膳宿多學校供給，但也有不供，還欠薪的。有女教師周授課 600 分鐘，月薪 3 元，因欠薪，平均月收入只 1 元。茜：〈掙扎在職業在線的小學女教師——座談會記錄〉，《婦女生活》1935 年第 1 卷第 1 期，頁 116。

年僅能支持 3～4 口中等家庭的最低生活支出（見表 4-2），勉強可以養家糊口度日。

表 4-1　1912 年浙江省規定初等小學教員薪水與工作量統計〔註 144〕

單位：元

科　別	每星期授課時數	每月授課時數	月　支	年　付
四、三年級主任教員	23	103	12	120
二、一年級主任教員	20	90	10	100
遊戲體操課	8	36	4	40
裁縫	2	9	2	20
唱歌	2	9	2	20
合計	55	247	30	300

表 4-2　1924 年寧波 3～4 口的中等家庭月生活開支統計〔註 145〕

單位：元

開支項目	支出數額
房租	3
燃料	1
米	5
鹽	0.3
油	1
蔬菜	3
酒煙茶葉交際理髮洗澡報刊書籍小孩學費等	4
總計	17.5

　　上海、北京的收入情況稍好，但其開支更大。1927 年國民政府發布《大學教員薪俸表》，制定了大學教員薪俸標準。上海公立高校教師收入與所頒布標準略有出入，1930 年代上海公立大學教授月薪在 400～600 元之間，副教授在 260～400 元，講師 160～260 元，助教 100～160 元。與其他階層相比，

〔註 144〕數據源自：《浙江辛亥革命史料集》（杭州：浙江古籍出版社，2014 年），卷 8，頁 47～48。

〔註 145〕數據源自《近代鄞縣》，寧波市鄞州區檔案館編：《近代鄞縣史料輯錄（上）》（天津：天津古籍出版社，2013 年），頁 237。

算是高收入階層了。外資企業職員月薪僅在 200～400 元之間，一般商店職員月薪僅任 10～40 元。〔註146〕施蟄存（1905～2003）在 1937 年離開上海去雲南大學任教時從第一年的教員薪水 140 元，第二年升任副教授後為 220 元，比上海中學任教的收入增加很多。〔註147〕蘇青小說中的蘇懷青最後只領到 30 元的工資，崇賢在當中學教員期間每月 100 元，當律師期間則每月千元打底。上海與臨近城市的物價差別很大，吳似鴻〈返鄉〉中兩角錢在紹興可以買不少菜，但在上海只能買到一個大餅。同樣的收入在北京可能生活得很愜意。按譚其驤的回憶，1932 年北平圖書館每月可得 60 元，教零鐘點這類「拉散車」每課時 5 元，按每週 2 課時，每月可得 40 元，稿費 5 元／千字；而當時單身房租 5 元／月，大的房子六、七十元每月不等，包飯 10 元／月；文化消費看戲名角通常 1 元票價，這就是作為獨立文化人的年輕大學教授，其平均收入為中等偏高水平，譚其驤自認為生活「確實令人處處滿意。」〔註148〕當時已是聲滿大江南北的周作人其鐘點費就更高，這也是周作人在後來能以悠閒的心情去品茶談美食，倡美文的重要物質保證。

抗戰時期各地生活艱辛，教員即使大學教員都度日艱難，輾轉各地的教員拖家帶口，工作戰時不能有充分保障，生活更易墮入困頓。王魯彥因病去世，崔真吾的桂林生活清苦是現實慘況。王西彥的抗戰知識分子題材可謂寫出了一幅知識分子流亡圖。他的〈當爸爸買回雨傘〉以小見大從兒童的視角描寫家庭的窘困；〈春天〉老友重逢的訴說寫出幹練的教員莫立明卻被謠言趕出學校；〈兩錢黃金〉中哲學教授周玄道受困於艱辛，健康狀況日益惡化，經濟學教授丁一飛面對惡化的時局，只能獨善其身。面對黎明前的黑暗，戰爭給知識分子造成的身心創傷是強烈的。

正如施蟄存回憶上世紀二、三十年代上海作家的收入時說，上海的亭子間作家只靠寫小說是不能過日子的，一千字只有 3 元錢的稿費難以保證生活水平，只能靠辦雜誌、當編輯、辦書店等從事其他活動才能維持生活。〔註149〕

〔註146〕章開沅等編：《中國近代史上的官紳商學》（武漢：湖北人民出版社，2000 年），頁 777～778。

〔註147〕林祥主編：《世紀老人的話：施蟄存卷》（瀋陽：遼寧教育出版社，2003 年），頁 81。

〔註148〕譚其驤：〈一草一木總關情〉，「愛思想」摘自《譚其驤全集》（北京：人民出版社，2015 年），http://www.aisixiang.com/data/101035.html，2016 年 8 月 19 日。

〔註149〕林祥主編：《世紀老人的話：施蟄存卷》，頁 81。

浙東知識分子如李小峰、邵飄萍、許嘯天、莊禹梅等創辦書店、報刊、雜誌又可為一類，他們出身文人，自己創辦刊物投入文化事業不易，勢必要較多兼顧資方利益，出現計較稿酬甚至干涉寫作之現象也是難以平衡作者、市場和資方的關係，邵飄萍、李小峰與魯迅鬧翻於個性見解之外，這是更關鍵的緣由。

既為自主文化人，謀求獨立與安定工作往往是兩難的選擇。浙東作家在書寫徘徊於十字街頭的知識分子時，其苦惱總是在生之困難與苟合於環境，這是作為作家的知識分子及其塑造的知識分子面臨同樣的問題。〈二月〉中蕭澗秋的去留其實是所有知識分子的困境。有的則是為藝術的追求與迎合於世俗的衝突，不少作家為了前者需要付出極大的代價，袁牧之劇作〈晚宴〉討論了個性耿介的方文樵無法認同降低其藝術要求，結果當然就是生活中借東牆補西牆，最後落得悲劇的結局。現實中本來身為洋行經理的寧波藝術家應雲衛，獻身戲劇落到破產的邊緣。王魯彥和許欽文都曾經寫身為自由職業的作家搜索枯腸碼字，作成後為求發稿，還要積極與編輯、出版商打交道，期間生活無著落，等出版通知的忐忑與焦慮。已經成名的作家尚且如此，剛登上文壇的年輕作者其為文之艱辛就毋庸置疑了。夏丏尊〈長閒〉中辭去教職想成為專職作家時，原本計劃的理想化在現實中被消磨掉，「想享樂自然，結果做了自然的奴隸，想做湖上詩人，結果做了湖上懶人」，〔註150〕有了新的苦悶。

進入都市的知識分子形形色色，有的抱持資本主義，相信實業救國、教育救國等，柔石的〈二月〉處於轉變中的芙蓉鎮，以陶慕侃為核心聚攏了一批立場各異的新知識分子，信仰資本主義的錢正興，其滔滔不絕的講演表達出對資本的推崇，是代表了一部分知識分子的心聲；其他的各人也都有自己的「主義」，這是在 1920 年代中國社會充塞各種思潮的現實，只有蕭澗秋在北京看透了所謂的主義，失去了對主義追崇的熱情。也有各種畸形知識分子。包蕾劇作中的混混之家、哲學家等，所謂小姐以談戀愛玩弄情感謀得奢侈的生活，其父兄則靠騙人錢財為生存之道。即使在家裏，兒女以向父親要錢為正當，哪怕都已經成年；有舅家則要騙舅家。在瞞和騙中展現了上海都市生活。

3. 女性形象的轉變

鄉土社會轉變讓婦女們走出家庭謀生，城市化的發展吸引了大批勞動女

〔註150〕夏丏尊：〈長閒〉，林海音編：《中國近代作家與作品》（臺北：純文學出版有限公司，1981 年），頁 404。

性,女性勞工的隊伍首先壯大起來。在女界的努力下,1929 年新的《工廠法》被頒布,1930 年代初,南京國民政府還頒行了《中華民國民法》,正式承認婦女從事社會職業和實業活動的權利,婦女職業之門逐漸開放,越來越多的職業女性在社會中成長起來,據 1930 年代工商部統計,江浙等 9 省 28 市女工有 37 萬多,占全部的 46.4%。〔註 151〕同階段,女教師、女醫生、女職員、女打字員、女店員等腦力勞動和商業服務的女性人員增加,還出現了女警察、女演員、女模特、女招待員等新的女性職業。女性在走上社會爭取自己的權益,也為文學增添了新的形象。

　　文學中出現了前所未有的新的女性勞工。她們大多在新興企業工作,勞動強度大,還得不到與男性平等的待遇,難以維持日常所需。寧波本地新興企業發展,也有不少來自上海的資本大量。她們湧入城市,有的進入由民族資本家開辦的城區棉紡織業、火柴等工廠。如通久源紗廠雇用女工 1550 人(分晝夜兩班),其中計紡紗廠內 1200 人,清花部 350 人。有的到上海的紗廠、布廠、香煙與火柴廠當工人。近代上海產業女工來源中,1925 年英美煙草公司三廠的女工除了浦東以外,多是蘇北、寧波一帶破產農民。〔註 152〕針織廠女工「大部分是紹興人、寧波人、江北人……」,煙草業女工中「浙江寧波、紹興人占 45%」;絲織廠女工大部分來自「浙東、浙西、江蘇等地」,〔註 153〕「來自浙東的女工文化程度較高,高小占 5%,初小占 10%,稍識字的占 20%。」〔註 154〕但女工勞動環境艱苦,生活待遇又率遭歧視,這個龐大的女性群體生活在社會最底層。

　　浙東現代作家懷著深切的同情書寫女工的不幸。王任叔寫工人運動的《明天》中出現了寧波紗廠女工的群像,她們被組織動員起來開展罷工活動,成為工人運動的有機組成部分。〈女工〉則以上海的太陽絲廠為例,寫出了一群離開農村進城被迫出賣勞力的女工,又在「合理化」旗幟下失業,只好出賣貞操謀生。小說將半殖民地上海描述為處於火山口的城市,工人

〔註 151〕中華全國婦女聯合會編:《中國婦女運動史:新民主主義時期》(北京:春秋出版社,1989 年),頁 278。

〔註 152〕《上海婦女志》編纂委員會:《上海婦女志》(上海:上海社會科學院出版社,2000 年),頁 310。

〔註 153〕朱幫興、胡林閣、徐聲:《上海產業與上海職工》(上海:上海人民出版社,1984 年),頁 137～187。

〔註 154〕劉明逵:《中國工人階級歷史狀況(1840～1949 年)》(北京:中共中央黨校出版社,1985 年),第一冊,卷 1,頁 55。

運動寫得轟轟烈烈。王任叔指出中國女工有三重苦難，外國佬是剝削者，還有大肚子人民，而女工還要遭受性別的歧視。正是這種血淚的生活，將其逼到了人生的轉折點。〈女工秋菊〉寫出了都市的貧富兩極尖銳對立，關於工廠的描寫展現了一個現代都市畸形的迫人的怪物。在這工廠的壓榨下，最終為飢餓所迫的工人如何在資產階級的壓迫下罷工、暴動。孫席珍〈鳳仙姑娘〉中的撿茶女工也處於重重盤剝。樓適夷〈她的彷徨〉記載農村婦女阿毛進城當女傭遭拋棄的經歷。邵荃麟〈欺騙〉中年邁的何奶奶到採石場敲石頭。魯迅專門寫了「阿金」這個女傭。王魯彥、徐訏都寫到農村婦女進城當奶媽的變化。

　　社會轉型在家庭內，由於男女分工傳統女主內男主外的家庭角色轉變，女性對家中男性的人身依附關係減弱。五四時期婦女平權的提倡，增強了女性的自主意識；1918 年《新青年》上刊登易卜生的〈玩偶之家〉，娜拉的勇敢離開激勵了廣大的青年女性，她們逐漸意識到要做回「我自己」。文學中出現了不再遵從三從四德安於相夫教子的新式女性，大多數作品以女性的婚姻、家庭觀，來說明自我認知的改變。〈傷逝〉中的子君走出大家庭勇敢選擇自己的追求，大膽地說出了「我是我自己的，他們誰也沒有干涉我的權利！」〔註155〕子君的悲劇重在反思知識分子的軟弱，但她仍是五四那代勇敢的新女性的代表；〈離婚〉中的愛姑是個一改傳統溫順形象的浙東女性，平素以大膽自認，對夫家不滿，以「小畜生」「老畜生」稱呼公公、丈夫，並堅持離婚，雖說最終屈從於鄉紳的威嚴。但愛姑的個性言行足以見出當時浙東的婚姻家庭觀念的轉變。《鄞縣婚姻關係類表》中有離婚案件 48 件，女方提出有 39 件，同居案 20 件，男方要求者 17 件，女方提出的占離婚案的絕大多數；離婚案件終結者 42 件，判決離婚者 34 件。〔註156〕這些數據說明在寧紹地區女子不再以離婚為恥辱，女性與以前終生依靠一人的思想已經大不相同。「五四」以後，要求婚戀自由、自主的呼聲從城市，延及農村，改變著傳統的婚戀觀念、形態。1924 年《婦女雜誌》發起了《我之理想的配偶》徵文，《晨報副鐫》組織了「愛情定則討論」，社會上關於家庭、婚戀的觀念改變，女性該以怎樣的面目、心態應對，一時討論熱鬧非常。許欽文〈理想的伴侶〉諷刺了做著「黃

〔註155〕魯迅：〈傷逝〉，《魯迅全集》，卷 2，頁 112。
〔註156〕馬瀛、陳訓正：《鄞縣通志》，《中國地方志集成》（第 17 冊，上海：上海書店，1993 年），頁 938，968。

金色的夢」的青年們，還有系列對婚戀要自主有理想期待的新女性小說，魯迅〈幸福的家庭──擬許欽文〉以理想與現實之衝突，響應了追求小資產階級情調，脫離社會現實的婚戀空想。袁牧之也有不少劇作反映新女性家庭、婚戀觀的自由主張的，到底有無理想的伴侶，這些文學作品大概提出了問題，答案都以戲謔的結果給了理想以現實的響應。

新女性未必是理想的伴侶，但她們的聰慧、自立都在在證明了她們是優秀的另一半。袁牧之的劇作〈一個女人和一條狗〉便以知識女性從事革命活動被捕後，怎樣借著自己的才智把警察誘入邏輯的圈套，並成功脫身的故事為題材。劇作只有兩個角色，完全靠簡潔有力的對話架構起故事，以邏輯推理推動情節的前行。劇作家是以這個看似簡單的故事實踐其所倡導的最經濟的劇作，只有兩個角色的故事的創作。對話在簡單的問答中展開，觀眾猶如被女主角牽引著一層層地剝開迷霧，最終恍然大悟。讓觀眾和讀者不由不讚歎女主角的機智應變。同樣的女性還可以見於王西彥抗戰時期的小說中，〈古屋〉中的廖慧君不甘心古屋墳墓般的生活，逃離了古屋投入到婦運工作；〈雨天〉中的勇敢堅毅的竟成，有著易卜生的娜拉和屠格涅夫的愛蓮娜的光輝；黎敏和丈夫選擇犧牲小我。〈母性〉中戰勝痛苦實現自救奔向光明的知識分子，熱情的張志慧等等都在艱難的選擇與抗爭中完成了救贖，〔註157〕逐漸成長的新女性。

女作家關於新女性的書寫中最能體現女性的自我體驗。蘇青從寧波城西鄉下進入現代都市，接受了現代教育，邁入了半新不舊的婚姻，在都市生活的磨練下為了女性的自尊走出了婚姻。她憑文筆寫作，創辦《天地》雜誌，這個知識女性、作家、雜誌編輯多種身份於一體的單親媽媽，為了版稅跟人一分一分討價還價，甚至因而被扣上「猶太作家」的帽子，但她辯解說家裏一個螺絲釘都要靠自己去賺來的語氣是心酸卻又自豪的。上海的蘇青沒有像其他作家般以大時代的宏大題材為對象，而是選擇以日常私事為入手處，道出小女人的家長里短，這與其淪陷的環境和需要考慮的讀者有關，但在日常細枝末節的人生安穩的寫作中，作家及其筆下的新女性恰恰最忠實地把握住浙東女性的自立自強特色，文中的她們大多坦率大膽，直陳內心，敢作敢為，是傳承了浙東實幹作風的新女性。

〔註157〕卞強：〈王西彥抗戰時期小說中的知識分子形象分析〉，《大眾文藝》2015 第6 期，頁 24。

4. 特殊人群的出現

　　紳士的城市化造就了部分農村商人的暴富，〔註158〕部分紳士轉變成紳商，脫離農村的大量人員湧入城鎮，成為城鎮的貧民和游民，也為現代工商經濟的發展帶來了所需的廉價人口。「逃離」是文學反映經濟轉變的諸多主題之一。當鄉村經濟的變動，加上後來的戰爭，導致大量農民破產，「逃離」的命運就被注定了。王任叔各種題材中都有所涉及，他寫到城市的現代化，將契約關係伸向了農村，漁民成為城市魚行的工具，山民則砍伐山林以供城市木建材行，農民並沒有因此致富，反而在盤剝之下更貧窮了，越來越多的農民加入到城市漂泊者隊伍中。這些土地被兼併，已無法在村裏立足，村裏原先躺在溪邊唱歌的，黑夜裏窩在一起吹簫、敲鑼的，愛翻窗進入別家閨房的，都進入到漂泊者的行列中去，漂泊到寧波、上海、「下三府」。〈鄉長先生〉僅僅通過鄉警冬生和阿召兩人的對話，就說一個小小的牛頭村大量人口外出的現象，有外出到城市做茶房的，阿來在船上做水手，運生歪嘴做了三年棉紗間工，阿生也在東洋紗廠做工，小林在做工中喪生，土生兒子在上海被車軋死等等。他們離開故鄉時是抱著淘金的夢想的，以為在「下三府」大量田地閒置，只要願意勞作就能求得生存乃至於致富。「逃離」是在客觀難為的情境下採取的主動措施，就如知識分子的求學謀生而離開故土一般。但在抗戰時期，浙東作家筆下大量書寫為了尋求自由而逃離淪陷的故土的知識分子，青年農民為了避免被日本兵抓壯丁的命運而離開父母，婦女要逃離被蹂躪的命運等等。王魯彥、許欽文、魏金枝等作家都對種種逃離的景象做了描述。

　　40 年代浙東作家的現代都市體驗中，因戰爭的背景而增添了家國之恨，這是知識分子不得不關注的另一個時代，他們的作品也因此更多著眼於都市裏大量的邊緣人群，游民大多是難民，艾青、袁可嘉詩歌中都傾注了對於難民的同情。〈北方〉中流離失所的逃難人群，〈難民〉都市裏難民與富豪都是現代都市人，詩人把造成貧富懸殊的罪惡指向了社會和人性；游民還有的來自鄉村貧民，他們的淒慘悲涼是因闊人富豪的淫囂。「游民」們深深痛恨著這樣的世界，卻到死都不能感受生命的無限價值。四十年代的詩人經歷了抗日戰爭的民族深重災難，民族生存的現實危機感自然十分強烈。詩人們是在對難民的關注中將都市體驗與個人價值、民族觀念結合了起來。

〔註158〕金普森、陳剩勇主編，金普森等著：《浙江通史・民國卷》，上冊，頁 147～151。

　　浙東左翼作家還關注於特殊群體的經濟發展，如王任叔的〈老石工〉、許欽文的〈石宕〉、柔石〈人鬼和他底妻〉、邵荃麟的〈爸爸的棉襖〉〈欺騙〉都不約而同寫到了石工的艱苦，許文被魯迅贊為「活潑地寫出民間生活來」。〔註159〕賣命換得的依舊是沒有溫飽的生活。樓適夷的〈獄守老邦〉對於獄卒的經濟生活的實寫，〈鹽場〉在寫浙東鹽民的抗爭運動中細緻地揭示了背後的經濟、社會因素。陳企霞的〈獅嘴谷〉中阿生聽得見多識廣的王阿三講述上海工人運動的經歷，有同鄉號召不要做工，停工沒有半天被捉去關了兩難，釋放後被驅逐出上海，直指資本家與警察勾結，共同鎮壓工人，作家在作品中直接宣傳了「只要大家一條心」，「大世界大翻身」的道理。〔註160〕這些早期浙東左翼作家以自己參與的革命活動經歷寫工農運動為題材寫就的小說，重視對社會環境尤其是經濟環境的揭示，既是後來左翼文學中革命現實主義寫作的要求，也是初步運用馬克思主義理論對社會各階層分析的思考結果。

三、表現手法的現代轉變

　　浙東現代作家隊伍龐大，創作時各有立場，很難用統一的說法對他們的創新成就一一剖析，這裡主要就他們對於浙東社會結構的轉變，在書寫的表現手法創新上作簡單討論。大多數作家竭力書寫經濟形勢的變動下，底層普通百姓之愁苦。經濟變化的深入影響還在於引起社會深層次的改變，習慣了靜謐的傳統角色只能被迫做出調整。作家對於這種轉變不乏較宏觀的表現，但多能洞見人物幽微的內心世界，視角上以小見大，從家庭、族里人際的一角反映外在社會的轉變，並以象徵暗示等手法深入細膩地書寫出進入現代社會的現代人的情感。

1. 深入內在世界

　　最早以文學反應社會觀念變動的〈狂人日記〉，在主題、內容、語言多方面對現代文學有著開創性貢獻，學界相關研究成果業已非常豐碩，本文不再贅述。小說運用民間語言白話文的主要表達，以日記形式呈現記錄狂人的所見所思，是完全告別古典小說的傳統敘事語言和視角，進入了現代人的內心世界，傳遞表達出現代人的思想情感。狂人形象所呈現的觀念由寫實與象徵的結合，弱化了地域空間色彩，強化了由古典進入近現代的時間觀念，顯示

〔註159〕魯迅：〈《中國新文學大系‧小說二集》序〉，《魯迅全集》，卷6，頁248。
〔註160〕陳企霞：〈獅嘴谷〉，《文學季刊》第10期，頁101～120。

出現代文學內轉的傾向。

　　文學直接與浙東地域聯結，且以人物內心表現外在經濟轉變的，王魯彥及其作品是最具代表性的。在〈黃金〉裏的等著兒子寄錢回家的史伯伯，〈屋頂下〉的本德婆婆，都是只想維持現狀心態的典型，當生活面臨外來的衝擊後，他們只能在不安和煩惱中被迫改變。〔註161〕正如茅盾評王魯彥創作時所說的：「他的是成了危疑擾亂的被物質欲支配著的人物（雖然也只是淺談的痕跡），似乎正是工業文明打碎了鄉村經濟時應有的人們的心理狀況。」〔註162〕確實，王魯彥小說中對於經濟變化將安於舊生活的人們被惶恐地捲入，不知所措的心理表現得極為細膩。〈中人〉借外來者美生嫂的視角，看到一個唯利是圖的勢利鄉村，原先還過得去的阿英哥似乎倒了黴，先賣田再賣房，還遭人嫌棄。她從阿英哥的遭際中看到自己的未來之路的艱險。〈新年〉是在多變的時局中，經濟日趨蕭條，今天不知明天的日子，徐阿福得過且過地敷衍著生活。

　　商業資本正以強大的力量改變著人際關係，逼迫人們做出調整。有的作品善於營造氣氛，通過對環境的細緻描寫烘托人物對外部變化的心理反應。邵荃麟的〈吉甫公〉一開始就給讀者描繪了一幅陰沉沉的屋子內部陳設，笨重木器已經脫去漆，暗紅板壁上掛著遺像，嚴遵傳統祖訓的吉甫公坐在古舊的圈椅裏，面對變動的時局，他不敢置產，不敢存銀行，只得把現銀放在床底下，他夜晚躑躅於庭院不知所終。而兄弟廷甫到上海瞎混，投身紗交、金交、證券股票投機行業，不到十年虧光手頭的一份家產，卻又在寧波桂林之間跑動發了。小說以陰暗／光鮮、冷寂／鬧猛極寫同胞兄弟兩個的迥異世界，以此映照不定時代下傳統價值的跌落，無所適從的心理。〈海塘上〉裏開篇黑沉沉的海塘邊，逡巡游蕩希望能抓到走私者敲詐一番的游民趙七喇子，發現抓走私的區長卻是帶頭販賣私鹽的幕後主使，以趙七又驚又怕的心理反襯區長的心狠手辣陰險狡詐，後者先籠絡後無情結束其性命揭示出上層階級的肉食者的本性。王任叔〈殉〉中有著對山地竹林深厚感情的三田磯，在山村蕭條家境破落，甚至妻子跟人走時他不為所動，只要在家裏看到勞作成果便心滿意足，小說中寫他看著修竹映照、溪流潺潺的景象，內心的愜意踏實。但

〔註161〕周立波（1908～1979）：《魯彥選集・序》，曾華鵬、蔣明玳主編：《王魯彥研究資料》（北京：知識產權出版社，2010年），頁157。

〔註162〕方璧：〈王魯彥論〉，《小說月報》1928年第19卷第1號，頁169。

在大雪把竹子幾乎全部壓斷後，他的精神支柱也就倒下了。陳企霞〈獅嘴谷〉小說開始寫阿生母子在水神廟中，忽明忽暗的光線，似近而遠的拖毛竹聲，勾畫映照出這被變化的社會拋出正常軌道的農民彷徨猶豫的心情，與其勤勞耕作卻被剝奪了土地，不如鋌而走險，可窮苦人依舊落得被慘殺的結局，留下孤苦老母親呼天搶地。

　　成功的小說都能深入到時局轉變之下，發現老中國兒女普遍的艱難調適心理，鄉土小說對農民心理的描摹尤為深入。許欽文〈老淚〉中彩雲最後招的「補床老」兒子是在上洋給洋人做翻譯，收入好，引起松村人的羨慕，在村裏設了好幾個洋文館。讀洋文講洋話，最保守的老先生表面罵其是洋奴，可也暗暗地叫兒孫到洋文館學洋文去了，對外交流加快逼使松村人的習慣發生改變。王西彥小說中也反應經濟的、社會的變動，但在他筆下多以理解的同情看待農民，以忠實地反映農民的這種情感為己任。他的小說中最令人同情的是在天災人禍面前，仍然固執地想要守著土地和命運信仰的農民。對於農民的古老情感，王西彥以一個「出身農村的農民之子」，對自己諳熟的浙東農民，說他們簡單也不簡單，他們大都質樸無知，將土地「妻子」看作生存的唯一機會，株守產業，對土地有天然的欲望，不肯移動，要與土地共生存，眷戀、迷信土地，他們的要求只有「和平與土地」。〔註163〕正是出於這種情感，他們在面對各種災禍時，總能以命運、劫數為開脫，只是在入侵者的壓迫下，即使受盡屈辱也難逃厄運。〔註164〕

　　其實，浙東現代作家更多是以啟蒙者的角度，點點滴滴地記錄外在的轉變，轉變在社會或安於現狀的他人也許是痛苦的過程，可也是期待和希望。魯迅〈故鄉〉中故鄉的變化，閏土少年到中年的劇變，固然是在批判「多子」「苛捐雜稅」等社會性因素，但小說結尾關於「路」的隱喻，又豈知不是由變而產生的希望？〈藥〉中革命志士的犧牲竟成了愚昧民眾的藥，故事寓含的國民性批判色彩十分顯著，小說還是給了夏瑜墳頭一圈花環，不管是出於「聽將令」還是其他目的，總是給了革命以改變天下的行動以繼續奮鬥的希望。到第三代作家置身於變化中，亦已適應了變化，他們反抗傳統的社會分工、角色，在相當程度上可視為配合社會變化並以自身的行動促進改變。蘇青筆下的蘇懷青

〔註163〕王西彥：〈泥土──「眷戀土地的人」題記〉，《文藝》叢刊 1947 年第 2 集，頁 22～24。
〔註164〕王西彥：〈刀俎上的人們〉，《新中華》復刊 1944 年第 2 卷第 8 期，頁 169。

是在各種日常瑣事的開展中，深入到女性心理，以其觀察外在世界的事件，心理的波動來推動故事的進行，把被迫進入都市生活、社會職場的女性掙扎奮鬥寫得細緻動人。她從中學生成長為家庭主婦再到獨立女性的演變，伴隨著各種陳舊的浙東婚戀習俗、觀念習慣等的束縛，女性如何努力適應、不適終於反抗，內容通俗實在，文風又略帶諧趣，寫出了都市磨練改造出獨立新女性的真實過程，心酸抑或艱難，卻都是現代女性走向自我成長的必須之路。

2. 參差對照強化轉變

對照當然不是新的技巧，但在浙東現代作家手上，用參差對照來書寫浙東民間社會結構轉變有了新的內容和意義。如上文所說，浙東現代作家經過多個文化圈，帶著批判的眼光回到原鄉時，強烈感受了今夕變化。記憶中原鄉與現實中形成極大的反差，反映在作品中便是極寫記憶中故鄉之美好淳樸，以為現實中的參照，今夕對比指向了經濟結構、社會結構轉變。王任叔常以對比來敘述經濟重壓下工農大眾的困苦，今夕的、勞資的、城鄉的以及區域的對照都是他常用的手法，通過對比，他向讀者指出勞工無論是在寧波城鄉還是上海的工廠，甚至是異國日本的工業中心大阪、東京都是相同的命運。柯靈的〈社戲〉是以今年「水口」不好，只有一般的戲班來演戲開始的，一路上充滿了兒時看戲的回憶，也對將看的社戲有著期待，但現場卻冷冷清清，臺下的白篷船多是生意船，沒有明瓦烏篷的看船；只有賭博攤依舊熱鬧。1930年代的紹興各處顯著凋敝，回到故鄉後，這塊曾經的「福地」小鋪子「終年超盤大減價」，〔註 165〕幾十年的老店關了門，有錢門第頹敗，有著數不清挨餓的人了。〈聖裔〉從鎮上資歷最深學問最高的私塾先生巨卿先生的角度來看，這個平常還算繁華的鎮上已經遠非往昔可比，私塾一下子增加了，是因本可守著田園的發現要坐吃山空了，外埠失業回來的年輕店夥，都加入了教員行列開了蒙館。巨卿先生的私塾生源急劇減少。學生唐家祿，其父是鎮上境況不壞的自耕農，但告知先生「水口緊」，種田一年收成送租完，連吃的都不夠。〔註 166〕隔壁皮匠鋪兒子阿狗即使給了其免費上私塾的機會，也沒法去讀，家裏需要照顧；最好的學生張文燦也輟學到城裏布店學生意去了。在這個變了的世界面前，巨卿先生只能無奈地接受。

今夕對比多通過鄉土社會中落差大的人物展現，如紳士、族長等。典型

〔註 165〕柯靈：〈我的鄉愁〉，《望春草》（上海：珠林書店，1939 年），頁 84。
〔註 166〕柯靈：〈聖裔〉，《略影集》（上海：世界書局，1939 年），頁 37。

的浙東鄉村，是王任叔在其小說中一再提到的，族長只是象徵性的，實權在族長委派下的總管，「照例是一族中殷實富戶和書禮之家的紳士」，要經營祖廟廟產，租傭收花支付等事，以及對外的糾紛。因此，略識之乎的士紳家庭，總是成為村落的掌控者。〔註167〕鄉村裏能掌握鄉村事務的總是要能識字的，即使已無家產，〈族長〉馮文也依舊可以做鄉長。小說主要是為寫出農村破產，紳商地位的上升，農民的貧困。但實際上，這些通文字的族長們很多還是握有鄉村自治的權利，變動中往往成為既得利益者。阿文儘管已經不能像以前那麼張揚了，可是族祭、族田等活動如安排燈戲，祖廟開祭，光是廟裏子珠樹求子的祭品就可以吃上好幾天，還是有許多的好處流入腰包的，這已經勝過村裏普通農民許多了。

　　對照也可以表現地域間的差異，「雙城記」甚或是「多城記」的敘事模式已初具形態。浙東現代作家的遊歷透射在其作品中，是作品中自覺不自覺地將遊歷城市作為背景或參照系，以表現對現在所處城市空間的看法。樓適夷小說中的東京與上海的對照，以車站、馬路、市場等具體空間內熙熙攘攘的人流，表現現代都市大機器般快速運轉，其中被驅趕到城市角落的流浪者，居住在狹小空間內的失業人員，街頭進城尋覓機會的農民等各色人等，組成了一幅都市空間中底層社會的圖景。王任叔、王魯彥等人的作品多直接書寫，較宏觀觀察、表現這一經濟的轉變，女作家的表現手法則相對較細膩。蘇青在《結婚十年》中是將蘇懷青從寧波鄉下到上海後形成的空間對照，以各種細節反觀其故鄉寧波西門口望春「熟人社會」的鄉村生活，其中居民多以種植為生，世代定居，自給自足，一個村落就是一個封閉的小世界。鄉村的生活形式的固化，思想觀念、習俗的守舊，與經濟繁華的現代都市上海形成了參照。吳似鴻的〈還鄉記〉的「我」與蘇青《結婚十年》的蘇懷青反向，「我」從大上海的熙熙攘攘、車水馬龍中返鄉，行程從上海到杭州到紹興城再到鄉村，敘述路上的活動及見聞，景觀、人物成為衡量經濟的主要指標。小說中一再出現的上海與杭州、紹興的物價對照，交通工具的變化，從火車、火輪到人力車、手搖船，從喧鬧的都市到安靜的鄉村，從沒有錢什麼都不行到鄰居之間物物交換的模式，逐漸退回到前現代社會中。

　　空間的對照也可以強化這一轉變。蘇青從女性角度，寫40年代都市日常場景中職場女性在戰時的艱辛，私人化、日常化的都市是其特點，敘事細碎，

〔註167〕王任叔：《莽秀才造反記》，頁10～11。

平實通俗，有濃鬱的生活氣。也是戰爭背景下，大力表現 40 年代都市生活，卻能寫出都市生活跌宕起伏的是徐訏。在 30 年代末從巴黎回到上海，徐訏看到的是令人絕望的上海，上海人已不是上海人，看不到應該有的怒吼。〔註168〕他認為孤島時期在租界生活的人都感受到一種說不出的「苦悶」與「壓力」。〔註169〕為了表現這種山雨欲來風滿樓的苦悶，他的都市依舊透過常見咖啡館、舞廳、街道等場景，但〈鬼戀〉《風蕭蕭》等作品中的都市上海，不再只是高速變幻莫測的，他調暗場景，使其都籠罩在沉悶壓抑的氛圍中。他詩作中的都市出現兩種對立的場景，「為兵災旱災水災去都市尋活」，而當局「許多人的手只會抱鮮豔的肉體」，〔註170〕街道上斷壁殘垣，毫無生氣，〈秋在上海〉〈詛咒〉〈戰後〉〈深夜在街頭〉等在描繪出戰後都市的蕭條淒涼時，也對這一黑暗的現實發出了詛咒。徐訏所書寫的都市及其中的失意青年，並非只是流於對現實的不滿，他借戰爭、都市來思考人生和生命。〈鬼戀〉女主人公是都市摩登女性，她積極「入世」到頹然「避世」的命運轉變，是表現其愛情、人生、生命的虛無。〈賭窟裏的花魂〉也是借「我」與「花魂」傳奇的賭場經歷和聚散離合的愛情故事，表達了對生命本質和人生意義的哲學探討。〔註171〕《風蕭蕭》每個女性都代表著一種獨特的生活方式，「我」與她們的不同情愛關係，是關於愛情的哲理思考。徐訏的生活經歷中戰爭、革命已經成為都市生活的組成部分，他對都市生活的感知在浙東到北京、上海、重慶、巴黎各都市間的漂泊而豐厚，他想像中的都市景觀、生活事件，在增加故事的奇幻色彩時提升可讀性，他處理愛情的浪漫奇情寓有對都市愛情與人生存在的哲學意味，小說中人物不斷地在流浪尋找中，這也是作家不斷探索人生的文學表達。

3. 現代技巧的運用

　　魯迅〈狂人日記〉兼有寫實和象徵的雙重性，他的《野草》又大量運用暗示象徵手段，賦予這部短小的散文詩集以多重解讀的意涵，魯迅所開創的現代手法，為現代文學言說現代人的思想觀念打開了更多的可能。

　　浙東作家不乏使用現代象徵暗示等技巧創作的，典型如穆時英以冷靜的

〔註168〕徐訏：〈回國途中〉，《徐訏全集》（臺北：正中書局，1967 年），卷 10，頁 71。

〔註169〕徐訏：〈月亮〉，《徐訏全集》，卷 9，頁 1。

〔註170〕吳義勤、王素霞：《我心彷徨——徐訏傳》（上海：三聯書店，2008 年），頁 57。

〔註171〕李洪華：《上海文化與現代派文學》（南昌：江西人民出版社，2010 年），頁 231～232。

筆調剪裁出一幅幅現代舞廳、公館、馬路、咖啡館、公墓等等都市畫面，忙碌其中的人們淒幻虛無的情感，幻滅的生命，變動不定的生活常態，是現代都市人的現代情感表達，被稱為現代派的聖手。不得不說在傳達現代體驗上，現代詩人的感受也最敏銳深刻。施蟄存說《現代》雜誌上的現代詩「是現代人在現代生活中所感受到的現代情結，用現代的詞藻排列成的現代的詩形。」〔註172〕袁可嘉指出貫穿西方現代派的是在資本主義現代文化和文明中人的四種關係全面扭曲和嚴重異化，〔註173〕而在中國現代派這裡，袁可嘉試圖通過新詩戲劇化的方式，達到象徵、現實和玄學的結合，完成現代派的本土化。他的詩歌中既感歎現代文明，也對社會現實進行了批判，但更深刻的是揭露都市里人的存在的虛無。都市不斷出現摩天大樓，引發了不少人作出它沉沒的預言，而自稱為「從東方海邊鹽場出來的鄉下人」〔註174〕袁可嘉則看到他們邪惡的生命力，在〈上海〉中他描繪不斷出現的建築蠶食人的空間，〈南京〉模仿十四行詩，〈夏日小詩〉借市儈理髮的場景，〈香港〉中對帝國紳士的諷刺等，即使是「廢都」北京也被淹沒在炮聲中。袁可嘉的詩作不多，但對都市的表現「現實，具有高度的概括性」，〔註175〕他借典型的上海都市意象警察、報販、寫字間、公路等，以比喻、誇張等手法編織出富於現代感的生活景觀，現代人的生活圖景和生存狀況，寫出了戰後都市洋場日常生活的狀態，物質文明對現代人生存的擠壓，都市人頹廢的生活心理。上海這座現代都市如同它的高聳的圓屋頂並著崇高的大山，雄視著下面荒涼的墳墓堆中的世界似的。都市中的人們被物化役使為失去了自我的同一類型：「一如時鐘的類似，／上緊發條就滴滴答答過日子。」〔註176〕同是九葉詩派的浙東詩人唐湜的觀察中，都市中「物價從煙突裏奔出／像黑煙一樣望天上飛」〔註177〕，都市的貧富差距動盪著，是埋在城市底下的岩漿。唐湜詩作中同樣充溢著都市產生的荒原意識，他的《交錯集》中對於「荒蕪了千年」的城市，「電線交錯如森林的荒原」的描述，試圖「去

〔註172〕施蟄存：〈又關於本刊的詩〉，《現代》1933年第4卷第1期，頁11。

〔註173〕袁可嘉：〈歐美現代派文學概論〉，頁6～11。

〔註174〕袁可嘉：〈我與現代派〉，《詩探索》，2001年，頁3～4。

〔註175〕游友基：《中國現代詩潮與詩派》（桂林：廣西師範大學出版社，1993年），頁405。

〔註176〕袁可嘉：〈冬夜〉，《半個世紀的腳印——袁可嘉詩文選》（北京：人民文學出版社，1994年），頁15～16。

〔註177〕唐湜著：《九葉詩人：「中國新詩」的中興》（上海：上海教育出版社，2003年），頁202。

尋找人類的詩，嶄新的生命！」〈序〉的覆奏和結尾「一群瘋子在鬥空白的紙牌／像無欲的女人凝望著春之海」中有著明顯的《荒原》的影響。〔註178〕

　　在表現都市意象的詩人中，大力倡導「唯美主義」的邵洵美因各種原因被忽視。文學史對邵洵美的評價大多貶抑，認為充滿了官感和肉慾。朱自清在編《中國新文學大系（1917～1927）‧詩集》時在〈選詩雜記〉中專門寫未能找到邵洵美所著的《天堂與五月》的遺憾之情，〔註179〕該大系最終收錄了邵洵美的三首詩作，作為該流派代表性作品。《天堂與五月》和《花一般的罪惡》多表現對都市愛情，其中充斥著「紅唇」「玫瑰」「肉」等意象，沈從文批評為：「以官能的頌歌那樣感情寫成他的詩集。讚美生，讚美愛，然而顯出唯美派的人生的享樂，對於現世的誇張的貪戀，對於現世又仍然看到空虛」。〔註180〕而蘇雪林的〈頹加蕩派的邵洵美〉則對其詩作讚賞不止。〔註181〕「眼前有的快樂，應當去享受」〔註182〕的享樂主義色彩，在《花一般的罪惡》中以感官化的詩風書寫，是 30 年代都市上海的「惡之花」。其詩作〈日升樓下〉中對都市中滿街汽笛吐痰的市聲，來往著女人的裙子，傳遞出肉腥血腥汗腥的街道，刺激著都市人的情慾；〈上海的靈魂〉在天庭與腳下塵世之間，一幅由汽車、跑馬廳、舞廳、娼妓組成的都市景象，同樣是欲望泛濫。邵洵美的「頹加蕩」詩歌中對聲色上海的渲染，是這個出生於上海卻以浙東人自居的都市人對燈紅酒綠的都市審視，也只有這個生長於富貴之家的浙東城市閒人才有可能把捉到的「上海的靈魂」。

小結

　　浙東地區是外來勢力最早進入的地區，是中國社會轉變最前沿的地帶，

〔註178〕唐湜著：《九葉詩人：「中國新詩」的中興》，頁 203。

〔註179〕朱自清：《選詩雜記》，《中國新文學大系‧詩集》（中國現代文學史資料叢書乙種）（上海：上海文藝出版社，2003 年），頁 19。

〔註180〕沈從文：〈我們該怎麼樣去讀新詩〉，《現代學生》創刊號（1930 年 10 月），頁 9。

〔註181〕　蘇雪林稱讚邵洵美的詩歌文筆優美，雖是頹廢，其生的執著超過常人。蘇雪林：〈頹加蕩派的邵洵美〉，《蘇雪林文集》（合肥：安徽文藝出版社，1996 年），卷 3，頁 185～191。

〔註182〕邵洵美：〈賊窟與聖廟之間的信徒〉，陳子善編：《洵美文存》（瀋陽：遼寧教育出版社，2006 年），頁 70。

在該區域發生的各種現象、問題對於其他區域是可能具有示範意義的。浙東作家敏銳地把握住了在該區域發生的生產方式與生產關係的轉變，發覺到這一轉變導致傳統社會的一體化結構的解散，進入到現代社會。魯迅等浙東作家以文學反映這一轉變，關於社會結構轉型的探討，無論於現代文學還是經濟、社會各領域都有著開創性意義。這種轉變給現代文壇帶來了新的主題和題材，其關於社會結構變動後的觀念的反思更是在內容上、思想上出現了新的質量。以魯迅為首的浙東作家，率先把握到了時代的脈動，大膽說出了「吃人」的真相。浙東作家關於浙東地方經濟、社會、觀念的討論，所引出的常態／變化，新／舊，家族／個體等議題，所開創的農民、知識分子、婦女、勞工等題材，魯迅所致力的「國民性」建設顯示出強烈的現代質量，也成為了現代文學中一再被提及、討論、思考的話題。